UBIK
尤比克

這部小說無所不能，《銀翼殺手》
菲利普・狄克傳世經典

Philip K. Dick
菲利普・狄克——著

蘇瑩文——譯

各界好評

如果你喜歡《銀翼殺手》，你借錢都該買這本書看。對，我可以借你。從第一頁就激發你的想像力，這樣促進國家競爭力的書，我怎能不投入？

科幻迷無法錯過，不，該是無力錯過吧。除非有人出錢不讓你讀這本，而且價錢要夠高，否則我想不出你家會沒有這本書的理由。

——盧建彰，導演

半生半死，半神半鬼，半虛半實，半夢半醒。菲利普・狄克創作於二十世紀六〇年代末的《尤比克》，卻預視了我們這個世紀在虛擬世界中尋找真實、在物質商品中販賣心靈寄託的真實現況。穿越虛實壁壘的《尤比克》不僅無處不在，跨世紀的長效適用性更證明《尤比克》無時不在。閱讀《尤比克》，就是與神同在。

——曾瑞華，台東大學英美語文學系副教授

菲利普・狄克（Philip K. Dick，PKD）是多數對西方科幻有所了解的讀者都熟知的大師，但多數讀者可能是透過改拍的經典電影如《銀翼殺手》《關鍵報告》《關鍵下一秒》而知道他的故事。PKD的小說有時候並不好讀，因為他是用小說在提問，也就是他在〈如何建構一個不會在兩天後分崩離析的世界〉這篇演講裡提及的（見本書附錄）——「什麼是真實存在的事物？」以及「真正的人由什麼要素構成？」這種哲學討論會帶出一本好小說，但不見得會是討喜的小說。無怪乎，他的小說偶爾會讓人讀起來有點辛苦，但是後座力滿滿。《尤比克》描述的一九九二年，放到三十年後的今天來看，仍有很多科幻想像未能成真，但是在科技大廠和媒體不斷高呼「元宇宙」、更加鼓吹虛擬世界和現實世界模糊化的二〇二二年，書中所探討的生死界線、世界和思考／靈魂本質，依然值得我們花上好些時間，咀嚼思考「什麼是真實存在的事物？」

——楊士範，The News Lens 關鍵評論網媒體集團共同創辦人

PKD的小說是獻給不嗑藥者的合法不傷身毒品——這個說法雖然矛盾且負面，但可能是我能給予最貼切且崇敬的讚美詞，否則無法解釋閱讀後那輕飄飄的暢快愉悅、超脫但卻基於現實的理解，而這世界也越來越如他所言的瘋狂失控……

——冬陽，文學評論人

如果你知道《尤比克》是菲利普．狄克於一九六九年所撰寫的小說，肯定驚呼於他的想像與預言。這是部集合科學與宗教、生與死，還有虛擬與現實的小說，其敘述的未來、交通於現實與虛擬的人際互動、虛擬世界的寡頭掌控等，根本就是今日網路的寫照。

——希米露，影評人

我剛剛還在電腦上打博士論文。但在我思索詞句之際，電腦變成了打字機，接著稿紙在我面前粉碎；所以我只好放棄，一屁股坐在尤比克上，倒一杯尤比克提神、播一首尤比克放鬆，接著開始閱讀尤比克。我推薦尤比克，只要依指示使用，就安全無虞。

——馬立軒，中華科幻學會常務理事

什麼是尤比克？讀完這本《尤比克》，你會發現自己比以前更搞不清楚尤比克！超能與反超能、友情與仇敵、生命與死亡、未來與過去、真實與虛假……《尤比克》無所不包，更包括尤比克。它是集合的集合（自然也包含自己），一本悖論小說！

——Faker 冒業（科幻推理評論人及作家）

菲利普・狄克寫於一九六九年的《尤比克》故事發生在一九九二年，過了三十年讀來，科幻小說已經不是單純的科幻，而是充滿哲學與神學的寓言。或者，這也是作者的本意。書中有許多ＰＫＤ獨特的構思及語言，對譯者而言，是極度燒腦的挑戰。

——蘇瑩文，本書譯者

一個極度令人不安的存在主義恐怖故事，一個你永遠無法確認是否已經從中醒來的噩夢。

——萊夫・葛羅斯曼，暢銷小說作家

目次

人物介紹

葛倫・朗西特：反超能組織「朗西特事務所」的老闆

喬・奇普：超能者氣場、靈量測試員，隸屬於朗西特事務所

雷蒙・霍立斯：超能組織團隊領導，朗西特的對手

S・道爾・梅里朋：太陽系最強通靈師，隸屬霍立斯團隊

賀伯特・旬海特・馮・福格桑：「此生摯愛半活賓館」老闆

艾拉・海德・朗西特：葛倫・朗西特的妻子，也是朗西特事務所共同經營者

裘瑞・米勒：存放於半活賓館的另外一個中陰身

史坦頓・米克：聞名星際的投機客兼金融家

柔伊・渥特：代表自家老闆出面聘僱朗西特事務所的機要祕書

妮娜・傅立德：朗西特事務所常駐通靈師

薛普．豪德：柔伊．渥特的老闆

GG．愛許伍德：朗西特事務所的通靈師，有讀心能力

比森小姐：半活賓館的祕書

佛里克太太：葛倫．朗西特的祕書

塔尼許：朗西特事務所公關部門人員

伊笛．多恩：朗西特事務所成員，纖瘦、戴眼鏡，有一頭檸檬黃直髮的女子

派翠西亞．康利（小派）：朗西特事務所新人，古銅色肌膚，身材苗條的年輕女子

蒂比．傑克森：朗西特事務所成員，三十多歲，沙棕色皮膚，樣貌頗男性化的女子

法蘭西．斯班尼西：朗西特事務所成員，深色肌膚，外型宛如吉普賽女郎

溫蒂．萊特：朗西特事務所成員，有一雙綠眸，年約二十四、五歲的年輕女子

阿爾．漢蒙：朗西特事務所成員，高個、垂肩、臉長，表情溫和的黑膚男子

強恩．伊爾德：朗西特事務所成員，一頭亂髮如羊毛的青少年

帝多．阿波斯多斯：朗西特事務所成員，蓄山羊鬍的禿頭男子

唐．丹尼：朗西特事務所成員，身形修長的長髮男子

福瑞德．澤夫斯基：朗西特事務所成員，有一雙大腳的瘦弱中年男子

山米．孟度：朗西特事務所成員，頭小，塌鼻子的年輕男子

UBIK
尤比克

1

朋友，瘋狂大清倉，無噪電子尤比克大特賣。沒錯，我們把定價拋腦後了。請注意：這批尤比克都只按指示使用過，敬請放心。

一九九二年六月五日凌晨三點半，紐約，朗西特事務所。太陽系頭號通靈師從紐約辦公室的定位地圖上消失。視訊電話隨即紛紛響起。過去兩個月以來，朗西特公司追丟了好幾個霍立斯底下的讀心師，再加上這一次，情況恐怕不妙。

「朗西特先生嗎？抱歉打擾你。」地圖室的夜班技師在視訊螢幕上看到葛倫．朗西特一頭亂髮的偌大腦袋時，緊張地咳嗽。「我們有個反超能師來訊。我看看放到哪裡去了。」他手忙腳亂尋找收訊息錄音機錄下的一疊錄音帶。「根據多恩小姐回報——你可能還記得她跟蹤他到猶他的綠河——」

朗西特睡意猶深，咬著牙說：「那是誰？我怎麼可能有心力去想哪個反超能師在跟蹤哪個通靈師或預知師。」他伸手耙過亂成一團的白髮。「廢話少說，又追丟了哪個霍立斯的手下？」

「S．道爾．梅里朋。」技師說。

「什麼？梅里朋也沒了？你開什麼玩笑。」

「我沒開玩笑。」技師信誓旦旦地說。「伊笛．多恩和另外兩名反超能師跟蹤他到一處叫做『多元情色連結體驗屋』的汽車旅館。那地方有六十個房間，去的多半是不想給人發現的生意人和他們的妓女。伊笛和她的同事判斷梅里朋應該暫時不會有什麼動靜，但為了保險起見，我們排了我們自己的通靈師——GG．愛許伍德去讀他的心思。愛許伍德發現梅里朋的心思不寧，所以也沒法做什麼。因此愛許伍德才會回到堪薩斯的托皮卡，目前他正在物色新人。」

朗西特這會兒清醒了些，他點了根菸，手支下巴鬱悶地坐著，這端的掃描回路煙霧裊繞。

「你確定那個通靈師是梅里朋？好像從來沒有人知道他的長相，他一定是每個月都會換一次外貌。他的氣場怎麼樣？」

「我們派喬．奇普去體驗屋測試氣場強弱。據奇普說，他偵測到的靈量最高值是六十八點二單位，目前已知的通靈師當中，只有梅里朋能有這麼強的數值。」技師接著把話說完。「所以我們只找到梅里朋在地圖上的定位旗。現在，他——消——失——了。」

「有沒有在地板上或地圖背面找找看？」

「梅里朋的電子訊號消失了。這傢伙已經不在地球上了，或是說，據我們所知，他已經不在任何殖民世界上了。」

朗西特說：「我得找我過世的妻子問問。」

「現在是半夜，半活賓館都關了。」

「瑞士不一樣。」朗西特說，他咧出一個鬼臉似的微笑，彷彿某種令人厭惡的午夜汁液滲進了他老化的喉嚨。「晚安。」他掛斷電話。

賀伯特．旬海特．馮．福格桑身為「此生摯愛半活賓館」的老闆，自然永遠比員工更早上班。此刻冷颼颼的，大樓開始有人聲，一名看似神職人員的男子神情焦慮地等在接待櫃台前方，手上拿著一張探視單。他戴著近乎不透明的眼鏡，穿著虎斑花紋的皮草夾克搭配黃色尖頭鞋，顯然是趁假日來探訪親友。公開向半活人士致敬的復活節就快到了，人潮很快就會湧現。

「你好，先生。」賀伯特面帶親切的笑容說：「由我本人為您服務。」

「我要見的是一位年長女士。」男人說：「大概八十歲，個頭很瘦小，是我的祖母。」

「請稍候一會兒。」賀伯特回頭去找低溫貯存艙裡保存的第三〇五四三九 B 號棺柩。

他找到相對的棺柩後，仔細檢視了上頭的提單。上頭標注著中陰身只剩下十五天。他心想，時間不多了，於是他反射性地將手持式大腦探測擴大器插入冰艙的透明塑膠外殼內，仔細調校，聆聽大腦活動的頻率。

擴音器穿來微弱的聲音：「……然後堤麗腳踝扭傷，我們都不覺得她的傷有可能痊癒，但是她好傻，竟然想馬上走路……」

賀伯特滿意了，他抽回擴大器，找來一個員工把三〇五四三九 B 號棺柩放到面晤室，讓那名顧客和老婦人交談。

「你檢查過她的狀況了吧？」顧客邊付款邊問。

「我親自檢查過了。」賀伯特回答。「功能完全正常。」他踢踢幾個開關，然後往後退開。

「復活節快樂，先生。」

「謝謝。」冰艙裡的棺柩冒著熱氣，顧客面對棺柩坐定。賀伯特按下耳機邊的按鈕，以堅定的語氣對麥克風說話。「佛蘿拉，親愛的，妳聽得見我的聲音嗎？我好像已經聽到妳的聲音了。佛蘿拉？」

等我死後，賀伯特心想，我會交代後人每世紀喚醒我一次。如此一來，我才可以觀察人類的命運。但相對的，對子孫來說，維護費用會是一筆可觀的支出，這點他再清楚不過了。他們遲早會反對，把他的屍體從冰艙裡拿出來埋葬——讓老天爺都看不下去。

「埋葬是野蠻的行為，」賀伯特嘟囔出聲：「是原始文化未經演化的遺風。」

「說得沒錯，先生。」正在打字的女祕書附和老闆。

這時，面晤室裡，好幾具間隔擺放的棺柩前已有訪客正全神貫注地和親戚的中陰身溝通。這片景象祥和，這些忠誠的人經常來探訪親友，為他們捎來外界的訊息與新知，藉這些間歇性的腦部活動鼓舞陰鬱的半活者。重點是：他們會付錢給賀伯特，讓這所半活賓館獲利可觀。

「我爸爸似乎有點衰弱。」賀伯特聽到一名年輕人說：「我想請問你是否可以花點時間幫他檢查，感激不盡。」

「沒有問題。」賀伯特說。他陪著年輕人穿過面晤室來到對方父親面前。這具冰艙的提單顯示出剩餘時間只有短短幾天，這是大腦活動減緩的原因。儘管如此……他提高了大腦探測擴大器的強度，透過耳機，這名半活者的聲音稍微放大了一點。賀伯特心想，他就要走到盡頭了。他覺得，當兒子的顯然不想去看那張提單，甚至不想去知道他和終於要消失的父親之間還能有多少聯繫。於是賀伯特什麼話也沒說，只是安靜走開，讓兒子繼續去溝通。何苦告訴他這可能是他最後一次來到這裡呢？反正他很快就會知道。

一輛卡車來到半活賓館後方的裝卸平台前，兩個身穿淺藍色制服的男人跳下車，那身制服看來十分眼熟。賀伯特覺得那應該是亞特拉司星際艙運公司的人。他們要不是送來一具剛過世的中陰身，就是來帶走哪具已到期的。他悠哉地踱過去監督。怎知在這時，賀伯特的祕書打電話給他。「旬海特．馮．福格桑先生，對不起，打斷你的冥想。但有位顧客希望你能協助他喚醒親人。」祕書的聲音不甚自然。「這位顧客是葛倫．朗西特先生，遠從北美邦聯兼程趕來。」

一名有雙大手的長者踩著敏捷的步伐快速朝賀伯特走來。對方穿著彩色的免燙人造纖維西裝，繫著針織腰帶，打了一條浸染的紗布領帶。他的頭很大，宛如雄赳赳氣昂昂的公貓，溫暖但高度警戒的微凸圓眼往前看時，腦袋跟著略往前傾。朗西特臉上掛著職業性的友善表情，飛快地注視賀伯特一眼，但幾乎隨即挪開眼神，似乎已經把注意力放在即將來臨的事件上。

「艾拉還好嗎？」朗西特低沉的聲音隆隆響起，像是自帶擴音器似的。「隨時可以開啟談話嗎？她才二十歲，狀況應該比你我都好。」他輕聲地笑，但這笑聲缺乏實質意義。他總是面帶笑容，輕聲發笑，聲音低沉有力，但他沒有注意也不在乎任何人。露出笑容、負責點頭握手的都是他的身體，並非發自內心——他的心永遠疏離。他冷淡但貌似友善地推著賀伯特和他一起往前走，快步走回半活者——包括他妻子——的冰艙貯放處。

「朗西特先生，你好一陣子沒來了。」賀伯特說。他不記得朗西特太太提單上的任何資料，也不記得她還剩下多少半活的日子。

朗西特把大掌平貼在賀伯特的背上催促他，說：「這是重要的一刻，馮．福格桑。我們——也就是我的同事和我——從事的業務超越了尋常人理性的理解範圍。我目前不方便透露什麼，也可以說是我們目前陷入不好但也不是沒有出路的狀況中。我們沒有絕望，怎麼樣都不會絕望。艾拉在哪裡？」他停了下來，迅速瞥著四周。

「我會為你將她從低溫貯存艙帶到面晤室。」賀伯特說。訪客是不能進入冰艙貯存處的。「你有沒有帶編了號碼的探視單，朗西特先生？」

「該死的，沒有。」朗西特說。「我的探視單幾個月前弄丟了。但你知道我太太是誰，你能找到她的。艾拉．朗西特，二十歲左右，棕色頭髮和眼睛。」他不耐煩地四下張望。「你們把面晤室搬到哪裡去了？從前我還找得到的。」

「帶朗西特先生到面晤室去。」賀伯特這麼交代一名員工，此人正從他們身邊晃過去，為的是一窺世界知名反超能組織大老闆的真面目。

朗西特看了面晤室裡頭一眼，反感地說：「裡頭都是人。我不能和艾拉在那裡面說話。」他踩著大步跟在賀伯特身後——後者正走向半活賓館的檔案室。「馮．福格桑先生。」他快步超前，再次把大掌放在賀伯特的肩膀上；賀伯特感覺到強有力的手勁。「沒有更私密一點的空間嗎？朗西特事務所還不打算把我和我妻子艾拉的討論公諸於世。」

朗西特緊急語氣懾人，極具存在感，賀伯特不知不覺地喃喃說道：「我可以為你跟夫人準備一間我們的辦公室，朗西特先生。」賀伯特納悶猜想，究竟是什麼壓力迫使朗西特放下工作，大老遠地跑到此生摯愛半活賓館來「開啟」——按照朗西特自己粗魯的說法——他半活的妻子。一定是某種商業危機。最近，電視和新聞自動產生器上各種反超能組織的廣告如潮水般湧來，所有媒體在每個整點都會播放廣告，提醒觀眾維護自己的隱私。有陌生人在窺伺你嗎？你**真的是**獨自一個人嗎？這是針對通靈師的廣告……至於預知師呢，是不是有你素未謀面的人預知你的一舉一動？有沒有你不想見到，或不想邀請到家裡的人？停止焦慮吧，就近聯絡保己機構，我們會檢測你是否已成非法入侵的受害者，並按照你的指示，我們會反制這些入侵——一切只需微薄的花費。

「保己機構。」他喜歡這個既莊嚴又確切的用語。對此，他有親身經歷。兩年前，一名通靈師侵入他半活賓館某個職員的心靈，原因他一直不得而知。有可能是要監控半活者和訪客之間的私下對話；說不定是針對某個特定的半活者。總之，一名反超能組織的人員偵測到通靈師的氣場，並通知了他。在簽合約後，一名反超能師便進駐到半活賓館內。他們沒找到通靈師，但一如廣告上承諾，通靈師遭到反制，最後只能挫敗地離開。此生摯愛半活賓館如今不受任何超能的影響，為了確定將來一樣如此，反超能保己機構每個月會定期檢查他的公司。

「太感謝你了，馮・福格桑先生。」朗西特跟著賀伯特穿過職員辦公的外側辦公室，走進一間位於內側，空氣不流通，瀰漫著微縮文件氣味的辦公室。

當然，賀伯特不是沒有想過，我信任保己機構的說法，相信有通靈師侵入賓館，他們拿了一張偵測表給我看，當作證明。但說不定那是他們自己實驗室裡偽造出來的圖表。接著我又相信他們的說法，說通靈師離開了。通靈師來了又走，一下就讓我付了兩千保幣。保己機構會不會是詐騙集團？為了不見得存在的需求提供他們所謂的服務？

賀伯特心裡想著這些事，又朝檔案櫃的方向走過去。這次，朗西特沒跟過去，而是在一張簡單的椅子上扭動身體，讓自己龐大的身軀坐得舒服一點。朗西特嘆了一口氣，儘管朗西特總是表現出一副精力充沛的模樣，但賀伯特突然覺得這名壯碩的老人累了。

賀伯特下了結論：我猜，當你的人生活到了某個層次，你的行為必須有一定的方式。你不能表現出尋常人的弱點。朗西特的體內可能移植了十多個人造器官，取代了原有但失能的器官。他猜想，醫療科學提供了基礎架構，而其他的一切，則是由朗西特的意志主宰。我真想知道他幾歲了。現在靠外表已經看不出年齡，尤其是超過九十歲的人。

「比森小姐，」他指示自己的祕書：「找出艾拉．朗西特太太，把她的編號拿來給我。安排她到二Ａ辦公室。」他在祕書面前坐下，趁比森小姐進行這個相對簡單工作——搜索葛倫．朗西特的妻子所在位置——的時候，捏起一點菲堡與特爺鼻菸自在享受。

2

點啤酒就要指名尤比克。精選啤酒花和純水，緩慢發酵精釀完美風味。全國第一品牌尤比克。唯一產地：克里夫蘭。

艾拉．朗西特直立站在透明的棺柩裡，散發著氣味不甚宜人的冰霧，雙眼緊閉，放在胸前的雙手朝向沒有表情的臉孔。他上次來看她已經是三年前的事了，當然，她沒有變。她現在不會再有變化——至少就外貌來說是如此。但半活者每次經過喚醒，大腦又開始活動，無論時間多短，艾拉都會「死去」一點，殘存的時間會跟著消逝。

朗西特明白這一點，因此不會常常來喚醒妻子。他的想法是這樣的：喚醒她是讓她走向滅亡，是對她的侵犯。至於她在過世前和半活前期表達的意願，他早就記不清楚了。不管怎麼說，他理當比她懂得更多，因為他的年紀是她的四倍。她本來希望怎麼樣呢？好像是和他一起經營朗西特事務所之類的，嗯，他完成了她這個願望。比方現在這時候，以及過往約莫六、七次的危機時刻，他都會來諮詢她的看法。他現下就是這麼做。

該死的耳機，他把塑膠耳機靠到頭側時喃喃咒罵。還有那個麥克風，這些全都妨礙了**正常自然**的溝通。他開始不耐煩，不知是姓福格桑還是什麼的傢伙給他的椅子坐起來不舒服，害他得不斷調整坐姿。他看著艾拉逐漸甦醒，希望她能加快速度。但他突然驚慌地想，說不定她醒不過來了，說不定她的時間已經走到盡頭，只是他們沒告訴我。又或者連他們都不知道。朗西特想：也許我應該把福格桑抓進來解釋解釋。說不定有哪裡出了錯。

艾拉很漂亮，皮膚白皙，雙眼——在還能張開的年代——是閃爍明亮的淺藍色。但那些都已經是過去式。他可以和她談話，聽到她的回答，兩個人能夠溝通……但他再也看不到她睜開雙眼，她的嘴唇也不會再次開啟；看到他來，艾拉再也不會微笑，他離開時，她同樣不會哭泣。他自問這是否值得。這真的比人生走到盡頭直接入土的傳統方式來得好嗎？他下了結論：就某種層面，我還有她陪在身邊。沒別的選擇。

耳機傳來緩慢又含糊的聲音，一些無關緊要、拐彎抹角的思緒，以及她夢中的神祕片段。他很想知道處於中陰身是什麼感覺。從艾拉的敘述中，他無法揣測當中的基本道理，他不但無法體會，也抓不到重點。她曾經告訴他，那就像重力開始失去作用，越來越有種飄浮的感覺。

她說，當半活的中陰階段結束後，我覺得人會飄出太陽系，飛到群星之間。但說實話，她也還不知道，這純粹是她的想法和猜測。不過她絲毫不顯恐懼或不快樂。對此他覺得滿愉快的。

「嗨，艾拉。」他笨拙地對著麥克風說。

「噢。」她的回應傳到他耳裡。她似乎嚇了一跳。不過當然了，她的面容依舊沒有任何變化或表情。他挪開視線。「嗨，葛倫。」因為發現他在這裡，她的語氣帶著孩子氣的好奇和驚訝。「時間過了多久？」

「兩、三年吧。」他說。

「說說看，出了什麼事。」

「啊，天哪，」他說：「一切都在走下坡，我是說，整個事務所。所以我才會過來。妳說過，妳想要參與公司的重要政策決定，天曉得我們現在有多需要新策略，或是改善我們的偵搜架構也好。」

「我剛剛在做夢，」艾拉說：「我看到煙霧瀰漫的紅光，讓人膽寒的光線。可是我還是一直走過去，停不下腳步。」

「是啊。」朗西特點頭說：「那是妳在《西藏度亡經》和《西藏生死書》裡讀到的。妳記得的，是醫生要妳讀，當時妳正……」他猶豫了一下，才說：「瀕臨死亡。」

「煙霧瀰漫的紅光是壞事，對吧？」艾拉說。

「是啊，妳想躲開。」他清了清喉嚨。「聽我說，艾拉，我們有麻煩了。妳覺得妳能聽嗎？我是說，我不想讓妳負擔過重，如果妳太累或想討論其他事，只要說一聲就好。」

「好詭異。我覺得，從你上次和我說話到現在，我一直都在做夢。真的有兩年了嗎？葛倫，你知道我是怎麼想的嗎？我覺得我周遭有別人，那人跟我一起成長。我做了很多根本不屬於我的夢。有時候我是男人，有時是小男孩、甚至是靜脈曲張的肥胖老女人……而且我在我從未去過的地方，做一些對我完全沒有意義的事。」

「嗯，就像他們說的，妳正在尋找新的子宮，準備出生。而那片煙霧瀰漫的紅光是不好的子宮，妳不會想朝那個方向過去的，那是低劣卑微的子宮。妳可能在期待來世之類的。」他覺得這麼說很蠢，因為他可說是沒有宗教信仰的。但是半活狀態的經驗是那麼真實，不禁讓大家都懷抱著虔敬的心。接著，他切換主題，說：「我來說說我是為了是什麼事來找妳吧。S．道爾．梅里朋失蹤了。」

艾拉沉默了好一會兒，接著笑了出來。「這個S．道爾．梅里朋是誰，還是什麼個東西？怎麼會有這種事？」艾拉獨特溫暖的笑聲讓他激動起來。即使經過了這麼多年，他依然記得這個笑聲。他已經十多年沒聽到她這麼笑了。

「妳可能忘了。」他說。

艾拉說：「我沒忘，我不可能忘記Ｓ．道爾．梅里朋。那是托爾金筆下的哈比人嗎？」

「他是雷蒙．霍立斯手下最強的通靈師。自從ＧＧ．愛許伍德在一年半前初初盯上他以後，我們就派了至少一名反超能師跟著他。我們**從來**沒把梅里朋跟丟過，我們承擔不起那種損失。必要時，梅里朋可以散發出比霍立斯其他任何人手強兩倍的氣場。而且，霍立斯手下已經有不少人失蹤，梅里朋只是其中一人——應該說，我們目前只知道他們失蹤。所有保己機構目前也只能這麼推測。所以我想，嘿，我要去問問艾拉看是出了什麼事，我們又該怎麼做。這是妳在遺囑裡提到的，記得吧？」

「我記得。」但她的聲音聽來遙遠。「在電視上強打廣告，警告大家，告訴他們……」她的聲音逐漸微弱，最後消失。

「我講這些事讓妳覺得無聊了。」朗西特鬱鬱寡歡地說。

「沒有。我……」她遲疑了一下，他能感覺到她更遠了。「這些人都是通靈師嗎？」過了一會兒，她才說。

「大部分是通靈師和預知師。我知道他們不在地球上。我們有十來個反超能師無所事事，因為他們要牽制的超能師都不在。不過我更擔心，也可說非常擔心的是反超能的需求下降了——這妳可以理解的，因為那麼多超能師失蹤。但是我知道他們都去執行同一個計畫，我的意思是，我是這麼想的。總之，我能確定，有人雇用了一群超能師，但只有霍立斯知道對方是什麼人，在什麼地方，或者動機為何。」這時，朗西特陷入了沉思。艾拉怎麼可能有辦法幫他釐清這一切呢？他自問。她身在棺柩裡，冰凍在世界之外，只能知道他告訴她的事。然而，過去他一向仰賴她的聰慧，那是女性特有的、不是基於知識或經驗，而是與生俱來的睿智。在她生前，他沒能揣摩出她有多聰慧，現在她冷冰冰地躺著，他當然更不可能知道。艾拉過世後，他認識的其他幾個女人不太有這種睿智，若有也只是微量。至於其他方面的潛力，更比不上艾拉曾經擁有的。

「告訴我，」艾拉說：「這個梅里朋是個怎麼樣的人？」

「他有點怪癖。」

「是為了錢而工作，還是出自信念？每次看到那些超能師心懷目標和宇宙，我總覺得厭煩。就像那個可怕的薩拉皮斯，你還記得這人嗎？」

「薩拉皮斯不在了。他打算另組團隊和霍立斯競爭，被霍立斯光明正大開除。一名為他工作的預知師向霍立斯告的密。」他補充道：「梅里朋更棘手。他火力全開時，得要三名反超能師才能平衡他的氣場，這麼一來，我們就沒利潤了。我們收——或應該說，我們**確實**只收——

出動一名反超能師的價錢。因為事務所有價目表，我們必須遵守。」一年一年下來，他越來越不喜歡事務所。無用又耗資、浮誇的公司成了他長期的夢魘。「據我們所知，梅里朋是個心中只有錢的超能師。這會不會讓妳覺得好一點？還是更差了？」他等了等，但沒聽到她任何回應。「艾拉？」他喊她，但什麼也沒聽到。於是他緊張起來，說：「嘿，艾拉，妳聽得到我的聲音嗎？是不是有什麼狀況？」喔，天哪，他心想。她走了。

又停了一會兒，接著他右耳聽到成形的思緒。「我是裘瑞。」這些思緒並非來自艾拉，活力不同，雖然生動但也笨拙些，少了她的細緻和敏銳。

「別占住訊號。」朗西特驚慌地說：「我本來在和我妻子艾拉說話，你是從哪裡冒出來的？」

「我是裘瑞，」那波思緒又出現了：「都沒人和我說話。如果你不介意，我想和你聊聊，先生。你貴姓大名？」

朗西特結巴地說：「我要找我的妻子，艾拉．朗西特。我付了錢找她說話，我要說話的對象是她，不是你。」

「我認識朗西特太太。」傳進他耳中的思緒越來越清晰了。「她會和我說話，但那跟和你這樣還活在世上的人說話不一樣。朗西特太太在我們這個世界，不算數，因為她知道的不比我們多。今年是哪一年，先生？他們把那艘大船送上國際太空站了嗎？我對這件事很感興趣，也許你可以告訴我。然後，如果你願意，我可以稍後再轉告朗西特太太，這樣好嗎？」

朗西特拉下耳塞，匆忙放下耳機和設備，離開空氣不流通的辦公室，在一排排冰冷的棺柩間穿梭。這些棺柩全依照編號整齊地排列。他到處尋找賓館老闆，無視在他面前來來去去的員工。

「有什麼問題嗎，朗西特先生？」看到他四處走，那個姓什麼馮．福格桑的老闆說：「有我能幫忙的地方嗎？」

「剛剛在通話時，有個**東西**跑進來插話。」朗西特喘著氣說：「取代了艾拉。該死的，你們這些人不知道在做什麼，服務這麼糟。這種事不該出現的，這究竟是什麼意思？」賓館老闆朝二A辦公室走了過去，他緊跟在後。「如果我是這樣經營我的公司……」

「對方有沒有表明自己的身分？」

「有，他自稱裘瑞。」

馮．福格桑顯然很擔心，他皺起眉頭，說：「那就是裘瑞．米勒了。我記得他在冰艙裡的位置排在朗西特夫人旁邊。」

「可是我明明看到了艾拉。」

「長期處在相鄰的位置後，」馮．福格桑解釋道：「半活者之間偶爾會出現相互同化的情況。裘瑞．米勒的腦部活動特別活躍，而朗西特夫人則相反。這造成了單向的腦部影響。」

「你能修正這個狀況嗎？」朗西特的聲音沙啞。他發現自己仍然疲憊，還邊喘氣邊發抖。「把那傢伙從我太太的心靈驅逐出去，把她找回來。這是你的工作！」

馮．福格桑語氣僵硬地說：「如果狀況持續，我們會退你錢。」

「誰在乎錢？錢算什麼？」這時，兩人已經來到了二Ａ辦公室。朗西特搖搖晃晃地再次坐下，心跳快到他幾乎無法說話。「如果你不把裘瑞那傢伙弄走，」朗西特半喘半吼地說：「我會告你，讓你們關門大吉！」

馮．福格桑面對棺柩，戴上通訊裝備，俐落地對著麥克風說：「裘瑞，好孩子，你先離開。」他看著朗西特，說：「裘瑞十五歲就過世了，所以他才那麼有力。其實這種事從前也發生過，裘瑞幾度出現在不該出現的地方。」他再次對著麥克風說：「裘瑞，你這麼做很不公平。朗西特先生大老遠來找他的夫人說話。你別削弱她的信號，這樣做太搗蛋了。」他停了一下，聽著耳機裡的聲音。「我知道她的信號很微弱。」他繼續聽，嚴肅地瞪大眼睛，然後拿下耳機站起來。

「他怎麼說？」朗西特問道：「他願意離開，讓我和艾拉談話嗎？」

馮・福格桑說：「裘瑞也沒辦法。你假想一下，有兩座調頻發射站，一座很近，但功率只有兩百瓦；另一座雖很遠，頻道相同——或幾乎相同，而且用的是五百瓦的功率。然後，當夜幕低垂……」

朗西特說：「夜晚確實來了。」至少對艾拉來說是如此。如果霍立斯手下失蹤的通靈師、賦形師、預知師、復甦師等等全都找不到人，對朗西特來說，同樣也是末日來臨。他失去的不只是艾拉，同時也失去了她的建議，裘瑞在艾拉給意見前便把她趕跑了。

「我們送她回冰艙後，」馮・福格桑說個不停，「不會再把她擺在裘瑞附近。其實，如果你同意支付高一點的月費，我們可以把她放在最高等級的隔離房。隔離房的牆壁有鐵氟龍二十六的塗層強化，能抵擋外在的心靈——無論是裘瑞還是其他人——侵入。」

「你講這話不會太遲了嗎？」朗西特暫時脫離沮喪的情緒回到現實。

「她有可能回得來。只要裘瑞加上其他趁虛而入的人離開。以她現在虛弱的狀態，幾乎任何人都能侵入她的心靈。」馮・福格桑咬著嘴唇，明顯是在思考。「不過，朗西特先生，她可能不喜歡被隔離開來。我們把棺柩——也就是大家口中的棺木——放在一起是有道理的。在他人的心靈間遊走，是半活者唯一的……」

「現在就把她放到單人房去。」朗西特打斷他，說：「隔離總比完全不存在來得好。」

「她在。」馮・福格桑糾正朗西特。「她只是沒辦法和你聯繫。那是有差別的。」

朗西特說：「形而上的差別對我來說沒有意義。」

「我會把她安置在隔離室。」馮・福格桑說：「但我認為你說得對，現在太遲了。就某種程度，裘瑞已經永遠侵入她了。我很遺憾。」

朗西特厲聲說：「我也一樣。」

3

即溶尤比克帶給您有如現煮咖啡的香醇風味。妳的丈夫會大讚：老天，莎莉，我原以為妳煮的咖啡很一般。但現在，哇嗚！請依指示服用。

喬・奇普還穿著小丑般的灰色條紋睡衣，頭昏腦脹地坐在廚房桌邊，點一根香菸，塞了一角硬幣到剛租來的新聞自動產生器，轉動旋轉扭。宿醉下，他選擇了「星際新聞」，草草讀了本地新聞，接著選擇了八卦版。

「好的，先生。」新聞產生器誠摯地說。「八卦。猜猜隱居中，聞名星際的投機客兼金融家此刻打算做什麼。」機器嘶地一聲，紙槽列印出一卷印著漂亮粗體字的四色印刷紙條，順著新柚木桌掉到地上。奇普的頭還在痛。他撿起紙條，平攤在面前的桌上。

米克向世界銀行借貸兩兆

（美聯社）倫敦報導。隱居中、聞名星際的投機客兼金融家準備做什麼呢？過去，米克曾經提議建立一支艦隊，提供以色列殖民火星，好爲原本荒蕪的星球帶來富饒的可能性。如今，讓商界議論紛紛的是，倫敦中央政府流出消息，這位亮眼又獨特的商業鉅子可能得到一筆史無前例的高額貸款，金額高達……

「這不算八卦。」喬．奇普對機器說：「這是對金融交易的臆測。今天我想讀的是某某電視明星和某某有毒癮的有夫之婦上床。」一如往常，他昨晚沒睡好——至少就快速動眼期而言是如此。不幸的是，他還抗拒了助眠劑的誘惑。原因是，他在社區大樓自動藥局購買興奮劑的本週配額已經用完。他不得不承認這是自己貪圖效益的錯，但反正吃完就是吃完了。根據法律，他在下週二之前不得再領取新藥。距離期限還有兩天，兩個**漫長**的日子。

新聞產生機說：「請選取不入流的八卦新聞。」

他照指示做，機器絲毫無延誤地列印出第二捲紙條。他的目光焦點落在蘿拉．賀茲堡萊特的一張漫畫上。他滿意地舔舔嘴唇，看著漫畫上她被畫得挑逗意味十足的右耳，貪婪地開始閱讀。

日前，蘿拉．賀茲堡萊特在一場於紐約舉行的晚宴遭扒手盯上。蘿拉以右拳痛擊扒手的肋骨，將他擊飛到瑞典國王伊貢．葛落特和一名身分不明的女性桌上，這名女性有巨大的……

這時，他公寓的門鈴響了。喬．奇普嚇了一跳，抬起眼睛，發現香菸差點燒到他柚木桌的塑膠表層，他連忙放好菸，接著才睏倦地拖著腳步，走向設置在門栓旁、便於使用的對講機。「是誰？」他恨恨地問，抬起右手看腕錶，發現時間甚至還不到八點。他想，可能是出租機器人，要不，就是討債集團。他沒有按開門栓。

隔著門，一個中氣十足的男聲透過對講機說：「喬，我知道時間還早，但我剛進城。我是GG．愛許伍德，我在托皮卡物色到一個人手，覺得這傢伙很傑出，在送到朗西特跟前時，想先請你確認一下。不過，反正朗西特人現在在瑞士。」

奇普說：「我公寓裡沒有測試裝備。」

「我馬上去公司替你帶回來。」

「不在公司裡。」他心不甘情不願地承認：「東西在我車上。昨晚我沒繞過去放裝備。」事實上，他昨晚花了大把鈔票喝得爛醉，連飛行車的行李箱都沒辦法打開。「不能等到九點過後嗎？」他惱怒地問。ＧＧ・愛許伍德就算在中午來，他過度充沛的精力也會惹人厭，何況是七點四十分，喬・奇普根本無法忍受。這比討債集團還可惡。

「親愛的奇普，這次我找到的是個頂尖高手，會讓你所有的測試儀表指針彎到不能更彎，再加上還可以為公司注入我們迫切需要的新血。此外……」

「是反哪種超能？」喬・奇普問道：「反通靈嗎？」

「我把人帶來談。」ＧＧ・愛許伍德說：「我不知道欸。聽著，喬。」愛許伍德壓低聲音，說：「這人是機密，有些話我不能站在門口大聲說，可能會給人聽到。其實我已經偵測到一樓公寓裡有人在窺探，他……」

「好啦。」喬・奇普認命地說。ＧＧ・愛許伍德的話匣子一打開就停不了，乾脆就聽他說。

「給我五分鐘穿衣服，順便找找我家還有沒有剩下咖啡。」他隱約記得昨晚去大樓的超商買東西時撕下了一張綠色供應券，這表示他買了咖啡、茶、香菸或是進口的花俏鼻菸。

「你會喜歡她的，」ＧＧ・愛許伍德興高采烈地說：「雖然說，就像常見的例子，她的家長是……」

「她？」喬・奇普警覺地說：「我的公寓不適合讓外人進來，我兩個月沒繳打掃機器人的費用，它們兩星期沒進門了。」

「我來問問她會不會介意。」

「不用問她。介意的人是**我**。我會按照朗西特安排的時間到公司裡測試她。」

「我讀到她的想法了，她不介意。」

「她幾歲？」他想，說不定她只是個孩子。不少具有潛力的反超能師是小孩，它們為了自我保護，想躲開會讀心的家長窺探，進而發展出這樣的能力。

「親愛的，妳幾歲？」GG轉頭輕聲問和他一起來的人。「十九歲。」他回報奇普。

嗯，和他的猜測相去不遠。通常，GG．愛許伍德一遇到有魅力的女人就會花言巧語說個不停，說不定這個女孩就是個美人。「給我十五分鐘。」他告訴GG。如果他動作快，不喝咖啡再跳過早餐，說不定可以偷偷在十五分鐘內把公寓打掃乾淨。這確實值得一試。

他掛掉對講機，在廚房櫃子裡找掃把（手動或自動）或吸塵器（氦電池或插電式）。但他兩者都沒找到。顯然大樓管理處從來沒有提供他任何清潔工具。他心想，見鬼了，都在這裡住四年了，怎麼到這時候才發現。

他拿起視訊電話，撥打分機二一四找大樓維修管理部：「聽著，我現在可以結清打掃機器人的帳款。我要它們現在就來我的公寓打掃，打掃完畢後，我會一併付清所有帳款。」

「先生，你必須在它們打掃之前就付清所有帳款。」

這時候，他已經把皮夾拿在手上，甩出裡頭的魔法信用鑰匙——其中大部分都已經無效。也許他這輩子和金錢的關係，就是被債務追著跑。「我用三角魔法鑰匙支付過期的帳款，」他也不知對方是誰，只是自顧自地說：「這麼一來，欠你們的帳款會轉到別處，你們的帳簿上會顯示我已經全部還清。」

「還要加上罰金和違約金。」

「那些我會用我的心型——」

「奇普先生，費里斯暨布克曼個人信用稽核分析針對你特別發布了一份報告，這份報告昨天才傳進我們的收件匣，內容還印象深刻。從七月到現在，你的信用評價從三G降到四G。我們部門——其實應該說整棟大樓——現在將停止提供服務和借貸給像你這種與眾不同的可憐人，此後，你的每項支出都必須以現金來交易。事實上，你這輩子可能都得靠現金過日子了。事實上……」

他掛斷視訊電話，放棄希望，不打算繼續引誘或威脅打掃機器人進入他亂成一團的公寓取而代之，他走進臥室著裝，至少這點他不需要任何協助。

穿戴妥當後——他穿了一件輕便的浴衣，踩著閃亮亮的尖頭鞋，搭配一頂流蘇毛氈帽——在廚房裡找來找去，希望能找到一點咖啡。他的希望落空。接著他把注意力放到起居室，在通往浴室的門邊找到昨晚用過的骯髒藍色披肩和一個裝著半磅裝肯亞咖啡的塑膠袋，這是好東西，只不過所費不貲。尤其是他現在的財務狀況岌岌可危。

他回到廚房裡，翻遍身上幾個口袋才找出一枚一角硬幣來啟動咖啡壺。聞到一股——對他而言——非常奇特的香味後，他再次看錶，發現十五分鐘已經過去。於是他大步走向公寓門口，轉動門把拉動門栓。

門拒絕讓他打開，說：「請投入五分錢。」

他翻找口袋，銅板沒了，什麼都沒有。「我明天再付錢。」他告訴門。接著，他又試著轉動門把，但發現門仍然緊緊鎖住。他對門說：「我給過你小費，我根本**沒必要**付你錢。」

「我的看法和你不同，」門說：「請參閱你買下公寓的購買合約，你在上頭簽了名。」

他在書桌抽屜裡找出合約。自從簽下這份合約後，他發現自己不時得拿出來參考。果然沒錯，付錢開門關門是義務，不是小費。

「你知道我說得沒錯。」門說，語氣聽來沾沾自喜。

喬．奇普從水槽旁邊的抽屜裡找出一把不鏽鋼刀。這扇吃錢的門！他用刀子鬆開門栓上的螺絲。

「我會控告你。」第一個螺絲掉下來時，門這麼說。

喬・奇普說：「我從來沒被門控告過。但我猜我熬得過去。」

這時傳來一聲敲門聲。「嘿，喬，親愛的，是我，ＧＧ・愛許伍德。她就在我身邊。開門。」

「幫我丟個銅板開門，」喬說：「我這邊的投錢孔好像故障了。」

隨著銅板掉進投錢孔的聲音，門打了開來，站在外頭的ＧＧ・愛許伍德滿臉春風。他將一名女孩推進門，表情既狡詐又得意。

她定定站著，盯著喬・奇普看了一會兒。這女孩顯然不超過十七歲，身材苗條，有一身古銅色的皮膚和一雙又圓又大的深色雙眼。天啊，他心想，她好漂亮。她穿著人造纖維的帆布工作襯衫和牛仔褲，腳上沉重的靴子卡著看來像是如假包換的泥巴。她蓬鬆閃亮的長髮往後梳，用一條紅色頭巾綁在腦後。她將襯衫的袖子往上捲，露出曬黑的結實手臂。她的仿皮腰帶上配戴著一把刀，一支戶外電話和一包緊急備用口糧和水。她裸露的古銅色前臂上有個刺青，刺著CAVEAT EMPTOR[1]。喬納悶著，不知那是什麼意思。

「這位是小派。」ＧＧ・愛許伍德說。他的手臂炫耀般地環住女孩的腰。「姓什麼不重要。」

ＧＧ・愛許伍德寬肩又肥胖，像塊超重的磚塊。他一如往常地罩著毛海披風，頭戴杏色毛氈帽，一雙菱格紋滑雪襪下踩著一雙絨毛室內拖鞋。他走向喬．奇普，身上每個毛孔都散發著自滿，因為他挖到寶，而且準備物盡其用。「小派，這位是公司裡技術一流的電子測試員。」

女孩酷酷地對喬．奇普說：「是你自己還是你的測驗帶電？」

「我們彼此平衡。」喬說。他聞到沒打掃的公寓裡瀰漫著一股臭氣。臭氣來自公寓裡的垃圾和雜物，他知道小派已經注意到了。「請坐，」他笨拙地說：「喝杯真正的咖啡。」

「真奢侈。」小派說，選了廚房桌邊坐下，下意識地把這星期的一堆報紙收拾成一疊。「奇普先生，你怎麼負擔得起真的咖啡？」

GG說：「喬的薪水優渥得很。公司沒他就要倒了。」他伸手在桌上的香菸盒裡掏出一根菸。

「放回去。」喬．奇普說：「我的菸快抽完了，而且我的綠色供應券買咖啡用完了。」

「我付了錢開門欸。」GG說。他把香菸盒遞向女孩。「喬演很大，妳別理他。就和他這個地方一樣，這表示他充滿創意，所有天才都是這樣的。你的測試設備在哪裡，喬？我們在浪

譯註

1 拉丁文，意指：買者當心。常可見於交易合約條款，意思是賣方主張，貨物出門，概不負責。

費時間。」

喬對女孩說：「妳的裝扮好奇怪。」

「我負責維修托皮卡那邊基布茲[2]的視訊電話地下網絡，」小派說：「在那個特別的基布茲，只有女性才能從事勞動工作。所以我才會去那裡申請，而不是到威奇塔福爾斯的基布茲。」她黑色的雙眼閃爍著驕傲的光芒。

喬說：「妳手臂上的刺青是希伯來文嗎？」

「拉丁文。」她的雙眼依稀閃爍著興味。「我從來沒看過哪戶公寓裡有這麼多垃圾雜物。你沒請管家嗎？」

「他這種電子專家沒時間跟妳東扯西扯的。」GG．愛許伍德不耐地說。「聽著，奇普，這女孩的雙親在雷蒙．霍立斯手下工作。如果他們知道她來這裡，絕對會切除她的前額葉[3]。」

喬．奇普對女孩說：「他們不知道妳有反超能的天分？」

「不知道。」她搖頭。「在你們公司的探子跑來基布茲的餐廳告訴我之前，我自己也不知道。說不定是真的。」她聳聳肩。「也可能不是。他說你可以用測試裝備讓我看看客觀證據。」

他問她：「如果測試出妳有，妳會怎麼想？」

小派想了想，說：「好像會覺得……有點反感。我什麼也做不到，我不能移動物品，不能把石頭變成麵包，不能無性生子，也不能逆轉病患罹病的歷程。同樣的，連讀心和預知這種常見技能都沒有。我只能抵銷某個人的能力。這就感覺像是……」她打個手勢。「很乏味。」

喬說：「作為人類的生存技能，反超能和讀心的天賦同樣有用。特別是對我們這些平凡人來說更是如此。反讀心的技能是一種生態平衡的自然重建。當一種昆蟲學會飛行，就會有另一種學會織網捕捉它們。不會飛的生物是不是也一樣呢？蛤蜊演化出硬殼來保護自己，鳥學會叼起蛤蜊飛到高處，再把它們丟到岩石上。就某個層面來說，妳的生命型態就是掠捕讀心師，而讀心師掠捕平凡人。這麼一來，妳成了平凡人的朋友。平衡，循環，掠食者和獵物；這成了一個永恆的機制。老實說，我看不出還有其他更好的系統。」

「我可能被視作叛徒。」小派說。

「這會讓妳覺得困擾嗎？」

譯註

2 Kibbutz，以色列的合作農場。

3 Frontal lobotomy，一九三〇到五〇年代醫治精神病的一種方式，是世上第一種精神外科手術，曾獲一九四九年諾貝爾生理學及醫學獎，但如今認為此舉嚴重違反人權。

「旁人敵視我會讓我困擾。不過，我猜人只要活得久就會製造敵人，一個人不可能取悅所有人，因為大家想要的都不同。取悅了一方，就會得罪另一方。」

喬說：「妳有哪種反超能？」

「這很難解釋。」

「就像我說的，」ＧＧ．愛許伍德說：「她的能力很獨特，我過去從來沒聽說過。」

「妳可以反制哪種超能？」喬問女孩。

「我猜是預知吧。」小派說。她朝態度依舊熱切的ＧＧ．愛許伍德點個頭示意。「是你們的探子愛許伍德先生告訴我的。我知道我做過一些好笑的事，從我六歲起，就經常碰到怪事。我從來沒告訴我的父母，因為我覺得那會惹他們生氣。」

「他們是預知師嗎？」喬問道。

「是的。」

「妳講得沒錯，那確實會讓他們生氣。但如果妳在他們身邊用過這個能力，就算一次也好，他們肯定會知道。難道他們從來沒懷疑過？妳曾否干擾過他們的能力？」

小派說：「我……」她聳聳肩，說：「我覺得我反制過，只是他們不知道。」她露出困惑的表情。

「我來說明反預知通常是怎麼運作的。」喬說：「我們所知道的每個案例都成功。預知師看到的各種未來就像是蜂巢裡並排的格子，哪一格最明亮，他就選哪一格。當他選定後，反預知師就無能為力了。預知師做出決定時，反預知師就必須在場，而非等到事後來反制。他們讓所有未來在預知師眼中看來都相同，讓預知師失去天賦的能力而無法選擇。當反預知師來到身邊時，預知師會立刻發現，因為他們與未來的關係會完全改變。通靈師同樣會受到類似的影響……」

「她能讓時間回到過去。」ＧＧ．愛許伍德說。

喬瞪著他看。

「回到過去。」愛許伍德又重複了一次，一邊咀嚼自己這句話。他掃視喬．奇普家裡廚房的每一吋角落。「受她影響的預知師仍然會看到一個最明亮的可能性，然後做出選擇，而且他的選擇沒錯。但是為什麼不會錯？為什麼那格未來特別明亮？因為這個女孩……」他朝小派的方向聳聳肩，說：「小派控制了未來，那格未來之所以特別明亮，是因為她回到過去做了改變。透過這個方式，她改變了現在、改變了預知師。預知師不明就裡，以為自己的超能仍然正常運作，事實上沒有。小派的反超能力比其他反預知師強的地方就在這裡。此外，最棒的是，在預知師做出選擇**之後**，她能抵銷他們的決定。她可以事後進入現場。你也知道，這一直是我們的障礙，如果我們不能一開始就在場，就束手無策了。就某個層面來說，我們從來不能真的像反制其他超能那樣抵銷預知師的能力，對吧？這難道不是我們提供的服務中最弱的一環？」他滿心期待地看著喬・奇普。

「有意思。」喬立刻說。

「什麼『有意思』，你就只有這點反應！」愛許伍德憤慨地比手劃腳。「這根本是到目前為止最厲害的反超能力！」

小派輕聲說：「我沒有回到過去。」她抬起雙眼，半是抱歉半帶挑戰地直視喬・奇普。「我只是做了一件事，愛許伍德先生太誇張了。」

「我可以讀妳的想法，」愛許伍德有點惱怒地看著她，說：「我知道妳可以改變過去，妳做到過的。」

小派說：「我可以改變過去，但沒辦法**回到**過去，我不會穿梭時空，不像你要你們測試員以為的那樣。」

「妳怎麼改變過去？」喬問她。

「用想的。在腦子裡想過去某個特定事件、或某個人說過的某件事。要不，就是想一件已經發生，但我希望沒發生過的事。我第一次做這種事是我小時候……」

「在她六歲的時候，」GG插嘴，說：「當時她住在底特律——當然是和她父母住在一起。她打破了她父親珍藏的古董陶瓷雕像。」

「難道妳父親沒有透過預知能力事先知道這件事？」喬問她。

「有的，」小派回答：「然後，他在我打破雕像的前一個星期處罰了我。但他說那件事無法逆轉；你知道預知師的能力的，他們可以預知但是不能改變任何事。然後，在雕像真的打破——我應該說在我真的打破雕像後，我一直在想那件事，想到雕像打破的一星期前我晚餐後沒甜點吃，還得在傍晚五點就上床睡覺。我想到耶穌基督——或其他小孩子會想到的神——為什麼沒能在場阻止這件不幸的事？對我來說，我父親的預知能力沒什麼了不起，因為他無力阻止這件事。這讓我到現在還有點輕視預知能力。我花了一個月時間希望那該死的雕像能恢復原狀。當時，我的想法一直回到雕像打破之前的日子，想像雕像完整的樣子……其實那雕像很醜。後來，有天早上我醒過來——我前一天晚上甚至夢到了——發現雕像原封不動杵在原處。」她緊張地靠向喬．奇普，用尖銳果決的音調說：「但不論是我的父親或母親都沒發現任何不對，他們覺得雕像一直沒打破。我是唯一記得那件事的人。」她露出微笑往後靠，從喬．奇普的香菸盒裡抽出另一根菸點燃。

「我去車裡拿我的測試工具。」喬說完話便走向門口。

「請投五分錢。」他握住門把時，門說話了。

「付開門錢。」喬對ＧＧ說。

當他將一堆測試裝備從車上抱回公寓後，他便要公司的探子離開。

「什麼？」ＧＧ驚訝地說：「是我找到她的，獎金應該歸我。我花了將近十天才追蹤到她，我……」

喬告訴他：「你很清楚，有你的氣場在，我沒辦法對她進行測試。超能力和反超能會互相影響，如果不是這樣，我們就不會進這個行業了。」ＧＧ氣呼呼地站起來時，喬對他伸出手。

「留幾個銅板給我，好讓我們能出門。」

小派低聲說：「我皮包裡有零錢。」

「測試我氣場縮小了多少，」ＧＧ說：「你就能計算出她的能力。你一直是這麼做的，我看過上百次了。」

喬簡短地說：「這次不一樣。」

「我身上沒銅板了，」ＧＧ說：「我出不去。」

小派看了喬一眼，接著又看向ＧＧ，說：「我給你一枚。」她丟了一枚銅板給ＧＧ，他一把抓住，臉上先是露出困惑的表情，接著逐漸扭曲成憤怒。

「妳太讓我失望了。」他邊說，邊把銅板投入門上的投錢孔。「你們兩個都讓我失望。」

GG走出門，在門關上時他仍然嘟嘟囔囔。「是我發現她的。這個行業競爭太激烈了，當……」門砰一聲關上，他的聲音跟著消失。接下來只剩下一片靜默。

小派說：「熱情消失後，這個人就沒什麼可取之處了。」

「他還好啦。」喬說。某種常有的感覺出現了：罪惡感。但不太嚴重。「總之，他的部分完成了。現在……」

「也就是說，現在輪到你了。」小派說：「我可以脫掉靴子嗎？」

「請便。」他說。他開始架設測驗裝備，檢查鼓輪和電源，測試各種指針，釋放特定波段並記錄效果。

「洗個澡可以嗎？」她問道，順手把靴子擺在一邊。

「二十五分，」他低聲說：「要花二十五分錢。」他抬頭看，發現她正在解開襯衫鈕釦。「我沒有二十五分錢。」他說。

「在基布茲，」小派說：「一切都免費。」

「免費！」他瞪著她看。「就經濟層面來說是不可行的。那要怎麼運作？能營運超過一個月嗎？」

她沒受到干擾，繼續解釦子。「我們的薪水全存進共同帳戶，以工作換取積點。用所有人的共同收入來經營基布茲。事實上，這幾年來，托皮卡的基布茲都有盈餘，我們的集體收入高於支出。」所有的釦子解開後，她把襯衫掛在椅背上。在藍色粗布襯衫下，她沒穿其他衣服。他注意到她肩膀的肌肉恰到好處地支撐著尖挺的胸部。

「妳確定妳真想這麼做？」他問道：「真的想脫掉衣服？」

小派說：「你不記得了。」

「不記得什麼？」

「不記得我沒脫下衣服，那是在另一個當下的事。你當時不是很開心，於是我抹除了那件事，所以我現在才會這麼做。」她輕快地站起身來。

「妳沒脫下衣服時我做了什麼事？」他小心翼翼地問：「拒絕測試妳的能力嗎？」

「你抱怨愛許伍德先生高估了我的反超能力。」

喬說：「我才不會，我不做那種事。」

「來，你看。」小派彎下腰，乳房向前顫動，她從她襯衫的口袋裡掏出一張折起來的紙遞給他。「來自我抹除的另一個現在。」

他看著紙條，讀到自己寫在底下的一行評估。「反超能力氣場不足，從頭到尾皆低於標準。目前無反制預知師的價值。」最後他標注的記號是圓圈中間加一條槓，表示**不錄用**。這個記號只有他和葛倫·朗西特知道，連他們的探子都不曉得，所以不可能是愛許伍德告訴她的。

他靜靜地把紙遞給她。小派把紙折起來，又放進襯衫口袋裡。

「看到這張紙以後，你還要測試我嗎？」她問道。

「我有固定的程序，」喬說：「有六項指標……」

小派說：「你是個債務纏身、毫無工作效率的小小官僚，身上連付錢開門好走出公寓的銅板都沒有。」她的語調中肯，但這句毀滅性十足的話語敲打著他的雙耳，他覺得自己全身僵硬，臉部肌肉抽搐還脹個通紅。

「現在只是時機不對，」他說：「我的財務狀況隨時可能恢復。我可以申請貸款。如果有必要也可以向公司申請。」他搖搖晃晃地站起來，拿出兩個杯子和小盤子，拿起咖啡壺倒咖啡。「要加糖還是奶精嗎？」他問道。

「奶精。」小派說。她仍然光著腳，沒穿襯衫。

他拉扯冰箱門把想拿出牛奶罐。

「請投十分錢。」冰箱說：「開冰箱門五分錢，奶精五分錢。」

「不是奶精，」喬說：「只是牛奶。」他徒勞無功地繼續拉冰箱門。「一次就好。」他告訴冰箱：「我發誓今晚會還你錢。」

「拿去。」小派把一枚銅板放在桌上朝他推過去。「該付就付。」她看著他把銅板塞到冰箱的投幣孔裡。「給你的管家。你真落魄，對吧。我早就知道了，那時愛許伍德先生……」

他說：「並不是一直都這樣的。」

「奇普先生，你要不要我幫你解決問題？」她雙手放在牛仔褲口袋裡，兩眼看著他，面無表情——除了警覺之外。「你知道我辦得到。坐下，寫下你對我的評估。測試就別做了。反正我的能力獨特，你沒辦法測量我散發的氣場，我能改變的是過去，而你是在現在測試我，所以自然會有這樣的結果。這點你同意吧？」

他說：「讓我看看妳放在襯衫口袋裡的評估單。在決定之前，我想再看一次。」

她再度從襯衫口袋裡拿出折起的黃色評估單，鎮定地遞給坐在桌子對面的喬．奇普，讓他再看一次。他心想，沒錯，是我的筆跡。他把評估單還給她，從測試裝備當中拿出一張熟悉的全新黃色評估單。

他在上面寫下她的名字，偽造出得分奇高的評估結果，接著寫下他的結論。他的新結論。「展現出令人難以置信的能力。測試結果顯示，其具有獨特的反超能氣場，足以抵銷想得到的各樣預知師所擁有的能力。」最後，他畫了一個符號，這次是兩個叉字記號，下面還畫了一條線。小派站在喬身後看著他寫字，呼吸吹在他的脖子上。

「兩個叉記號下面畫線是什麼意思？」她問道。

「雇用她，」喬說：「不計一切代價。」

「謝謝你。」她從皮包裡翻出一把保幣，挑出一張交給他。「這下你不必再為錢傷腦筋了。但我不能在你寫好正式評估之前給你，因為你會取消測試，認為我在賄賂你。最後你甚至會決定我沒有任何反超能力。」她拉下牛仔褲拉鍊，又開始迅速俐落地脫衣服。

喬．奇普看著自己寫的評估，沒瞄向她。下面畫線的兩個叉記號代表的意思和他告訴她的不一樣，真正的意思是：注意這個人，她對公司有害，是個危險人物。

他在評估單上簽字，折好後遞給她。她立刻放進自己的皮包裡。

「我什麼時候可以把東西搬過來？」她邊走向浴室邊問：「既然我付了一整個月的房租，我把這公寓當成自己的了。」

「隨時歡迎。」他說。

浴室說：「開熱水前請先投入五十分銅板。」

小派走回廚房，伸手到皮包裡拿銅板。

4

尤比克新奇沙拉醬，既非義式也非法式風味，是讓人耳目一新的絕妙好滋味。品嚐尤比克，味蕾也瘋狂！請依指示服用。

葛倫．朗西特結束此生摯愛平活賓館的行程，搭乘無噪電動禮車回到位於紐約的朗西特事務所頂樓，順著坡道迅速下到十五樓辦公室。這時是當地時間早上九點三十分，他坐在辦公桌前的核桃木真皮大旋轉椅上，透過視訊電話和公關部門的人通話。

「塔尼許，我才剛從蘇黎世回來。我在那裡和艾拉談過了。」朗西特瞪著他的祕書，後者戒慎恐懼地走進老闆的超大辦公室，順手關上門。「有什麼事，佛里克太太？」他問道。

佛里克太太是個戰戰兢兢的瘦小女人，臉上的人工色彩正好補足了她平時過於灰敗的臉色。她默默打個手勢，打擾老闆也是不得已。

「好，佛里克太太，」他耐心地說：「究竟是什麼事？」
「有個新客戶，朗西特先生。我覺得你該見見她。」她走向朗西特但同時往後縮，這個動作不容易，只有佛里克太太辦得到。她可是花了上百年時間練習。
「等我講完電話。」朗西特告訴她。接著，他對著電話說：「我們的廣告在全球電視黃金時段播出的頻率是什麼？還是每三個小時一次嗎？」
「不完全是這樣，朗西特先生。反超能的保己廣告平均每三小時在超高頻頻道上出現一次，但是黃金時段的價碼……」
「我要每小時都上廣告。」朗西特說：「艾拉覺得這麼做比較好。」回西半球的路程上，他已經選定了自己最喜歡的廣告。「你知道嗎，最高法院近期有個裁決。如果丈夫能證明妻子在任何情況下都不願意離婚，便可以合法殺掉妻子。」
「是的，那是所謂的……」
「我才不管那項裁決叫什麼名字。重點是我們有支廣告講的就是這回事。劇情是什麼來著？我一直想不起來。」
塔尼許說：「有個離婚的男人在受審。一開始鏡頭帶向陪審團、法官，然後停在正在審訊男人的檢察官身上。他說：『看來，先生，你的妻子……』」

「對。」朗西特滿意地說。他最早還幫忙編寫過這支廣告。就他自己的看法，這正是他多面向才華的展現。

「然而，」塔尼許說：「我們是不是可以假設那些失蹤的讀心師是集體去替另一家大型投資公司工作？如果事情可能是這樣，我們也需該挑一支強調我們公司形象的廣告。你也許還記得這支廣告，朗西特先生。一開始是丈夫在傍晚下班回家，身上還配戴著螢光黃的印度式腰帶，穿粉色裙子，搭配緊身褲，頭戴軍帽。他疲憊地坐在起居室沙發上，脫下一隻長手套，然後駝背皺眉地說：『天哪，吉兒，我真想知道自己最近是哪裡不對勁。有時候——而且越來越常發生——辦公室一有人說話，我就覺得，呃，有人在讀我的心思！』然後她說：『如果你擔心這種事，何不聯絡手邊的保己機構？他們會依我們的預算出租反超能師給我們，這麼一來，你就會感覺到原來的自己又回來了！』接著，作丈夫的男人臉上露出燦爛笑容，說：『怎麼著，這個討厭的感覺已經……』」

佛里克太太再次出現在朗西特辦公室門口，說：「拜託，朗西特先生。」她的眼鏡跟著顫抖。

他點點頭。「塔尼許，我待會再找你說話。總之，照我剛剛的指示，提高廣告量，以每小時播出一次為基準。」他掛斷電話，靜靜看著佛里克太太。「我大老遠跑到瑞士，」他說：「叫醒艾拉聽取她這個建議。」

「朗西特先生有空了，渥特小姐。」佛里克太太踩著搖晃的腳步走到外面，一名胖女人幾乎用滾的進到辦公室。她的腦袋像籃球似的上下跳動，圓潤身子旋向椅子，一瞬間就滑入座位，晃動起相對細瘦的雙腿。她穿著過時的蜘蛛絲大衣，看起來像隻無害小蟲裹在其他蟲子的繭裡，包覆得緊緊的。但是她面帶微笑，看似自在。朗西特判定她大約年近五十，超過保持窈窕身材的年齡。

「啊，渥特小姐，」他說：「我沒太多時間和妳談話，請妳直接說重點。有什麼問題？」

渥特小姐用和她體型不一致的甜美語調說：「我們和通靈師有點問題。我們是這樣想的，但還不確定。我們有自己熟識的通靈師，他應該要在僱員之間解決問題。如果他碰到讀心師、通靈師或預知師之類的超能師，就應該向……」她歡樂地看了朗西特一眼。「……向我老闆報告。上星期末他就是這樣報告。我們手上有一份私人公司做的保己機構調查，你們公司排名第一。」

「這我知道。」朗西特說。事實上，他也看過那份調查報告。但那份報告沒給他們帶來多少業務。但現在生意上門來了。他說：「你們的人辨認出多少讀心師？超過一個嗎？」

「至少有兩個。」

「可能還更多？」

「有可能。」渥特小姐點點頭。

「我們的運作方式是這樣的，」朗西特說：「首先，我們客觀去測量『靈量』，以便判斷現在是什麼狀況。這通常需要一週到十天時間，依……」

渥特小姐打斷他的話：「我老闆希望你能立刻派反超能師進駐，不必做那些既花時間又花錢的測試。」

「如果不測試，我們不知道該帶進多少反超能師、哪一種類型的反超能師，或是該把他們安置在哪裡。制衡超能師的行動有一定的基準，不是揮揮魔法棒或在角落裡噴毒氣可以解決的。我們必須一個一個、依不同的超能來反制霍立斯的人手。如果霍立斯滲入了你們公司，他一定也是這麼做的。先是一個讀心師，再派下一個讀心師。先讓一個人進入人事部雇用下一個人，接下來的人再建立一個部門或主管某個部門，然後徵調更多人進來……有時候，這樣的行動會花好幾個月時間。我們不可能在二十四小時內抵銷他們花了長時間架構出來的行動。一流讀心師的行動就像拼貼磁磚一樣，一定要付出耐心，我們也一樣。」

「我老闆，」渥特小姐開心地說：「是個沒耐心的人。」

「讓我來和他溝通。」朗西特伸手拿視訊電話。「他是誰，電話號碼？」

「你必須透過我聯絡。」

「也許我根本用不著聯絡。妳為什麼不願意告訴我妳是代表誰來的？」他按下桌沿下方的隱藏按鈕。公司的常駐通靈師妮娜．傅立德接到信號會到隔壁辦公室，在那裡監看渥特小姐的思想。他心想，如果不知道對方是誰，根本就沒辦法和他們做生意。就我所知，雷蒙．霍立斯也想雇用我咧。

「你太頑固了。」渥特小姐說：「我們只是想加快速度。我們會這樣要求，是因為我們有需要。我只能透露這麼多了：對方想探測的行動地點不在地球。無論就潛力或投資的觀點而言，這次的行動都是我們的首要計畫。我老闆把所有流動資產都押上去了。這事本不該有任何人知道。所以發現現場有讀心師，我們非常震驚……」

「不好意思。」朗西特說著，站起來走到辦公室門口。「我去清點人數，看我們有多少人手可以調派。」他走了出去，順手帶上門，察看左右兩側的相連辦公室，最後終於看到妮娜．傅立德獨自坐在側邊的小房間裡抽菸沉思。「弄清楚她背後是什麼人，」他告訴妮娜：「然後查明他們的目標多大。」我們有三十八名反超能師，他心想。也許我們可以把全部的反超能師——或大部分的反超能師丟到這個案子裡。我終於可以知道霍立斯那傢伙把他的人偷偷帶到哪裡去。那一整群該死的傢伙。

他回到自己的辦公室，重新坐回辦公桌後面。

「如果你們的行動中有通靈師干涉，」他雙手交疊放在面前，對渥特小姐說：「那麼你們必須面對並且接受事實：你們的行動已經不再是祕密。這和他們蒐集到多少技術資訊無關。所以妳何不把行動內容告訴我？」

渥特小姐猶豫了，她說：「我不知道行動內容。」

「那麼地點呢？」

「不知道。」她搖頭。

朗西特說：「妳知道妳老闆是誰嗎？」

「我所屬的公司是我大老闆財控下的子公司，我知道我的直屬老闆是誰——他叫薛普・豪德——但是沒人告知我豪德先生背後的老闆是誰。」

「如果我們提供你們所需要的反超能師，我們能知道他們派駐的地點嗎？」

「應該不能。」

「假設他們有去無回呢？」

「假如他們解除了我們的問題，你們為什麼不接他們回來？」

朗西特說：「霍立斯的手下曾經殺害去制衡他們的反超能師。我有義務保障我司員工的安全，但如果我不知道他們身在何處，就沒辦法保護他們。」

朗西特左耳的隱藏式耳機嗡嗡作響，聽到妮娜．傅立德輕聲用平穩的聲音對他一個人說話。「渥特小姐的幕後老闆是投機客兼金融家史坦頓．米克，她是米克的機要祕書。薛普．豪德這個人不存在。你們正在討論的計畫主要地點在月球，和米克的研究機構『科企』有關，公司股份在渥特小姐名下。她對技術細節毫無所知，米克先生從未告知她任何相關科學評估、備忘錄或進度報告，她對此十分不滿。不過，她從米克的員工口中得知了這個計畫的大概。如果她聽來的消息正確，月球計畫與一項全新且低成本的星際旅行驅動系統有關，速度接近光速，可以租賃給資金狀況尚可的政治團體或民間團體使用。米克似乎認為這個驅動系統讓基層階級也能夠進行殖民計畫，而讓殖民不再是專屬特定政府的特權。」

妮娜．傅立德下線，朗西特往後靠向胡桃木皮革旋轉椅的椅背，陷入沉思。

「你有什麼想法？」渥特小姐輕快地問。

「我在想，」朗西特說：「不知你們有沒有辦法負擔我們提供的服務。因為我們沒有測試數據做為基準，只能靠估計，來計算你們需要多少名反超能師……但數量有可能高達四十人。」他這麼說，心知就算人再多，史坦頓．米克也絕對負擔得起——或想得出辦法找人支付費用。

「四十人。」渥特小姐重複道。「嗯，人數不少。」

「人數越多，問題越快解決。既然你們趕時間，我們會一次派足所有人員。如果妳得到授權，可以用妳老闆的名義在工作合約上簽字……」他用指頭定定地指著她，而她沒有閃避，「……而且可以給出預付金，我們說不定能在七十二小時內完成任務。」他等待地看著她。

他耳朵裡的隱藏式麥克風又響了。「渥特小姐是『科企』的負責人，她可以擔保，可以合法使用公司資產。現在，她正在計算她公司今天在市場上的資產總值。」妮娜停了一下。「她算出總共有好幾十萬保幣。但是她不想這麼做，她不想同時簽下合約又拿出預付金。她比較想讓米克的律師來做這件事，就算延誤幾天也沒關係。」

朗西特心想，但他們很急。這話是對方自己說的。

耳機裡的聲音說：「她察覺到你知道——或猜到——她老闆的身分了。她擔心你會因此抬高價錢。米克知道自己的名聲。他認為自己是世界上最了不起的標的。所以他用這種方法，透過某個人或某間公司的名義洽談。另一方面，他們也想要盡可能雇用到最多的反超能師，但知道這麼做所費不貲。」

「四十名反超能師。」朗西特懶懶地說，並隨手拿起筆，在桌上專門為此擺放的空白便條紙上計算起來。「我們來算算看。六乘以五十乘以三，再乘以四十。」

渥特小姐臉上雖掛著愉快的笑容，但顯然在緊張等待。

「我很納悶，」他喃喃地說：「到底是誰付錢給霍立斯，派人滲透你們的計畫？」

「那不是真正的重點，對吧？」渥特小姐說：「重點是人已經滲透進來了。」

朗西特說：「有時候就是找不到答案。但是，正如妳說的──這和螞蟻找到路徑進入妳家廚房一樣。不必問螞蟻為什麼會進來，只要把它們弄出去就好。」他計算出總額了。這是筆大數目。

「我……會考慮。」渥特小姐說。她的目光離開便條紙上驚人的天價，半站了起來。「有沒有什麼地方，例如空的辦公室，可以讓我單獨使用？我想打電話給豪德先生。」

朗西特跟著站起來，說：「對於任何一家保己機構來說，要一次騰出這麼多反超能師都不容易。妳如果等太久，情況會改變。所以如果妳真有需要，就得趕快行動。」

「你認為真的有必要出動**那麼多**反超能師？」

他扶著渥特小姐的手臂，將她從辦公室帶到樓下的大廳，然後帶進公司的地圖室。他告訴她：「這張地圖上顯示的是我們公司和其他保己機構的反超能師所在位置。此外，上面還顯示了──或試圖顯示──霍立斯所有讀心師的位置。」他下意識地數著陸續消失的讀心師定位旗，最後數到Ｓ．道爾．梅里朋。「現在我知道他們在哪裡了。」他告訴渥特小姐。渥特小姐領悟到被移除的定位旗含意，臉上招牌笑容頓時消失。朗西特拉起她汗濕的手，把定位旗放在她手上，然後包攏她的手。「妳可以留在這裡好好想想，」他說：「那邊有一具視訊電話……」他指向電話。「沒有人會打擾妳。我回辦公室去了。」他離開地圖室，邊想著，我還真不知道那些消失的讀心師是去了月球。但這不無可能。而且，是史坦頓．米克要求跳過正常的客觀測試程序。所以囉，要是他雇了過多的反超能師，那也是他自己的錯。

按照法規，朗西特事務所必須向公會報告某些——或全部——失蹤的讀心師又被找到。但在上呈報告前有五天時間……於是他決定等到最後一天。他認為，這樣的商機千載難逢。

「佛里克太太，」他回到自己辦公室外面的隔間，「打一份工作合約，詳述四十……」他沒把話說完。

隔間對面有兩個人。那個男人，也就是喬．奇普，看起來比平常狼狽，宿醉得更嚴重……事實上，他看起來一如往常，只是更陰沉。但是他身邊坐著一名長腿女郎。她有一頭亮麗黑髮和一雙烏黑眼眸，極致的美貌像熾熱的火光照亮了隔間的角落。他覺得那女孩似乎很抗拒自己的美貌，不喜歡自己那身光滑的皮膚和性感豐潤的深色雙唇。

他心想，她彷彿才起床，尚未打點妥當，她好像討厭白天——事實上，是討厭每個白天的來臨。

朗西特走向兩人，說：「我猜愛許伍德從托皮卡回來了。」

「這位是小派，」喬．奇普說：「天知道姓什麼。」他指指朗西特，嘆了一口氣。他帶著某種挫敗的特質，然而，在頹廢的外表下，他似乎從不放棄。他的屈從背後閃爍著隱約的活力。朗西特覺得，喬是故意裝出這副落魄的模樣，然而真相卻並非外表看來那樣。

「妳是反哪種超能？」朗西特問伸長著腿坐在椅子上的女孩。

女孩含糊地說：「反酮生成能力。」

「那是什麼意思？」

「抵銷酮病。」女孩恍神地說：「透過葡萄糖注射。」

他命令喬．奇普：「解釋一下。」

「把妳的測試單拿給朗西特先生。」喬告訴女孩。

女孩坐直身子，從皮包裡翻出一張喬開的測試單。折起來的黃色紙張已經弄皺了，她攤開測試單，瞥了一眼才交給朗西特。

「不得了的分數。」朗西特說：「她真有這麼棒？」他問喬，接著看到下面畫線的叉叉記號，這個符號代表的是：有叛敵之可能。

「她是到目前為止最傑出的一個。」喬說。

「進我辦公室。」朗西特告訴女孩。他帶頭走前面，其他兩個人跟在後頭。

這時，肥胖的渥特小姐上氣不接下氣、翻著白眼出現。「我打了電話給我老闆，豪德先生。」她告訴朗西特。「他下了指示。」這會兒，她才看到喬．奇普和小派。她猶豫了一下，然後又接著說：「豪德先生想立刻做正式安排。所以我們可以進行了嗎？我剛才已經說過，時間很緊急。」她露出制式化但充滿決心的笑容。「兩位可以稍等嗎？」她問他們。「我和朗西特先生的生意優先。」

小派看著她，笑了出來，低啞的笑聲中充滿了輕蔑。

「妳請稍等，渥特小姐。」朗西特說。他開始害怕。他先看小派然後看向喬，心中的恐懼加深。「請坐，渥特小姐。」他指著辦公室外側隔間的椅子告訴她。

渥特小姐說：「朗西特先生，我可以告訴你我們確切需要多少反超能師。豪德先生覺得他可以回應這個問題。」

「要幾名反超能師？」

「十一名。」渥特小姐說。

「我們稍後簽合約。」朗西特說：「我一有空就簽。」他大手一張，帶著喬和女孩走進他的辦公室，在大家都進來後他關上門，然後才回他的核桃木皮椅坐下。「他們不可能成功的。」他告訴喬：「不管是十一人、十五人或二十人都一樣。更何況對方請到了S．道爾．梅里朋。」他既疲憊又害怕。「這位應該是愛許伍德在托皮卡物色到的實習人員吧？你覺得我們應該雇用她？你和愛許伍德都同意？那我們自然應該要雇用她。」他心想，也許我可以把她交給米克。讓她加入十一人反超能師的陣容。「到現在還沒有人告訴我，」他說：「她能反制哪種超能力？」

「佛里克太太說你飛到蘇黎世，」喬說：「艾拉有什麼建議？」

「上更多廣告。」朗西特說。「電視廣告，每小時播出一次。」他朝對講機說：「佛里克太太，草擬一份我們和某不知名女性的雇用合約，標明去年我們和公會同意的起薪，再標注……」

「起薪是多少？」叫做小派的女孩問道，語氣中充滿孩子氣又幼稚的嘲諷和猜疑。

朗西特看了她一眼。「我連妳能做什麼都不知道。」

「是反預知，葛倫。」喬沙啞地說：「但方式不同。」他沒有詳加解釋；他像支電池耗盡的舊型腕錶。

「她隨時可以上工嗎？」朗西特問喬。「還是說，我們得先訓練她、等她進入狀況？我們大概有四十個閒著沒事做的反超能師，還要雇用眼前這女孩。呃，確切的數目應該是四十減十一。三十個沒事幹的員工只要坐著挖鼻孔就可以領全薪。不知道，喬，我真的不知道。也許我們應該開除探子。總之，我覺得我找到了霍立斯旗下的讀心師。我等會兒再告訴你。」他再次對著對講機說：「寫清楚，我們可以在無預警、沒有遣散金或沒有任何補償的情況下開除這女孩。同樣的，來公司的前九十天，她也沒有退休金、健康保險或病假的保障。」他對小派說：「所有職等的起薪都是每個月四百保幣，每週工作二十小時。而且妳必須加入工會。所有保己機構的員工在三年前都加入了礦業、製造廠暨治煉廠職業工會。不過這我管不著。」

「我在托皮卡的基布茲維修視訊電話網絡的工資都比這高。」小派說：「你們的探子愛許伍德先生說……」

「我們的探子會說謊，」朗西特說：「而且，就法律層面而言，我們不必對他們說的話負責。所有保己機構都一樣。」辦公室的門開了，佛里克太太蹣跚地拿著打好的合約走進來。「謝謝妳，佛里克太太。」朗西特接下合約。「我二十二歲的妻子躺在低溫貯存艙裡，」他對喬和小派說：「很漂亮的女人。在我和她溝通時，某個叫做裘瑞的奇怪孩子插入對談，結果我變成和他說話，不是她。艾拉是冰藏的半活身，日子不多了——而我每天都要看著我那乾癟的祕書。」他看向小派，看著她濃密的黑髮和性感的嘴唇，感覺到一股讓他不愉快的渴望緩緩揚升，模糊無用的慾望像是繞了一個完美的圓圈後又空虛地轉回他身上。

「我這就簽約。」小派說，伸手拿辦公桌上的筆。

5

我沒法參加搖擺舞比賽了，海倫，我胃痛。我來幫你調一杯尤比克！馬上恢復旺盛精力。請依指示服用，尤比克能迅速緩解頭痛胃痛。謹記：尤比克取得方便，需避免長期服用。

反通靈師蒂比・傑克森陣日被迫處於不自然的悠閒狀態下，她通常會睡到中午。植入她腦中的電極會不斷刺激她進入極快速動眼期的睡眠，所以了，就算包覆在高支精梳棉的被單下，她仍然有不少事待辦。

在此時，人工引導夢境中的主角人物，是霍立斯旗下一名靈量超強的神祕通靈師。遇上他，太陽系的反超能師不是放棄，就是鎩羽而歸。在一連串的淘汰之下，制衡這名通靈師的任務便落到她身上。

「有妳在附近，我沒辦法發揮。」朦朧中，她的對手這麼說。對方臉上露出凶惡憤恨的表情，讓他看起來像隻精神有問題的松鼠。

蒂比在夢裡回答：「也許你對你自我系統的定義缺乏真正的界線。你下意識建構出來的個性不夠穩固，而且不受自己控制。所以你才會覺得受到我的威脅。」

「妳不是保己機構的員工嗎？」霍立斯的通靈師說道，緊張地四下張望。

「要是你真如宣稱的那樣靈量高強，」蒂比說：「你讀我的心就知道了。」

「我沒辦法讀每個人的心，」那名通靈師說：「我的能力消失了。我讓我弟弟比爾告訴妳。來，比爾，和這位女士說一下。你喜歡這位女士嗎？」

比爾和他身為通靈師的哥哥長得很像。他說：「我還滿喜歡她的，因為我是讀心師，而她沒辦法抵銷我的能力。」他拖著腳步，咧嘴露出潔白平整的牙齒。「我，不具備這美麗的外形，在儀表上受了造物者的欺弄[1]……」他頓了一下，皺起眉頭。「接下來呢，麥特？」他問他哥哥。

譯註

1 引自梁實秋譯《莎士比亞全集》。

「……畸形，粗陋，尚未完成一半即被提前送進這活生生的世界裡來[2]……」長得像松鼠的通靈師若有所思地搔著皮膚。

「對，就是這樣。」預知師比爾點點頭。「我想起來了。『如此的蹩腳古怪，踱過狗的身邊的時候狗都要對我狺狺而吠[3]。』莎士比亞的《理查三世》。」他告訴蒂比。

兩兄弟都咧著嘴笑開來，他們連門牙都磨得平平的，彷彿他們靠吃生種子維生。

蒂比說：「那是什麼意思？」

麥特和比爾異口同聲地說：「是我們要收拾妳了。」

視訊電話響起，蒂比醒了過來。

她渾身無力，搖搖晃晃地走向電話，眼前還漂浮著彩色泡泡。

蒂比眨眨眼，拿起話筒說：「喂。」

她看到時鐘，心想，天哪，好晚了。我都要變成植物人了。

螢幕上出現葛倫．朗西特的臉。「你好，朗西特先生。」她站在視訊電話的鏡頭外，說：「要派工作給我？」

「啊，傑克森太太，」朗西特說：「能找到妳真好。我派喬．奇普帶一組十一名成員的隊伍出重要任務。我們一直在檢視每個人的資歷。喬覺得妳狀況不錯，我傾向同意他的見解。妳要花多久時間才能過來？」他的語氣顯得十足樂觀，但在小螢幕上看來，他的臉看來卻是焦慮憔悴。

蒂比說：「參加這項任務，我得住到……」

「沒錯，妳得準備行李。」他語帶責備，「我們本來就該隨時準備妥當，這是這個行業的規矩，不能打破，尤其是像這樣有時間考量的案子。」

「我**已經**準備好了，十五分鐘內就可以進紐約辦公室。我先生上班去了，我只要留張紙條給他就好。」

「嗯，那好。」朗西特看來有些心不在焉，可能已經在讀名單上的下一個名字了。「再見，傑克森太太。」他掛斷電話。

蒂比心想，真是個怪夢。她匆匆解開睡衣鈕釦，連忙回到臥室換衣服。比爾和麥特說那幾句台詞是從哪裡來的？她想起來了，是《理查三世》。她一併想起那對兄弟平鈍的牙齒、猶如

譯註

2 引自梁實秋譯《莎士比亞全集》。

3 引自梁實秋譯《莎士比亞全集》。

球形門把般發育欠佳的腦袋，和那兩顆相仿腦袋上雜草似的紅色頭髮。她發現，我好像從來沒讀過《理查三世》。就算讀過，也是在好幾年前，在我小時候。

妳怎麼可能夢到妳不熟知的台詞？她心想。說不定真有個通靈師在我睡著時侵入我的意識。要不，也可能是通靈師和預知師兩人協力，如同我在夢裡看到的一樣。我應該去公司的研究部門問問，看霍立斯會不會碰巧雇用了一對叫做麥特和比爾的兄弟。

懷著困惑不安的心情，她以最快的速度著裝。

葛倫．朗西特往後靠坐在他的尊榮大椅上，點了一支來自哈瓦那的奎斯達瑞頂級雪茄，按下對講機按鈕，說：「佛里克太太，開一張金額一百保幣的獎金支票給 GG．愛許伍德。」

「好的，朗西特先生。」

他看著 GG．愛許伍德心神不寧地在偌大的辦公室裡踱步，雙腳喀答答地踩在實木地板上。朗西特說：「喬．奇普似乎不能告訴我她有什麼能力。」

「喬．奇普是個笑話。」GG 說。

「為什麼這個小派能回到過去，怎麼其他人辦不到？我猜這應該不是一種新的能力，你們這些探子該不會是以前不知道，直到現在才發現？不管怎麼說，保己機構雇用她很奇怪，這是一種超能力，不是反超能。我們忙著經營……」

「就像我解釋過的，喬在測試報告上也指出了，她足以讓預知師從這行消聲匿跡。」

「但那只是附帶效果。」朗西特悶悶不樂地想了想。「喬認為她很危險。但我不知道理由。」

「你有沒有問他原因？」

朗西特說：「他和平常一樣含糊帶過。喬從來不講原因，他靠的是本能。可是他又想把她帶進米克的任務裡。」他翻閱放在他辦公桌上的人事檔案。「叫喬進來，我們看看他的十一人小組是不是到齊了。」他看看腕錶。「他們現在應該都到了。我要當面告訴喬說他瘋了，如果這個叫做派翠西亞．康利的女孩這麼危險，他為什麼還要把她帶進十一人小組裡，不是嗎，ＧＧ？」

ＧＧ．愛許伍德說：「他們兩人間有曖昧。」

「哪種曖昧？」

「性愛方面的曖昧。」

「喬沒有性愛人生。妮娜．傅立德前幾天才讀過他的心思，他窮到連……」這時辦公室門打開，他停了下來。佛里克太太帶著ＧＧ的賞金支票，蹣跚地走進來請朗西特簽名。「我知道他為什麼要帶她出米克的任務。」朗西特在支票上潦草簽下名字，說：「這麼一來，他可以就近監視她。對，他也要去，不管是不是已經和客戶談妥，他還是要去測量靈量。我們必須知道自己在面對什麼樣的敵手。謝謝妳，佛里克太太。」他揮手讓她離開，把支票遞給 G G ‧ 愛許伍德。「假如我們不測量靈量，然後發現氣場太強，我們的反超能師應付不了，到時是要怪誰？」

「怪自己。」G G 說。

「我早告訴過他們，十一個人不夠。我們派出精銳部隊，盡最大的能力。畢竟，史坦頓‧米克來找我們可是件大事。我驚訝的是，像米克這樣有錢有勢的人竟然這麼短視，這麼寒酸。」

佛里克太太，喬在外面嗎？喬‧奇普。」

佛里克太太說：「奇普先生和幾個人在外側辦公室。」

「總共有多少人，佛里克太太？十個？十一個？」

「大概就是那麼多人了，朗西特先生，頂多差一或兩個。」

朗西特對愛許伍德說：「就是我們那支隊伍了。在他們前往月球前，我要和他們所有人一起見個面。」他告訴佛里克太太：「讓他們進來。」他用力吹了一口綠色包裝的雪茄。

她迂迴地退出去。

「我們知道，」朗西特對愛許伍德說：「他們的個人表現都很好。檔案上都記錄得很清楚。」他再次翻動桌上的檔案。「但是集體行動呢？他們在一起能產生多大的反超能氣場？你自問看看，GG。這才是真正該問的問題。」

「我想，時間到了就知道。」GG．愛許伍德說。

「我在這一行很久了。」朗西特說。幾個人從外側辦公室走進來。「這是我對當代文明的貢獻。」

「說得好，」GG說：「你是捍衛人類隱私的警察。」

「你們知道雷蒙．霍立斯是怎麼說我們的嗎？」朗西特說：「他說，我們試圖逆轉時間。」

他看著陸續走進辦公室的員工，他們彼此站得很近，都沒有說話，在等他開口。他悲觀地想，多麼良莠不齊的一群人啊。一個身材細瘦的戴眼鏡女孩留著檸檬黃色直髮，頭戴牛仔帽，身穿黑色短披風搭配短褲，那應該是伊笛．多恩。另外一名年紀較長的漂亮女郎皮膚顏色較深，有迷離的雙眼，身穿絲質紗麗搭和式寬腰帶和一雙短襪，她叫法蘭西什麼的，有思覺失調傾向，相信來自獵戶座參宿四星上的智慧外星生物不時會降落在她住的公寓屋頂。接著是個一頭鬈髮有如羊毛的男孩，他渾身上下籠罩著一團高人一等又憤世嫉俗的氣質，朗西特從來沒見過這個穿花罩衫配彈性燈籠褲的傢伙。他一個一個看過去，總共有五男五女。還有人沒到。

小派，派翠西亞．康利——那個像一團火一樣的女孩——走在喬．奇普前面，也進了辦公室。第十一名成員到了，這支隊伍全員到齊。

「妳時間抓得正好，傑克森太太。」他對一名三十多歲，有些男性化，一身沙棕色皮膚的女人說話。傑克森太太穿著人造駱馬皮長褲，搭配著灰色大學T恤，上頭印的英國哲學家伯特蘭・羅素頭像已經褪了色。「妳準備的時間比其他人少，因為我最晚通知妳。」

蒂比・傑克森露出一個蒼白的沙棕色微笑。

「你們當中，有些人我認識。」朗西特說完話，站了起來，打個手勢要大家找椅子坐，有必要的話，抽菸也沒關係。「比方說妳，多恩小姐。奇普先生一開始就挑中妳，因為妳在S・道爾・梅里朋的案子上表現出色，最後雖然失敗，但錯不在妳。」

「謝謝你，朗西特先生。」伊笛・多恩說話的聲音微弱又害羞，她脹紅了臉，睜大眼睛看著對面的牆壁。「很榮幸能成為這支新隊伍的成員。」她不甚確定地補充了一句。

「你們哪一位是阿爾・漢蒙？」朗西特看了看檔案，問道。

一名高得出奇、垂著肩膀，長臉上表情溫和的黑人做個動作，表明自己的身分。

「我以前沒見過你。」朗西特看著阿爾・漢蒙檔案上的資料。「你在反預知的項目得分最高。我真該早點認識你。你們當中還有誰是反預知師？」另外三張臉孔抬了起來。「你們四位，」朗西特說：「你們肯定要和GG・愛許伍德剛找到的新人密切合作，她破解預知師的手法前所未聞。也許康利小姐可以親自描述一下。」他朝小派點個頭後——竟發現自己站在第五大道一家稀有硬幣商店的櫥窗前，正在研究一枚沒有流通的美國金幣，考慮是否負擔得起，能否將這枚金幣納入自己的收藏之列。

什麼收藏？他驚訝地想，我又不收集錢幣。我在這裡做什麼？我在櫥窗前流連了多久，我本該在辦公室裡監督——他不記得自己平常在監督什麼事了。某種生意，和具備特殊能力、才華的人有關。他閉上眼睛，試圖專心思考，這才發現，不，我已經放棄那個生意了。因為我去年心臟病發，不得不退休。但他記得他剛剛還在那裡，才幾秒鐘以前。在我辦公室裡和一群人談新的行動計畫。他閉上眼睛，茫然地想，我建立的一切都消逝了。

張開眼睛時，他再次回到辦公室裡面對著ＧＧ．愛許伍德、喬．奇普和一名皮膚曬得黝黑，極其吸引人的女孩。他不記得這女孩的名字。他的辦公室裡除了他們四個沒別人在，他莫名地感覺到怪異。

「朗西特先生，」喬．奇普說：「這位是派翠西亞．康利。我們喊她小派。」

女孩說：「真榮幸，終於見到你了，朗西特先生。」她笑著說話，雙眼閃耀著雀躍的光芒。朗西特不知道原因何在。

喬．奇普這下反應過來了，**她幹了某件事**。「小派，」他大聲說：「我不知道發生了什麼事，但狀況不一樣了。」他驚愕地環顧辦公室，這地方看似和往常相同，地毯太搶眼，太多無關的藝術品，牆上掛著缺少藝術價值的原版畫作。葛倫．朗西特沒變，一頭蓬亂的灰髮，沉思時滿臉皺紋。他直視喬的目光——也一樣困惑。GG．愛許伍德站在窗邊，穿著他招牌的樺樹皮色長褲，打著麻繩腰帶，透明上衣和火車司機戴的高帽子。他冷漠地聳肩。顯然沒看出哪裡不對。

「沒什麼不一樣。」小派說。

「一**切**都不一樣了。」喬對她說：「妳一定回到過去，把我們引導到不同的路徑上了。我沒辦法證明，也沒辦法確切說出哪裡不同……」

「不要浪費我的時間爭辯家裡的瑣事。」朗西特皺起眉頭。

喬吃了一驚，說：「家裡的瑣事？」接著，她看到小派在套指頭上的鑲玉銀戒。他想起，這只戒指是他幫忙挑的。他心想，是在我們結婚的兩天之前，也就是一年多前的事了。儘管，他當時經濟狀況十分拮据。當然了，多虧了小派的薪水和理財頭腦，現在情況不同，已經徹底改變了。

「總之，我們繼續。」朗西特說：「我們每個人都該自問史坦頓．米克為什麼把業務交給其他保己機構，而不是我們。照理來說，我們應該要拿下合約才對。我們不但是這行的頂尖好手，公司又位在紐約，正是米克通常會做的選擇。你有什麼看法，奇普太太？」他充滿期待地看向小派。

小派說：「你真的想知道嗎，朗西特先生？」

「沒錯。」他用力點頭。「我非常想知道。」

「是**我**做的。」小派說。

「怎麼做？」

「運用我的天賦。」

朗西特說：「什麼天賦？妳沒有天賦，妳是喬．奇普的老婆。」

GG．愛許伍德在窗邊說：「妳來這裡找喬和我共進午餐。」

「她有天賦。」喬說。他試圖回想，但記憶非常模糊，而且越思考越想不起來。他思忖，那是在另一個時空。在過去。此外，他想不出別的線索，回憶到此戛然而止。他心想，我妻子很獨特，她可以做到地球上再沒別人能辦得到的事。但如果是這樣，她為什麼沒在朗西特事務所工作？一**定有哪裡不對**。

「你檢測過她的能力嗎？」朗西特問他：「畢竟這是你的工作。聽你的語氣這麼確定，你應該檢測過了。」

「我不確定。」喬說。他告訴自己：但我相信自己的妻子。「我去拿我的檢測器材，看看她散發的是哪種氣場。」

「喔，少來了，喬。」朗西特氣惱地說：「如果你太太有天賦或反超能的能力，你早在一年前就該檢驗過了，而不是現在才發現。」他按下桌上對講機的按鈕。「人事部嗎？我們有沒有奇普太太的檔案？派翠西亞・奇普？」

對講機另一端停了一下，回覆：「沒有奇普太太的檔案。會不會是用她娘家的姓氏？」

「康利，」喬說：「派翠西亞・康利。」

對方又停了一下，才說：「有關派翠西亞・康利小姐，我們有兩筆資料，一份是愛許伍德打聽到的報告，另一份是奇普先生的測試報告數據。」這兩筆資料從對講機的印紙槽裡慢慢送出來，落在辦公桌上。

朗西特審視喬的報告，怒氣沖沖地說：「喬，你最好看看這個，過來。」他用手指著報告，喬走過去，看到下面畫了線的兩個叉記號。他和朗西特對看了一眼，接著看向小派。

「我知道上頭寫什麼。」小派四平八穩地說：「『令人難以置信的能力。測試結果顯示，其具有獨特的反超能氣場。』」她全神貫注，顯然是想記起確切的用語。「『足以……』」

「我們確實拿下了米克的那紙合約。」朗西特告訴喬・奇普：「一支十一名反超能師組成的隊伍進到我的辦公室，然後我建議她——」

喬說：「建議她讓隊友見識她的能力。她也做了。她確實展現了能力。我的評估完全正確。」他的手指滑過報告最下方的危險記號。「我的妻子。」他說。

「我不是你的妻子。」小派說：「那個我也改掉了，你想要復原嗎？一絲不改，連細節都不動？那樣你們的反超能師就看不出有什麼特別的喔。不過，另一方面來說，他們反正也察覺不出什麼……除非其中有人和喬一樣還保留著殘餘的記憶。但是，到了現在，記憶也該消失了。」

朗西特犀利地說：「我想要拿回米克的合約。這是最基本的。」

「我說我找對人，就是找對人了。」GG．愛許伍德的臉色灰敗。

「你真的帶了個人才回來。」朗西特說。

對講機響了，佛里克太太嘎吱、蒼老的聲音說：「朗西特先生，有一群反超能師想見你，他們說你要他們過來執行一項共同任務。你有時間嗎？」

「叫他們進來。」

小派說：「我要留著這個戒指。」她展示那枚鑲玉銀戒。她和喬在另一個時空一起挑了這枚戒指，而她選擇保留下來。他不知道她是否還留下了其他證據。他希望沒有，然而他很機伶，什麼也沒說。最好連問都別問。

辦公室門打開，幾名反超能師兩兩一組走進來，在遲疑地站了好一會兒之後，先後面對朗西特的辦公桌坐下。朗西特看著他們，接著翻看桌上雜亂的檔案。他顯然想知道小派是否變動了他的小組成員。

「伊笛．多恩，」朗西特說：「是的，妳來了。」他看著她，接著看向她身邊的男人。「漢蒙。好，漢蒙。蒂比．傑克森。」他探詢地瞥了她一眼。

「我以最快的速度趕過來。」傑克森太太說：「你沒有給我太多時間準備，朗西特先生。」

「強恩．伊爾德。」朗西特唸道。

一頭羊毛般亂髮的青少年咕噥一聲當作回應。喬注意到，他的傲氣似乎消退了些，這男孩現在看起來比較內向，甚至有些煩亂。喬心想，如果能探究這男孩還記得些什麼——或這些人還有什麼個別或共同的記憶，一定會很有趣。

「法蘭西．斯班尼西。」朗西特說。

那名一身深色肌膚，宛如吉普賽女郎的亮眼女人用緊繃的語氣說：「朗西特先生，在幾分鐘前，就是我們等在外側辦公室時，有個神祕的聲音出現，對我說了一些事。」

「妳是法蘭西．斯班尼西？」朗西特耐心地問她。他看似比平常更累。

「正是我本人，行不改名坐不改姓。」斯班尼西小姐的聲音充滿自信。「我可以把那個聲音告訴我的話告訴你嗎？」

「再等等吧。」朗西特說，接著看了看個人檔案。

「一定得說出來。」斯班尼西小姐大聲說。

「那好吧，」朗西特說：「我們先休息幾分鐘。」他拉開辦公桌抽屜，拿出一錠安非他命，沒喝水直接吞下去。「讓我們來聽聽那個聲音對妳說了什麼，法蘭西．斯班尼西小姐。」他瞥了喬一眼，聳聳肩。

「有人，」斯班尼西小姐說：「剛把我們，把我們所有人搬到另一個世界。我們住在那裡，以居民的身分在那裡生活，接著，一個巨大、廣納一切的作用把我們帶回到這裡，也就是我們原來的宇宙。」

「那就是小派了。」喬．奇普說：「派翠西亞．康利。她今天剛進我們公司。」

「帝多．阿波斯多斯，」朗西特問道：「你來了嗎？」他拉長脖子環顧坐在辦公室裡的人。

一名蓄山羊鬍的禿頭男人指了指自己。他穿著老式的金屬質感長褲，然而不知怎麼著，看起來竟有些時髦。也許這要歸功於他那襲藻綠罩衫上雞蛋大小的釦子。總之，他散發著超乎眾人的尊貴氣質，給喬留下了深刻的印象。

「唐・丹尼。」朗西特讀出名字。

「在這裡，長官。」回應的是一聲充滿自信、宛如暹羅貓叫的男中音。這聲音來自一名身型修長，態度誠摯，端端正正坐在椅子上，雙手擺在膝頭的男人。他的長髮用髮帶束起，身穿人造纖維的仿阿爾卑斯山區少女洋裝，下半身搭配的是牛仔護腿套褲和涼鞋。

「你制衡的是賦予生氣的超能師。」朗西特看著檔案說：「我們當中唯一的一人。」他對喬說：「我懷疑他是否派得上用場，也許我們應該換上另一名反通靈師——反通靈師越多越好。」

喬說：「我們必須面面俱到。因為我們不知道自己即將面對什麼狀況。」

「大概吧。」朗西特點點頭。「好吧，山米・孟度。」

一名腦袋猶如過小的甜瓜，鼻子塌扁，身穿及地長裙的年輕人舉手回應。他的手不自主地抽抖，喬覺得這是貧血造成的結果。他認識這個人。孟度的外表比他實際年齡年輕好幾歲，他的身心成長在很久以前便停止了。基本上，孟度的智商和浣熊差不多，能夠走動、吃喝、自己洗澡，甚至——勉強能夠——說話。然而，他的反通靈能力十分可觀。有一次，單自己一個人，他便阻擋下S・道爾・梅里朋。事後，公司的內部雜誌還連續報導了好幾個月。

「喔，是了，」朗西特說：「終於輪到溫蒂・萊特了。」

一如往常，喬一有機會便會偷偷看著這名他理想中的情婦甚或妻子的人選——前提是，如果他真能追得到手。溫蒂．萊特與眾不同，看來不像出生自任何血肉之軀。在她附近，喬自慚形穢，覺得自己油膩多汗、教育程度低落，而且腸胃咕嚕作響，呼吸還帶著嘶嘶聲。有她在身邊，他會注意到維繫自己活命的生理機制，注意到，在自己體內，有具如同腸道閥門壓縮機風帶的機械軋軋地面對終將失敗的任務。看到她的面容，他會發現自己的臉孔不過是一張矯飾的面具；而她的身體讓他覺得自己像個上不了檯面的發條玩具。她渾身上下的色彩細緻微妙，曖曖內含光。她那雙靈動的綠眸面對一切都不會流露出情感，他從未在她眼中看到恐懼、厭惡或蔑視。凡她所見，她一概接受。她一向冷靜。但除此之外，讓他難以忘懷的是她的堅毅、淡定和冷靜，她不像會疲倦，也不像會生病或老化。她可能有二十五、六歲，但是他無法想像她更年輕，當然更無法想像她更年長的模樣。她對自己和外在現實社會，都有著十足的掌握。

「我在這裡。」溫蒂柔和平靜地說。

朗西特點點頭。「那麼只剩下福瑞德．澤夫斯基。」他凝視著一名渾身上下沒半兩肌肉、有一雙大腳、看來古怪的中年男子。這個男人把黏糊的頭髮往下梳，皮膚灰暗，更特別的是他的喉節格外突出。在今天這個場合，他決定穿上狒狒屁股顏色的寬鬆直筒長洋裝。「一定就是你了。」

「你說得對。」澤夫斯基笑著說：「不簡單吧？」

「天哪。」朗西特邊嘆邊搖頭。「嗯，為了安全起見，隊伍裡必須有一名反動力超能師。就你啦。」他扔下文件，尋找他的綠皮雪茄。他告訴喬：「再加上你和我就成軍了。你還要做最後的調度嗎？」

「我很滿意。」喬說。

「你認為這群反超能師是你能找到的最理想組合嗎？」朗西特專注地看著他。

「是的。」喬說。

「好到足以對抗霍立斯的那些讀心師？」

「沒錯。」喬說。

但他知道這回答與事實相反。

他說不出哪裡不對勁。這說來不理性。原則上，十一名反超能師的氣場應該會是很強大的規模，然而——

「奇普先生，我可以私下和你談一下嗎？」穿著金屬光澤長褲的禿頭鬍子男阿波斯多斯拉住喬的手肘。「我可以和你討論一下我昨晚的經歷嗎？我在催眠狀態中，好像和一或兩名霍立斯先生的手下有接觸，其中一個是通靈師，和他們一名預知師合作。你覺得我該告訴朗西特先生嗎？這重要嗎？」

喬．奇普猶豫地看向朗西特。後者坐在他鍾愛的昂貴皮椅上，正要點燃他的哈瓦那雪茄。朗西特臉上的肌肉下垂，看起來累透了。「不必，」喬說：「算了。」

「各位女士先生，」朗西特拉高音調壓過四周的雜音，說：「你們這十一位反超能師，加上喬．奇普、我本人和我們客戶的代表人柔伊．渥特，總共十四人即將前往月球。我們搭自己的飛船過去。」他掏出時代錯置的圓形金懷錶看了看。「三點三十分。普拉特福二號飛船會在四點鐘從屋頂機場起飛。」他闔上錶，收進絲質寬腰帶下，說：「嗯，喬，不管如何，我們都一頭栽進這任務裡了。我希望能有當地的預知師先幫我們看看未來。」擔憂、不可能卸下的負擔、重責大任加上歲月，都讓他的臉孔和語氣隨之下沉。

6

前所未有的修容體驗，愛憐男士臉蛋現在正是時候。瑞士製尤比克鉻元素自我無限修復刀鋒，終結剃鬍刮傷的日子。試試尤比克，疼惜你自己。警語：請依指示使用，務必當心。

「歡迎來到月球。」柔伊．渥特小姐興高采烈地歡迎大家，戴上紅色三角形眼鏡後，她快活的眼睛顯得更大了。「豪德先生要我代表他跟在場的各位問好，我們尤其要感謝葛倫．朗西特先生讓事務所——以及各位——來協助我們。這處地下旅館的設計人是豪德先生極具藝術天分的妹妹拉達，距離豪德先生深信遭到侵入的研究機構直線距離大約兩百七十五公尺。各位齊聚在此，應該已經制衡了霍立斯手下人員的靈量，想到這裡，我們便不由得開心。」她停了一下，環視眾人，問道：「請問有沒有什麼問題？」

喬・奇普正在架設測試器材，沒聽她說話。客戶雖然事先說好不做測試，但他仍然打算測量整個環境的靈量。這是方才從地球過來的一小時行程間，他和葛倫・朗西特的共同決定。

「我有問題。」佛瑞德・澤夫斯基舉起手說。他咯咯笑：「洗手間在哪裡？」

「你們每一個人都會拿到一份迷你地圖。」柔伊・渥特說：「上頭會標示。」她朝死氣沉沉的女助理點個頭，後者開始發放色彩鮮麗紙張光滑的地圖。「這間套房，」渥特繼續說：「附設有廚房，裡頭的設施一律免費，不需要投幣。顯然，打造這處生活空間耗費了鉅資，寬敞的空間足供二十人使用，有內建的空氣調節、暖氣、供水和超乎尋常數量的食物選擇。此外，這裡也有閉路電視系統和高音質多聲道音響系統。但後面兩項設備和廚房供應物不同，需要投幣才能使用。為了方便各位使用這些娛樂設施，娛樂室裡設有兌幣機。」

「我的地圖上只有九間臥室。」阿爾・漢蒙說道。

渥特小姐說：「每間臥室都是上下鋪，所以總共有十八個床位。再加上其中有五張床是雙人床，以便在這裡仍想睡在一起的人員使用。」

朗西特惱怒地說：「關於公司員工同床過夜這件事，我們公司有規定。」

「是贊成還是反對？」柔伊・渥特問道。

「反對。」朗西特把地圖揉成一團，丟到加熱的金屬地板。「我不喜歡聽到——」

「但是你不會留下來，朗西特先生。」渥特小姐指出重點。「你的員工一開始工作後，你不是就要立刻回地球嗎？」她對他露出職業性的笑容。

朗西特對喬．奇普說：「你有沒有測得靈量指數？」

「首先，」喬說：「我必須測量到我們的反超能師產生的氣場指數。」

「你早該在旅程中測量的。」朗西特說。

「你們打算測量靈量？」渥特小姐警覺地說：「豪德先生特別禁止這麼做，我早先解釋過了。」

「我們還是要檢測。」朗西特說。

「豪德先生……」

「這不關史坦頓．米克的事。」朗西特告訴她。

渥特小姐對她死氣沉沉的助理說：「可以麻煩妳去請米克先生下來嗎？」助理快步走向電梯。「米克先生會親口告訴你。」渥特小姐對朗西特說：「於此同時，請你們什麼都別做，等到他來再說。」

「我現在有數據了。」喬告訴朗西特：「是我們自己的氣場，很飽滿。」他心想，可能是因為小派的關係。「比我預期的高很多。」他說。對方為什麼這麼焦慮，不肯讓我們測試？他很納悶。到如今，這已經不是趕不趕時間的問題了；我們的反超能師已經到了，而且散發出氣場。

「請問有衣櫥嗎？」蒂比．傑克森問道：「我們的衣服要放在哪裡？我想打開行李。」

「每間臥室都有個大衣櫥，需要投幣才能使用。一開始，大家——」渥特小姐說著便拿出一個大塑膠袋。「這些是我們提供大家的銅板。」她拿出一條條捲好的一分、五分和二十五分硬幣給強恩．依爾德。「可以請你平均分配給大家嗎？這是米克先生的心意。」

伊笛．多恩問道：「這裡有護理師或醫師嗎？有時候我太認真工作時會身心失調長疹子。治療過敏的可體松藥膏一般來說都有用，但我來得太匆忙，忘了帶。」

「我們的研究機構距離起居空間很近，」渥特小姐說：「裡面有好幾位醫師，還有一間附病床的小醫療室。」

「也是要投幣才能使用嗎？」山米．孟度問道。

「我們所有醫療服務和設施都是免費的。」渥特小姐說。「不過要病人能證明自己確實生病。」接著，她補充道：「但是所有藥品販賣機就要投幣使用。這麼說吧，這裡的遊戲室裡有鎮定劑販賣機。如果你們想要，我們大概也可以把興奮劑販賣機從研究機構那邊搬過來。」

「迷幻劑呢？」法蘭西．斯班尼西問道。「如果有以麥角菌提取的迷幻藥，我的工作效率會更高。迷幻劑可以讓我看見自己對抗的力量，我覺得獲益匪淺。」

渥特小姐說：「我們米克先生反對任何以麥角提取的迷幻劑，他覺得那東西傷肝。如果你們自己帶了，請隨意服用。據我了解我們也有這種藥劑，但我們不能提供。」

「妳從什麼時候開始需要用迷幻劑才能產生幻覺？」唐．丹尼問法蘭西．斯班尼西，「妳這輩子不就處於活生生的幻覺狀態中嗎？」

法蘭西不為所動，說：「兩天前有人造訪，讓我印象格外深刻。」

「我一點都不吃驚。」唐．丹尼說。

「一群預知師和通靈師爬著上等天然麻繩編的繩梯來到我窗外的陽台。他們在牆上溶出一個出入口來到我床邊說話，吵醒了我。他們引用古書的詩句和無聊散文，但我聽來還滿愉快的，他們好像很……」她在腦子裡搜索恰當的詞彙。「才氣縱橫。其中還有一個人自稱比爾……」

「等等，」帝多．阿波斯多斯說：「我也夢到了類似情節。」他轉頭看喬。「記得嗎，我們離開地球前我跟你提過？」他的雙手激動地顫抖。「有沒有？」

「我也夢到了。」蒂比．傑克森說：「比爾和麥特。他們說要收拾我。」

朗西特的臉色頓時一沉，對喬說：「你早該告訴**我**。」

「那時，」喬說：「你……」他放棄了。「你好像累了。你心裡有事。」

法蘭西嗆道：「那不是夢，是真正的來訪。這我還分得清楚。」

「妳當然可以，法蘭西。」唐．丹尼說。他向喬眨個眼。

「我做了一個夢，」強恩．伊爾德說：「但我的夢和幾輛飛行車有關。我在默記車號，總計六十五輛。我到現在還記得。想聽聽看嗎？」

「很抱歉，葛倫。」喬．奇普對朗西特說：「我以為只有阿波斯多斯有這個經歷，沒想到其他人也是。我……」聽到電梯門滑開的聲音，他停了下來，和其他人一起轉頭過去看。

身型矮胖，腿肥腰粗的史丹頓．米克緩步朝他們走過來。他穿著桃紅色的自行車褲，粉紅色犛牛皮草拖鞋，蛇皮無袖罩衫，用緞帶束起染成白色的及腰長髮。至於他的鼻子；喬覺得他的鼻子看起來像新德里的計程車喇叭，又軟又好捏，而且搶眼。喬心想，這是我看過最搶眼的鼻子。

「各位頂級反超能大師，你們好。」史坦頓．米克誇張地張開雙手歡迎所有人。「終結者到了——我所謂的終結者指的就是你們。」他的聲音又高又尖，有點像閹人，喬．奇普覺得如果有一窩金屬蜜蜂，發出來的聲音大抵不過如此。「瘟疫藉由各種超能烏合之眾的型態，降臨到史坦頓．米克無害、友善的和平世界。這對在米克維爾——我們稱這個美麗宜人的月球基地為米克維爾——的居民來說是多麼黑暗的時刻。當然了，諸位一定已經開始工作，我知道。那是因為，只要一提到朗西特事務所，大家便知道你們是這個領域的頂尖高手。你們的表現已經讓我非常滿意了，只有一個小小的例外，我注意到你們的測試員還在組裝他的設備。測試員，我在和大家說話的時候，你可以看著我嗎？」

喬關掉他的各種波動測試儀和計量表，切斷電源。

「你的注意力現在放在我身上了嗎？」史丹頓．米克問他。

「是的。」喬說。

「儀器儘管開著，」朗西特命令他：「你不是米克先生的員工，你是我的員工。」

「無所謂，」喬告訴他：「我已經讀取到這附近的靈量了。」他完成了任務，史丹頓．米克來得太晚。

「靈量多大？」朗西特問他。

喬說：「**完全沒有靈量**。」

「是我們的反超能師制衡住了嗎？我們的反超能氣場規模更大？」

「不是。」喬說：「正如我剛剛說的，在我的儀器測試範圍內沒有偵測到任何靈量。我測得出我們自己的氣場數據，所以我確定我的設備運作正常，我認為數據是正確的。我們散發出兩千 blr 單位，每隔幾分鐘會提升到兩千一。也許還會繼續上升。等到我們的反超能師一起施展能力，比方說十二小時之後，數值可能會高到……」

「我不懂。」朗西特說。到了這時候，所有反超能師都圍到喬．奇普身邊。唐．丹尼拿起一卷波動測試儀列印出來的紙捲，檢視平穩的曲線，隨後把紙捲遞給蒂比．傑克森。反超能師們一個接著一個靜靜地檢視，最後一起看向朗西特。朗西特對米克說：「你怎麼會以為有讀心師滲透到你們這個月球基地？你為什麼不想讓我們正常測試？你是不是早就知道這個結果？」

「他顯然知道。」喬說，他很肯定。

朗西特臉上快速閃過好幾種表情。他本打算和史丹頓．米克說話，但改變主意低聲告訴喬：「我們回地球，立刻把我們的反超能師帶回去。」

他大聲對其他人說：「拿好你們的行李，我們要飛回紐約。我要你們在十五分鐘內回到飛船上，我們不等遲到的人。喬，把你那些破裝備收一收，如果有必要，我會幫你拿到船上——總之，我要離開這裡，把你們都帶走。」他再次轉頭面對著米克，整張臉氣得通紅，正要開口說——

史丹頓．米克在這瞬間浮到天花板高度，雙臂僵硬地伸展開來，用金屬昆蟲般的嘎吱聲音說：「朗西特先生，別讓你的丘腦駕馭你的大腦皮質層。我們需要審慎考慮而不是匆忙行事，安撫你的員工，讓我們共同努力達成共識。」他圓滾滾的身子四處飄移，緩緩地橫向旋轉，現在他的雙腳——而不是腦袋——對準了朗西特的位置。

「我聽過這招，」朗西特告訴喬：「這是自我摧毀的仿真人炸彈。幫我把大家帶出去。他們剛剛切換到自動模式，所以他才會往上飄。」

這時，炸彈瞬間引爆。

滾滾濃煙夾帶著惡臭，附著在破裂的四牆和地板上，遮蔽了趴在喬·奇普腳邊抽搐的身影。

喬聽到唐·丹尼大喊：「奇普先生，他們殺了朗西特先生。那是朗西特先生。」激動的情緒讓他連話都說不清楚。

「還有誰受傷？」喬沙啞地問。他努力呼吸，刺激的煙霧壓抑著他的胸腔。方才炸彈爆炸聲讓他的腦袋嗡嗡作響，直到感覺到頸部有一股熱流，他才發現自己遭到炸彈碎片割傷。

溫蒂·萊特雖然就在他旁邊，但身影模糊。她說：「我猜大家多少都受了傷，但沒有人喪命。」

伊笛·多恩彎腰察看她身邊的朗西特，說：「我們可以從雷蒙·霍立斯那裡找個賦予生氣的超能師嗎？」她的臉孔扭曲又蒼白。

「不行。」喬說。他自己也彎下腰。「你錯了，」他對唐．丹尼說：「他沒死。」

但是趴在變形地板上的朗西特已經瀕臨死亡邊緣。再過兩或三分鐘，唐．丹尼的預言便會成真。

「大家聽好了，」喬大聲說：「朗西特先生受傷，現在由我負責，至少暫時如此，直到我們回到地球為止。」

「假如，」阿爾．漢蒙說：「我們還回得去的話。」他拿出折好的手帕輕拍右眼的割傷。

「你們有誰隨身帶了武器？」喬問道。幾名反超能師還像無頭蒼蠅似的打轉，沒有人回應。「我知道這違反公會的規定，」喬說：「但是我知道你們有人帶了武器。先把合法性拋到一邊，忘掉那些反超能師帶槍工作的規定。」

好一會兒後，蒂比．傑克森說：「我的槍和行李一起放在另一個房間。」

「我的在身上。」帝多．阿波斯多斯說，他用右手握住舊式的鉛彈手槍。

「如果你們有武器，」喬說：「如果你們把武器和其他東西放在別的房間裡，趕快去拿。」

六名反超能師走向門口。

喬對留在原地的溫蒂．萊特和阿爾．漢蒙說：「我們得把朗西特放進低溫貯存艙。」

「飛船上有低溫貯存設備。」阿爾．漢蒙說。

「那我們把他抬到船上。」喬說：「漢蒙抬一邊，我抬另一邊。阿波斯多斯，你走在我們前面，如果有任何一個霍立斯的員工想阻止我們，就開槍。」

強恩．伊爾德從隔壁房間帶著雷射槍回來。他問：「你覺得霍立斯會和米克先生一起在這裡嗎？」

「和米克在一起，」喬說：「要不就他單獨一人。和我們洽談的可能不是米克，說不定一開始就是霍立斯。」他心想，仿真人炸彈沒把我們全給炸死真是奇蹟。他不知道柔伊．渥特人在哪裡。她顯然在爆炸前就離開了，因為四處都看不見她。他納悶，當她發現自己的雇主不是史坦頓．米克，而且她老闆——真正的老闆——僱我們來，為的就是把我們帶到這裡殺害，不知道她會有什麼反應。為了安全起見，他們可能也會殺了她。她日後不可能還有什麼用處了，事實上，她根本是整起事件的證人。

這時候，其他幾名反超能師也取了武器回來，等著喬的指示。以眼前的情況來說，這十一名反超能師還算鎮定。

「如果我們能及早將朗西特送進低溫貯存艙，」喬和阿爾．漢蒙抬著顯然離死不遠的老闆走向電梯，一邊告訴大家：「他仍然可以在半活狀態中管理公司。和他妻子一樣。」他用手肘按下電梯按鈕，說：「電梯應該不會來。他們可能在爆炸時就切斷電源了。」

然而電梯還是來了。他和阿爾手忙腳亂地把朗西特抬進去。

「有槍的三個人和我們來。」喬說：「其他人——」

「見鬼了，」山米・孟度說：「我們才不要留在這裡等電梯回來。它可能永遠不會回來。」

他一臉驚慌地往前擠。

喬厲聲說：「朗西特先走。」他按下按鈕，電梯門將他、阿爾・漢蒙、帝多・阿波斯多斯、溫蒂・萊特、唐・丹尼和朗西特關在裡面。「我們必須這麼做，」電梯上升時，他告訴大家：「而且，如果霍立斯的人等在上面，我們會先遭遇到。除非他們沒想到我們有武器。」

「沒錯，畢竟有公會禁帶武器的那條規定。」唐・丹尼說。

「看看他還有沒有呼吸。」喬對帝多・阿波斯多斯說。

阿波斯多斯彎身檢查朗西特。「呼吸很淺，」他立刻說：「所以我們還有機會。」

「沒錯，有機會。」喬說。自從爆炸後，他的身心都處於麻木狀態。他覺得冷而且渾身無力，耳鼓顯然受了傷。他心想，我們一回到船上，把朗西特放入低溫貯存艙之後，就可以發送求救訊號回紐約，給公司裡的每一個人。事實上，他們還可以向所有保己機構求救。如果我們沒辦法起飛，他們會來營救我們。

但其實事情不可能如此發展。因為等到公會的人抵達月球時，每個困在地下層、在電梯間或在飛船上的人都已經沒命了。所以真相是：他們不會有機會。

帝多．阿波斯多斯說：「你剛才大可讓更多人進電梯，我們可以擠一擠，讓其他幾個女人進來。」他控訴地瞪視喬，激動地雙手發抖。

「我們搭電梯還更有可能會暴露在敵人面前，」喬說：「霍立斯不可能沒想到，爆炸後，倖存者會利用電梯逃亡，就像我們一樣。這可能就是他們沒切斷電源的原因。他們知道我們必須回到飛船上。」

溫蒂．萊特說：「這話你已經說過了，喬。」

「我正在解釋我的作法，」他說：「說明為什麼要把他們留在下面。」

「那個新來的女孩不是有天賦嗎？」溫蒂說：「那個皮膚黝黑，臉色陰暗，態度驕傲的女孩，小派什麼的。你可以要她回到過去，回到朗西特受傷前，她大可改變一切的。你忘了她的能力嗎？」

「對，我忘了。」喬差點說不出話。他的精神仍然沒辦法集中。

「我們回下面去，」帝多．阿波斯多斯說：「就像你說的，霍立斯的人會在地面層等我們，我們可能更危險——」

「到了，」唐．丹尼說：「電梯停下來了。」他面無血色，肢體僵硬，當電梯門自動滑向兩側時，他焦慮地舔了舔嘴唇。

他們眼前是通往大廳的電動步道。大廳遠端、氣流屏障門的後面就是他們的飛船。基座朝下，和來時相同。重點是，他們與飛船之間無人阻擋。喬．奇普心想，怪了。難道他們確定仿真人炸彈能夠把我們全給殺了？他們的計畫不知哪裡出了錯，先是爆炸本身，接著又沒斷電——還有現在這空無一人的走廊。

「我覺得，」在阿爾．漢蒙和喬將朗西特從電梯抬到電動步道時，唐．丹尼說：「他們的敗筆，是讓炸彈飄到天花板高度。那顆炸彈應該是會炸出碎片的集束炸彈，但大部分的碎片都只擊中我們上方的牆壁。我想，他們以為我們在劫難逃，所以才沒切斷電源。」

「那要感謝上帝，炸彈當時飄到上頭去。」溫蒂．萊特說。「天哪，好冷。這裡的暖氣系統一定被炸壞了。」她渾身打顫。

電動步道緩慢地帶著他們前進，喬覺得他們花了不止五分鐘才抵達雙道式氣流屏障門。喬心想，宛如爬行的速度簡直是這次所有遭遇中最糟的部分，彷彿是霍立斯的刻意安排。

「等等！」他們身後有人喊叫，腳步聲也傳了過來。帝多．阿波斯多斯舉起槍轉身，隨即又放了下來。

「是其他人。」唐．丹尼告訴喬，因為喬沒辦法轉頭。他和阿爾．漢蒙正在想辦法讓朗西特的身子通過設計複雜的氣流屏障門。「他們全都到了，沒事。」他揮著槍要大家前進。「快過來！」

飛船和大廳之間的塑膠通道還沒卸下。喬聽到腳下踩出特別的悶響，心裡困惑著：**他們真的要讓我們離開？**還是說，他們在裡面等我們上船？他想，彷彿有一股邪惡的力量在玩弄我們，讓我們像一群沒頭沒腦的老鼠吱吱叫到處竄？他們笑看我們的努力來取樂，然後在我們即將逃脫前收攏網子，而我們被碾壓的屍體會跟朗西特一樣，都扔在緩慢前進的電動步道上。

「丹尼，」他說：「你先上船，看他們是不是在等著我們。」

「如果真是那樣呢？」丹尼說。

「那你就回來通報，」喬刻薄地說：「然後我們放棄，讓他們把我們一併解決。」

溫蒂・萊特說：「叫那個小派什麼的用她的超能力。」她的聲音輕柔但堅定。「拜託你，喬。」

「我們先上船，」帝多・阿波斯多斯說：「我不喜歡那女孩，我不信任她的能力。」

「你既不認識她，也不了解她有什麼能力。」喬說。他看著瘦小的唐・丹尼跑上塑膠通道，摸索著控制飛船入口的開關，然後消失在裡頭。「可能救不活他了。」喬邊喘著氣說，朗西特似乎變得更沉重了，他幾乎抬不動。「我們先把朗西特放下來。」他告訴阿爾・漢蒙。於是兩人一起將朗西特放在通道的地板上。「就一個老人來說，他還真重。」喬說著又站了起來。他告訴溫蒂：「我會找小派談談。」這時候，其他人已經跟上來了，所有人焦慮地聚集在通道上。「慘敗啊，」他喘著氣說：「和原來料想的截然不同。誰會知道呢？這次霍立斯真的整慘我們了。」他招手要小派到他身邊。她的臉上有汗漬，人造纖維無袖襯衫也破了，裡頭的無肩帶內衣依稀可見——上頭有幽雅的淡粉紅色百合花刺繡。毫無來由的，這個毫不相關又沒有意義的感官資訊卻讓他印象深刻。「聽我說。」他把手放在她肩膀上，直視她的雙眼，而她也冷靜地迎視他的目光。「妳能回去嗎？回到炸彈引爆之前，然後拯救朗西特？」

「現在太遲了。」小派說。

「為什麼？」

「事情已成定局，時間拖了太久。我必須在事發當下處理。」

「那妳當時為什麼不做？」溫蒂．萊特問話的語氣帶著敵意。

小派看向溫蒂。「**妳**當時有沒有想到？如果妳想到了，為什麼不說？沒有人說。」

「那麼，妳不覺得自己該為朗西特的死亡負任何責任囉，妳的能力明明可以阻止這件事的。」

小派放聲笑了。

唐．丹尼從飛船裡走出來，說：「裡頭沒人。」

「好。」喬向阿爾．漢蒙打個手勢。「我們把他抬上飛船，放進低溫貯存艙裡。」他和阿爾．漢蒙再次抬起朗西特沉重僵硬的身體，一路走進飛船。反超能師們在他身邊推擠，急著想進入避難所，他感覺到恐懼由內而外從他們的身體散發出來，然後包圍著他們——當然他自己也是。有機會能活著離開月球反而讓他們更情急，稍早認命的情緒，到這時已經完全消逝。

喬和阿爾．漢蒙蹣跚地抬著朗西特走向低溫貯存艙時，強恩．伊爾德在喬的耳邊尖聲嚷嚷：「鑰匙在哪裡？」他拉住喬的手臂。「鑰匙，奇普先生。」

阿爾．漢蒙解釋道：「啟動飛船的鑰匙。朗西特一定帶在身上，在把他送進低溫貯存艙之前先找出來，一旦送進去，我們就不能碰他了。」

喬翻找朗西特的幾個口袋，找出了皮革鑰匙袋。「我們現在可以把他放進低溫貯存艙了嗎？」他憤怒地說：「動作快，漢蒙，拜託一下，幫我把他放進艙裡。」但我們終究還是不夠快，他告訴自己，結束了。我們失敗了。唉，他疲憊地想，他已經無力回天。

火箭轟地一聲發動，飛船隨著震動，四名反超能師在控制台前，笨手笨腳地給電腦控制的收訊器設下程式指令。

喬和阿爾．漢蒙站在低溫貯存艙旁邊，把沒了生氣——或者說，顯然是沒了生氣——的朗西特直立著放進去。於此同時，喬自問：他們為什麼放我們走？他看著自動夾臂固定住朗西特的大腿和肩膀，支撐住他整個身體，冷冽閃爍的冰空氣彷彿有了生命。喬．奇普和阿爾．漢蒙看得眼花撩亂。「我不懂。」他說。

「他們搞砸了。」漢蒙說：「除了炸彈外，他們沒有後備方案。就像當年企圖炸死希特勒的那些人一樣，看到地下碉堡爆炸，就以為……」

「在冷死之前，」喬說：「我們趕快出去。」他用指頭戳戳身前的漢蒙。離開低溫貯存艙後，兩人合力扭上讓艙門緊閉的旋轉舵。天哪，真是無法想像有這種保存生命的方式。」

喬走向飛船前艙時，長辮子燒焦的法蘭西．斯班尼西喊住他。「低溫貯存艙裡有通訊系統嗎？」她問道：「我們現在能不能聽聽朗西特先生的建議？」

「沒有辦法。」喬搖頭。「沒有耳機，沒有麥克風，沒有大腦探測儀，也沒有半活中陰身。一切都要等到我們回到地球，把他送回半活賓館之後。」

「那我們怎麼知道我們是否及時冷凍了他？」唐．丹尼問道。

「我們沒辦法知道。」喬說。

「他的腦部狀況說不定已經惡化了。」山米．孟度咧著嘴咯咯笑。

「有可能。」喬說：「我們或許再也聽不到葛倫．朗西特的聲音或想法，事務所可能得在少了他的狀況下繼續營運。又或者我們必須依靠艾拉剩下的半活中陰身來帶領團隊，把辦公室搬到蘇黎世的『此生摯愛半活賓館』去，在那裡上班。」他坐在靠走道位置，從這裡，他能看到四名反超能師為了如何正確駕駛飛船而爭論不休。剛才的爆炸造成的傷口悶痛，讓他昏昏沉沉的，他掏出一支折彎的菸點燃。

這支菸不新鮮，很乾，他正想用手指夾起時，便散開來了。他想，怪了。

「因為炸彈爆炸的關係，」阿爾．漢蒙注意到他的反應，說：「受到高溫影響。」

「那我們會不會因此老化？」坐在漢蒙後面的溫蒂問道。她繞過漢蒙，坐到喬的旁邊。「我覺得自己好老。因為今天的事，我老了，你那包香菸老了，我們全都老了。沒有其他日子和今天一樣。」

挾著驚人的能量，飛船衝離月球表面，荒唐的是，連塑膠通道也一起帶走了。

7

打擊廚房用品陳年殘汙，就靠尤比克全新神奇閃閃淨。方便好用，閃閃如新，不黏手塑膠塗層，是廚房必備好物。依指示使用，安全無慮。省去無盡洗刷，咻一聲就優雅離開廚房！

「我們的最佳策略應該是，」喬說：「直接在蘇黎世降落。」他拿起朗西特事務所飛船上配備的微助聽耳機，撥了瑞士區域代碼。「把他和艾拉放進同一個半活賓館，這麼一來，我們可以同時諮詢他們兩個人的意見，他們可以透過電子設備相連，同步作用。」

「透過大腦探測儀同步作用。」唐·丹尼糾正他。

喬說：「你們有沒有人知道『此生摯愛半活賓館』經理的名字？」

「賀伯特什麼的，」蒂比·傑克森說：「一個德國姓名。」

溫蒂・萊特想了想，說：「賀伯特・旬海特・馮・福格桑。我會記得，是因為朗西特先生曾經告訴我，這名字代表『賀伯特，鳥聲吱啾之美』。我還記得我當時想，我真希望自己的名字也是這麼美。」

「妳可以嫁給他。」帝多・阿波斯多斯說。

「我要嫁給喬・奇普。」溫蒂說話的語氣沉悶內省，帶著孩子氣的嚴肅。

「喔是嗎？」小派・康利說。她的黑眼閃爍。「妳真的要嫁給他？」

「妳能用妳的能力改變這件事嗎？」溫蒂問道。

小派說：「我和喬住在一起，是他的情婦。我們的協議是由我來支付他的帳單。今天早上我付錢給門，讓他能出門。沒有我，他到現在還在公寓裡。」

「那麼一來，」阿爾・漢蒙說：「我們的月球之旅就不可能發生。」他看了小派一眼，臉上表情複雜。

「也許不會在今天，但終究會成行的。」蒂比・傑克森指出：「那有什麼差別？總之，我覺得喬能有個付錢開門的情婦是件好事。」她用手肘輕推喬，滿臉的笑意讓喬覺得當中有某種程度的非分之想。這份讚許帶著點享受意味，像是對他的私生活感同身受。在傑克森太太外向的表面下顯然藏著一個偷窺狂。

「把飛船的電話簿給我，」他說：「我通知半活賓館，讓他們知道我們要過去。」他看看手錶。接下來的航程只剩下十分鐘。

「電話簿拿來了，奇普先生。」強恩·伊爾德找了一下，才把附鍵盤和微掃描器的沉重方盒交給他。

喬輸入「瑞」「蘇」和「此」「摯」。站在他身後的小派說：「這種寫法好像古文。」微掃描器的指針來回擺動，篩選出一張打孔的小卡片。喬把小卡片塞入電話的讀卡槽。電話傳出金屬般清脆的聲音，說：「這是預錄語音。」接著把卡片吐出來。「你輸入的電話已經失效。如果需要協助，請將紅色卡片放入……」

「電話簿的日期是什麼時候？」喬問伊爾德，後者正要將東西放回就手的架子上。伊爾德檢視印在盒底的資訊。「一九九〇年，兩年前的資料了。」

「不可能。」伊笛·多恩說：「這艘飛船兩年前還不存在。船上的一切都是全新的。」

帝多·阿波斯多斯說：「說不定朗西特沒有按部就班打造這艘船，便宜行事。」

「不可能。」伊笛說：「為了普拉特福二號，他費心、撒錢，還挑最好的引擎技術。每個替他工作的人都曉得，這艘船是他的驕傲也是喜悅。」

「**曾經是**他的驕傲和喜悅。」法蘭西·斯班尼西糾正伊笛。

「我還不準備承認這種過去式的說法。」喬說。他把一張紅色卡片插入電話的讀卡槽。「把位在瑞士蘇黎世的『此生摯愛半活賓館』目前的電話給我。」他說。接著他告訴法蘭西．斯班尼西：「這艘船仍然是他的驕傲和喜悅，因為他還在。」

電話吐出一張打好孔的紙卡，喬把紙卡塞入讀卡槽。這一次，電話的電腦系統沒有任何阻礙。螢幕上出現一張不懷好意的蠟黃臉孔，這是經營此生摯愛半活賓館的虛偽傢伙。喬想到他就升起一股厭惡感。

「我是賀伯特．旬海特．馮．福格桑本人。這位先生，你是懷著哀傷的心情來找我嗎？我可以先記下你的姓名地址嗎？免得電話突然斷線。」半活賓館的老闆神態自若地說。

喬說：「不久前出了一樁意外事件。」

「我們所謂的『意外』，」馮．福格桑說：「不過是上帝露了一手。就某個層次來說，所有生命都可說是『意外』。然而，事實上……」

「我不想和你研究神學，」喬說：「現在時機不對。」

「現在正是神學的安慰最能撫觸人心的時候。過世的是你的親人嗎？」

「是我們的老闆，」喬說：「紐約朗西特事務所的葛倫．朗西特。他的妻子艾拉在你們那裡。我們大約再過八或九分鐘就會降落。請問你可以安排低溫貯存運輸車等我們嗎？」

「他現在置放在低溫貯存艙裡嗎？」

「不是，」喬說：「他在佛羅里達州的坦帕海灘曬太陽。」

「你的回答這麼幽默，答案應該是肯定的。」

「派一輛貨車到蘇黎世太空站。」喬一說完就掛斷電話。他心想，看看從現在開始我們要對付的是什麼人。「我們會找到雷蒙．霍立斯的。」他對圍在他身邊的反超能師說。

「找他？不是要找福格桑嗎？」山米．孟度問道。

「找他算帳，要他的命。」喬說。他心想，朗西特直挺挺站在裝飾玫瑰假花的塑膠棺材裡，每月喚醒一小時，半活中陰身逐漸衰弱、黯淡……老天，他腦子思緒亂飛。世上這麼多人，偏偏選中這個有生氣、有活力的。

「無論如何，」溫蒂說：「他會在艾拉身邊。」

「就某方面來說，」喬說：「我希望我們把他放進低溫貯存艙的時機太——」他於心不忍，話都說不完。「我不喜歡半活賓館，」他說：「也不喜歡半活賓館的老闆。我不喜歡賀伯特．海特．馮．福格桑。朗西特為什麼偏愛瑞士的半活賓館？紐約的有哪裡不好？」

「因為這個技術是瑞士研發的，」伊笛．多恩說：「而且，公正的調查顯示，半活中陰身在瑞士半活賓館的平均壽命比在紐約高出整整兩小時。他們似乎有特殊訣竅。」

「聯合國應該廢除半活中陰身的存在，」喬說：「這干擾了生死循環的自然變化。」

阿爾．漢蒙嘲弄地說：「如果上帝允許半活中陰身存在，我們每個人都應該出生在裝滿乾冰的棺材裡。」

唐．丹尼站在操縱台前，說：「我們現在已經進入蘇黎世微波發射台範圍了。他們會接管整個過程。」他悶悶不樂地離開操作台。

「振作起來。」伊笛．多恩告訴他：「說難聽點，我們真的很幸運，否則現在早都死透了，要不是死於爆炸，就是爆炸的餘波下。降落後你會舒服一點的。我們在地球上要安全得多。」

喬說：「知道要去月球出任務，我們就早該有警覺。」他想，朗西特應該要有所警覺。「因為月球當局的法律有漏洞。朗西特總是說：『對於必須離開地球的任務都要心存懷疑。』如果他現在還活著，就會講這句話。『尤其是，如果目的地是月球，千萬別落入陷阱。有太多保己組織上過當。』」喬想，如果朗西特真的在半活賓館醒過來，他說的第一句話應該是：「我一向對月球存疑。」可惜他的懷疑不夠強烈。這個工作的誘因太大，他無法抗拒。所以囉，他吞下餌，上了鉤。正如他一直都知道自己早晚會上鉤。

蘇黎世微波發射台接手控制飛船，轟隆一聲，船身跟著震動。

「喬，」帝多．阿波斯多斯說：「你知道吧？你必須把朗西特的遭遇告訴艾拉。」

「打從我們起飛回航的那一刻起，我就一直在想這件事。」喬說。

飛船驟然減速，在各種輔助系統協助下降落。

「此外，」喬說：「我還得把事情經過通知公會。他們會狠狠修理我們一頓，會說我們像羔羊一樣走迷了路。」

山米．孟度說：「但公會是我們的朋友。」

阿爾．漢蒙說：「出了這種錯後，沒有人會是我們的朋友。」

一架太陽能直昇機停在蘇黎世太空站的機坪盡頭，上面標示著「此生摯愛賓館」。直昇機旁站著一個甲蟲般的男人。這人一身歐陸式裝扮，身穿毛呢長袍搭配平底便鞋，披著腥紅色的飾帶，頭戴頂上裝飾紫色螺旋槳的瓜皮小帽。看到喬．奇普從飛船的坡道走向地面時，這名半活賓館的老闆做作地走向喬．奇普，伸出戴著手套的手。

「從你的模樣來判斷，你們這段旅程應當不是太歡樂。」兩人短暫握手後，馮．福格桑說：「請問，我的員工是否可以登上你們這艘漂亮的飛船，開始……」

「請便，」喬說：「請上船接他。」他雙手插在口袋，信步走向太空站機坪旁邊的咖啡店，心情萬分鬱卒。他意識到，從這一刻起，一切都要進入標準程序了。我們回到了地球，霍立斯沒逮到我們——這是運氣好。醜陋、可怖、猶如甕中捉鱉的月球行動結束了。現在，新的階段開始。而我們對此階段能使得上力之處並不多。

「請投五分錢。」他面前，緊閉的咖啡店門說。

他等了一下，趁一對男女從店裡走出來時和他們擦身擠進門裡，走到一張空凳子旁坐下。

他駝著背，交握的雙手放在桌檯上研究菜單。「咖啡。」他說。

「需要奶精或糖嗎？」轉角處傳來擴音器的問話。

「都要。」

有扇小窗戶打開來。一杯咖啡、兩小包糖和一瓶管裝奶精滑到他面前的桌檯上。

「一塊錢國際保幣。」擴音器說。

喬說：「掛在紐約朗西特事務所的葛倫．朗西特帳上。」

「請插入適用的信用卡。」擴音器說。

「他們有五年沒讓我帶信用卡出門了，」喬說：「我還在付幾年前的……」

「請支付一塊錢保幣。」擴音器說，開始發出威脅滴答聲。「否則我將在十秒內通知警察。」

他遞出保幣，滴答聲隨即停止。

「有你這種客人，我們的生意好不起來。」擴音器說。

「總有一天，」喬憤怒地說：「像我這種人會起來推翻你們的暴政，到時候，你們這些自動服務機器的時代會走到盡頭。人類的價值、情感和溫情會有回頭的一天，到那時，像我這種遭遇苦難、亟需熱咖啡的人不管身上有沒有保幣都該喝得到他應得的咖啡。」他拿起迷你管裝奶精，但又放了下來。「何況你們的奶精還是牛奶之類的鬼東西，已經酸掉了。」

擴音器沒有回應。

「你不打算補救嗎？」喬說：「向我要錢時，你活像個話癆。」

咖啡店必須付錢的門打了開來，阿爾．漢蒙走進店裡。他走到喬身邊坐下。「半活賓館的人把朗西特抬上直昇機了。他們正要起飛，想知道你打不打算一起搭機過去。」

喬說：「看看這奶精。」他舉起管狀容器，裡頭的液體早已結成塊，黏在管壁上。「這就是你花一塊錢保幣在地球上高科技頂尖進步城市裡所能買到的東西。在這地方修正這個錯誤之前——比方把我的錢還我或換一管新鮮奶精讓我配咖啡之前，我哪裡都不去。」

阿爾．漢蒙把手搭在喬的肩膀上看著他。「你怎麼了，喬？」

「先是香菸，」喬說：「接著是飛船上過期兩年的電話簿。現在他們又拿放了一星期的酸奶精給我。我不懂，阿爾。」

「喝黑咖啡就好。」阿爾說：「然後趕快去搭直昇機，好讓他們把朗西特送進半活賓館。我們其他人會在飛船裡等你來。然後我們到最近的公會辦公室去，把所有的事向大家報告。」

喬端起咖啡杯，發現咖啡冷了而且不新鮮，上頭浮著一層霉。他反胃地放下杯子。到底是怎麼了？他想，我遇到什麼事？他的感覺從反胃厭惡轉變成某種隱約詭異的驚慌。

「走了，喬。」阿爾一手緊緊攬住喬的肩膀。「別管咖啡了，那不重要。現在最重要的是把朗西特先生送到……」

「你知道那張一塊錢保幣是誰給我的嗎？」喬說：「是小派．康利。而我呢，就跟我每次拿到錢一樣，莫名其妙就花掉了。像現在，我把錢用來買一杯去年的臭咖啡。」阿爾攬著他，催他下了高腳凳。「要不要和我一起去半活賓館？我需要後援協助，尤其是要去找艾拉諮商的時候。我們該怎麼做，把錯推到朗西特頭上？說要我們去月球出任務是他的決定？也真的是如此，沒錯。還是也許我們該換個說法，告訴她我們出了船難，或是他自然死亡。」

「但朗西特最後還是會和她連結，」阿爾說：「他會告訴她真相。所以你只要說實話就好。」

兩人離開咖啡店，走向此生摯愛半活賓館所屬的直昇機。「還是說，就讓朗西特告訴她。」

他們登機時，喬這麼說：「有何不可呢？要我們上月球出任務是他的決定，讓他自己告訴她。而且他之前常和她溝通。」

「各位，準備好了嗎？」馮．福格桑問道。他坐在直昇機的駕駛座上。「我們是不是該移動哀傷的腳步，朝朗西特先生的最後一個家出發了？」

喬低聲抱怨了兩聲，凝視著直昇機窗外，把注意力放在蘇黎世的建築上。

「好了，起飛吧。」阿爾說。

直昇機離開地面後，半活賓館的老闆按下控制鈕。機艙裡出現了十來個聲源，播放出貝多芬的《莊嚴彌撒》，在電子音效加強版的交響樂團伴奏下，好幾個聲部不停反覆吟唱「神聖的羔羊，你洗去世人的罪惡」。

「你知道著名指揮家托斯卡尼尼會在指揮歌劇時跟著聲樂家一起唱歌嗎？」喬說：「你知不知道，你可以在他錄製的《茶花女》裡聽到他跟著唱詠歎調〈永遠自由〉？」

「我不知道。」阿爾說。他看著蘇黎世時髦又堅固的大樓建築在下方遠去，景象壯觀，喬發現自己是看得目不轉睛。

「Libera me, Domine.」喬說。

「那是什麼意思？」

喬說：「意思是『求主垂憐』，你不知道嗎？不是每個人都曉得嗎？」

「你怎麼會想到這句話？」阿爾問道。

「音樂，這該死的音樂。」他對馮・福格桑說：「把音樂關掉。朗西特聽不見。只有我聽得到，但是我不想聽。」接著他對阿爾說：「你也不想聽，對吧。」

阿爾說：「鎮定點，喬。」

「我們正載著死掉的老闆到一個叫做『此生摯愛半活賓館』的地方，」喬說：「然後還有人說『鎮定點』。你知道，朗西特不必跟我們到月球，他可以派我們去，自己待在紐約就好。結果你看看，我所知最熱愛生命、最精力旺盛的人現在……」

「你這位皮膚黝黑伙伴的建議很好。」馮・福格桑附和。

「什麼建議？」喬說。

「請你鎮定下來。」馮・福格桑打開直昇機控制台的置物箱，拿出一個色彩悅目的盒子遞給喬。「來一個，奇普先生。」

「鎮定口香糖。」喬接下盒子，下意識地打開盒子。「桃子口味的鎮定口香糖。」他問阿爾：「我得嚼這東西？」

「最好是。」阿爾說。

喬說：「朗西特絕對不會在這種情況下吃鎮定劑。葛倫．朗西特這輩子都不會服用鎮定劑。你知道我現在終於明白什麼了嗎，阿爾？間接來說，他捨身拯救了我們的性命。」

「非常間接，」阿爾說：「我們到了。」直昇機開始朝漆著標誌的平坦屋頂下降。「你覺得你夠冷靜了嗎？」他問喬。

「等我再聽到朗西特的聲音就會冷靜下來。」喬說：「在我知道他的半活中陰身還在之後。」

半活賓館的老闆愉快地說：「這我不擔心，奇普先生。一開始，我們通常可以探測到適量大腦活動。是到了後來，當半活中陰階段耗盡時，親友的傷痛才會加劇。但是透過縝密的規畫，我們可以搶下很多年。」他關掉直昇機引擎，按下按鈕，讓機艙門滑開。「歡迎來到『此生摯愛半活賓館』。」說完話，他引導兩人來到屋頂停機坪。「我的私人祕書比森小姐會帶你們到面晤室。請你們在裡頭等待，讓面晤室的環境和色彩影響你們的潛意識，得到身心靈的平靜。一旦我的技術人員和朗西特先生建立起聯繫，我會立刻帶他過來。」

「我希望整個過程都在場，」喬說：「我想親眼看著你們的技師帶回他的意識。」

馮．福格桑對阿爾說：「你作為他的朋友，也許可以勸勸他，讓他了解。」

「你必須在面晤室等待，喬。」阿爾說。

喬兇狠地看著他，說：「你這下是要當湯姆叔叔¹！」

「所有半活賓館的作業程序都是這樣。」阿爾說：「和我一起到面晤室去吧。」

「我們要等多久？」喬問半活賓館的老闆。

「我們會在十五分鐘內知道。如果到時候沒辦法測得任何訊號——」

「你們只努力十五分鐘？」喬說。接著他對阿爾說：「對於一個比我們所有人加總起來更偉大的人，他們只願意花十五分鐘嘗試？」他覺得自己快哭了。他大聲對阿爾說：「拜託，我們——」

「拜託你和我到面晤室去。」阿爾說。

喬跟著阿爾走進面晤室。

「來根菸？」阿爾坐在人造水牛皮沙發上，遞給喬一包香菸。

「這些菸過期了。」喬說。他不必拿、不必碰也知道。

「是啊，是放久了。」阿爾把香菸拿開。「你怎麼知道？」他等了等，說：「你真是我見過最容易沮喪的人。我們是運氣好，才能活著。很有可能是我們其中一個在低溫貯存艙，而坐在這間顏色怪異的面晤室是朗西特。」他看看錶。

喬說：「全世界所有的香菸都不新鮮。」他也看自己的腕錶。「十分鐘了。」太多毫無條理又沒有關連的思緒盤據在他腦海，像閃爍著銀色光澤的魚群。那是恐懼、輕微的厭惡和擔憂。游來游去的魚群最後又成了恐懼。「如果朗西特還活著，」他說：「坐在外頭這間面晤室裡，那麼一切不會有事。這我知道，我只是不曉得為什麼。」他納悶地想，不知道此刻半活賓館的技師和葛倫．朗西特的遺體之間是否建立了聯繫。「你記得牙醫嗎？」他問阿爾。

「我不記得，但我知道他們是做什麼的。」

「從前的人會蛀牙。」

「我知道。」阿爾說。

「我父親曾經描述過在牙醫候診室等待的感覺。每次護士打開門，你就會想，啊，輪到我了，我這輩子最害怕的事要發生了。」

「你現在就有那種感覺嗎？」阿爾問道。

「我覺得，天哪，那個經營這鬼地方的笨蛋傢伙怎麼不快進來說他還活著，朗西特還活

譯註

1 意指順從白人老闆的黑人小人物。出自美國作家斯托夫人發表於一八五二年的反奴隸制度小說《湯姆叔叔的小屋》。

著。或者說他死了。反正不是生就是死，給個答案就好。」

「答案幾乎都是肯定的。根據統計，馮・福格桑說……」

「但這次答案會是否定的。」

「你怎麼可能知道。」

喬說：「我懷疑雷蒙・霍立斯在蘇黎世這裡有分公司。」

「他當然有。但等他派預知師來到這裡的時候，我們早就知道了。」

「我要打電話找個預知師，」喬說：「現在就打。」他站起來，不曉得上哪兒可以找到視訊電話。「給我二十五分硬幣。」

阿爾搖頭。

「就某方面來說，」喬說：「你是我的員工。給我硬幣，否則我開除你。朗西特一死，我就接手成了公司負責人。從炸彈引爆後一直由我負責，帶他來這裡也是我的決定。現在我決定雇用一名預知師，幾分鐘就好。硬幣交出來。」他伸出手。

「經營朗西特事務所的傢伙身上竟然連半毛錢都沒有。」阿爾說。「硬幣拿去。」他從口袋裡掏出一枚硬幣丟給喬。「發薪水時別忘了補上。」

喬離開面晤室來到走廊，困倦地揉著前額。他心想，這地方真奇特，介於生死之間。他發現，**我**現在是朗西特事務所的負責人了，除了艾拉——而且非得我來這裡喚醒她，她才能發言。我知道葛倫．朗西特遺囑的細節，他過世後，遺囑應該自動生效了。在喚醒艾拉——或是艾拉和朗西特，但前提是我們能喚得醒他——由他們親自指定接班人之前，公司將由我作主。如果他另外指定接班人，他和艾拉兩人都必須同意，而且兩人的意願必須相同才能生效。他想，說不定他們會決定讓我長久負責下去。

但他又覺得那不可能。公司不可能由一個連自己財務狀況都無法掌握的人負責。但霍立斯的預知師應該會知道。我可以透過他們得知自己是否會升任公司總經理。這和其他事同樣值得預先知曉。我得雇用個預知師。

「哪裡有公用視訊電話？」他問一名穿著半活賓館制服的員工。員工指點了方向。「謝謝。」他繼續往前走，終於找到投幣式視訊電話。他拿起話筒，聽到撥號音後，把阿爾給他的二十五分錢投進去。

電話說：「先生，很抱歉，但是我不接受已經作廢的錢幣。」備受唾棄的銅板從電話底座掉出來，落到他的腳邊。

「你這話是什麼意思？」他說，笨拙地彎腰去撿銅板。「北美邦聯的銅板什麼時候作廢的？」

「很抱歉，先生。」電話說：「你投入的硬幣不是北美邦聯的二十五分錢銅板，而是美利堅聯合政府的費城銅板，政府已經召回了這個版本，現在只有收藏價值了。」

喬拿著錢幣，看到髒汙的表面上有淺淺的喬治．華盛頓側臉浮雕。還有製造日期。這枚銅板有四十歲了。而且，正如電話說的，很久以前就召回了。

「有問題嗎，先生？」一名半活賓館的員工輕快地走過來。「我看到電話把你的銅板吐出來。我可以看看嗎？」他伸出手，喬把那枚美國銅板遞給他。「我用瑞士十法郎代幣向你收購好嗎？我們的電話收法郎代幣。」

「很好。」喬說。他接受了這筆交易，把十法郎代幣丟進電話，撥打霍立斯全球免費電話的號碼。

「這裡是霍立斯超能公司。」精明幹練的女聲傳入他的耳中，螢幕上出現一個用美顏效果修過臉的女孩。「喔，是奇普先生。」女孩認出他來。「霍立斯先生交代過，說你會打電話過來。我們一整個下午都在等你。」

預知師。喬心想。

「霍立斯先生指示我們把你的來電轉接給他。」女孩說：「他要親自處理你的需求。我轉接時可以請你稍等一下嗎？馬上好，奇普先生。如果一切順利，你聽到的下個聲音就是霍立斯先生了。」她的臉孔從螢幕上消失，只剩下灰白的一片。

接下來，螢幕上一張表情嚴峻，雙眼凹陷的藍色臉孔越來越清晰，這張神祕的臉孔沒有脖子也沒有相連的身體。這雙眼睛讓喬想起有瑕疵的珠寶，璀璨閃亮，但切面不知怎麼著就是不對，讓光芒不規則地朝各個方向發散。「你好啊，奇普先生。」

原來他長這個樣子，喬心想。照片根本沒秀出來，他那一臉凹凸不平，簡直像整棟脆弱的大樓崩塌散落後重新黏了回去，但再也不是原來的模樣。「公會會收到你謀殺葛倫．朗西特的完整報告。」喬說：「他們養了一批頂尖律師，你這輩子都要在法庭上度過。」他等著看眼前這張臉孔的反應，但霍立斯面無表情。「我們知道是你下的手。」他一說出口立刻覺得說了也是白說，他做的這件事毫無意義。

「至於你打電話來的目的，」霍立斯說話時嘶嘶作響的聲音，讓喬想起盤纏在一起的蛇。

「朗西特先生不會……」

喬開始發抖，掛掉話筒。

他沿著來時的走廊回到面晤室，阿爾．漢蒙愁眉苦臉地坐在裡面，撕扯著原本應該是一支香菸的乾草。兩人沉默了一會兒，然後阿爾抬起頭。

「答案是否定的。」喬說。

「馮・福格桑來找過你，」阿爾說：「他的反應很奇怪，顯然是哪裡出了錯。我敢說他不會直接告訴你，他可能會繞圈子說一堆場面話，但說到底，應該就像你說的，答案是否定的。所以現在該怎麼辦？」他等著喬回應。

「我們現在去找霍立斯。」喬說。

「我們找不到霍立斯的。」

「公會……」他突然停下。馮・福格桑悄悄走進面晤室，神情緊張，疲憊又憔悴，但同時又裝出超然無畏的樣子。

「我們盡力了。在這麼低的溫度下，電流實際上很暢通，沒有任何高於一百五十克的可察覺阻力。照理說，信號應該清晰有力，但我們從擴大器得到的信號只有六十周波的低鳴。容我提醒二位，我們並沒有監督你們先前使用的低溫貯存艙設備，別忘了。」

阿爾說：「我們知道。」他僵硬地站起來，面對著喬。「我猜，事情大概就是這樣了。」

「我要和艾拉談談。」喬說。

「現在嗎？」阿爾說：「最好等到你知道自己要怎麼說的時候吧。明天再告訴她。現在先回家睡個覺。」

「回家，」喬說：「回到小派・康利身邊。我現在也沒心情面對她。」

「那在蘇黎世開個房間好了，」阿爾說：「搞失蹤。我會回船上告訴其他人，然後向公會報告。你可以透過書面證明把這件事交給我。」他對馮．福格桑說：「麻煩請人送紙筆過來。」

「你知道我想找誰談嗎？」喬說。同時間半活賓館的老闆小跑步走開，去找紙筆。「溫蒂．萊特。她會知道該怎麼做的。我很重視她的意見。我也不懂為什麼。我和她又不熟。」這時，他才注意到面晤室裡低聲播放的背景音樂。音樂一直持續，和直昇機裡一樣。「**震怒之日，天地將焚為灰燼，一如大衛及西碧兒先知之預言**。」陰鬱的聲音唱道。他聽出這是威爾第的《安魂曲》。馮．福格桑每天早上九點來上班時，音樂會準時響起，很可能還是他親自播放的。

「你開好房間後，」阿爾說：「我說不定可以說服溫蒂．萊特去找你。」

「那太不道德了。」喬說。

「什麼？」阿爾瞪著他。「都已經這種時候了？除非你振作起來，否則整個事務所都要分崩離析了。任何能讓你振作的事都是好事，都有必要。回頭再去打個電話找旅館，然後把旅館的名字告訴我……」

「我們所有的錢都不能用，」喬說：「除非再找到個硬幣收藏家拿十瑞士法郎硬幣和我換，否則我沒辦法打電話。」

「真是夠了。」阿爾嘆了一口氣，搖搖頭。

「難道**怪我**？」喬問：「是我要你拿個過期作廢的二十五分銅板給我嗎？」他發火了。

「弔詭地說，是沒錯。」阿爾說：「但我也不知道為什麼。也許我哪天會明白。好，我們兩個一起回普拉特福二號。你可以去接溫蒂．萊特一起去旅館。」

「**世人心中充滿恐懼，審判者必將到來，嚴厲執行判決**。」背景音樂的歌聲又起。

「我拿什麼付旅館的費用？他們和電話一樣，都不會收我們的錢。」

阿爾咒罵了一聲，掏出皮夾檢查裡面的鈔票。「這些鈔票雖然是早期發行的版本，但還在流通。」他又檢查口袋裡的銅板。「銅板不流通了。」他把銅板丟到面晤室的地毯上，就像剛剛電話的態度一樣不屑。「鈔票拿去吧。」他把紙鈔遞給喬。「這些錢付一夜旅館費用、你們兩人的晚餐和幾杯飲料應該夠。明天我會派飛船從紐約過來接你和她回去。」

「我會還你錢。」喬說：「身為朗西特事務所的臨時負責人，公司會幫我加薪，我可以償還所有債務，包括欠繳的稅、罰款和所得稅人員課的罰金……」

「不需要小派．康利的協助？」

「我現在可以趕她出門了。」喬說。

阿爾說：「我很懷疑。」

「這是我的重新起步，是人生的新契約。」他告訴自己：我可以經營事務所。我當然不會犯下朗西特犯下的錯誤：就算霍立斯，假借史丹頓．米克之名來引誘，也不可能騙得到我和我的反超能師離開地球，蒙受突襲。

「依我看，」阿爾毫不修飾地說：「你想要失敗。任何情勢——包括眼前這件——都不會改變這個事實。」

「我真正想的，」喬說：「是要成功。葛倫．朗西特看見了，這是為什麼他會在遺囑裡提到倘若他過世，而『此生摯愛半活賓館』沒能喚醒他進入半活狀態時，事務所將由我接手管理。」他的自信心逐漸茁壯，現在，他宛如突然有了預知能力一般，看到眼前有無限的可能。接著，他想起小派的天賦能力，她能如何對付預知師，如何制衡預知未來的企圖。

「**震天號角響起，穿透人間墳塚，已死眾生都將走向我主跟前。**」背景音樂的歌聲繼續唱著。

阿爾看著他的表情，說：「你不會把她掃地出門，因為她有特殊的能力。」

「就依你的吧，我會在蘇黎世路特旅館訂一間房間。」喬決定了。但他想，阿爾說得沒錯。這行不通，小派或是更糟的遭遇會找上我，摧毀我。就傳統定義而言，我注定要失敗。他焦慮又疲憊，腦海裡突然冒出一個影像：一隻鳥困在蜘蛛網中。影像停留好一陣子，這可嚇壞了他。一切看起來如此寫實，而且，他想，這簡直像個預言，只是他無法確切說出是什麼意思。

他想，已經不流通的銅板被電話吐出來；收藏品；像博物館的館藏。就這樣嗎？這很難說，他真的不知道。

「**死亡降臨，大自然驚懼，眾人甦醒，以答覆主的審判。**」歌聲仍在繼續。

8

還在為錢坐困愁城，快找尤比克儲貸部的小姐，她能解除你的財務重擔。好比借了五十九保幣，還利不還本，算下來就只要……

亮晃晃的陽光灑進優雅的旅館房間，照亮堂皇的室內，喬．奇普眨了眨眼，看到了室內裝潢。一整面手工繪製的新絲窗簾上，描繪著人類從寒武紀的單細胞生物演進到二十世紀初的首度御風飛行。此外，房裡還有一座漂亮的仿桃花心木衣櫥，四張色彩繽紛的鍍鉻躺椅……就在他昏昏沉沉地欣賞華美房間時，突然想到一件令他失望的事：溫蒂沒來敲門。又或者他睡得太沉，沒聽到她的敲門聲。

在他強勢領導下的新帝國甫開始就消失了。

昨天的鬱悶仍然盤繞在他心裡，讓他感官依然麻木。他搖搖晃晃地下床，找到衣服穿好。

他發現這天冷得不尋常，想了想，他拿起話筒撥打客房服務的分機。

「……如果有任何可能，把錢退給他。」他耳邊的話筒說：「當然了，首先必須確定史丹頓．米克本人是否牽涉在內，或者，就只是仿真機器人要對付我們，如果真是這樣，那是為了什麼，如果不是……」話聲繼續，比較像自言自語而不是和喬說話。話筒似乎當他不存在似的，一點也沒注意到他。「從我們過去的報告當中，」話聲說：「米克的聲譽良好，做人做事都符合太陽系的道德規範。如此看來……」

喬掛掉電話，暈眩地搖搖晃晃站著，想理清思緒。那是**朗西特的聲音**。無庸置疑。他拿起電話再聽一次。

「……跟米克打官司，他負擔得起而且也習慣了。在向公會提出正式報告之前，當然要先諮詢我們自己的法務人員。如果事情公開會構成毀謗，接下來造成非法逮捕，如果……」

「朗西特！」喬大聲喊出老闆的名字。

「……沒法確認，至少可能要……」

喬掛掉話筒。

我不懂，他心想。

他走進浴室，用冷冰冰的水潑臉，再用旅館提供的免費拋棄式梳子梳頭，接著，沉思了一會兒之後，又用旅館提供的免費拋棄式刮鬍刀刮鬍子。他把旅館提供的免費鬍後水拍在下巴、脖子和臉頰上，拿出旅館免費拋棄式杯子喝水。他疑惑地想，是半活賓館終於喚醒朗西特了嗎？然後打電話給我？朗西特一醒來就想和我說話，我可能是他第一個想找的人。但如果真是如此，他為什麼聽不到我說話？為什麼我只能聽到單向的訊息傳達？是不是有什麼技術問題有待排除？

他走回電話邊，又一次拿起話筒，想打電話到此生摯愛半活賓館。

「……不是管理公司的理想對象，因為他私人生活的困擾，尤其是……」

喬終於發現：我不能打電話。他掛下話筒。我甚至連客房服務都沒辦法叫。

大房間的角落有個清脆響亮的機器聲說：「我是你的免費新聞自動產生器，地球及殖民地只有路特連鎖旅館有這項服務。只要選出想看的新聞類別，不出幾秒，我們便會為您量身打造出最即時的新聞，容我重複一次，這項服務完全免費！」

「好極了。」喬說。他穿過房間走到機器旁邊，心想，也許到了此刻，朗西特遭謀殺的新聞已經上報了。新聞媒體都固定監看所有半活賓館的接待名冊。他按下標示著星際熱門頭條的按鈕。機器立刻開始列印紙捲，而紙捲累積的速度就和列印一樣快。

沒有任何一條新聞提到朗西特。是太早嗎？還是說，公會成功地壓下新聞？他想，要不然就是阿爾，也許阿爾塞了點錢賄賂半活賓館的老闆。可是——阿爾所有的錢都在他身上，阿爾沒辦法行賄任何人隱瞞任何事。

有人敲響旅館房門。

喬放下新聞紙捲，小心翼翼走向門口，心想來的可能是小派．康利。是她把我困在這裡。不過，也可能是紐約的人員來這裡接我回去。照道理說，來的很可能是溫蒂，但可能性不大。至少不是現在，不會這麼晚才來。

或者是霍立斯派的殺手來了。他打算一個一個殲滅我們。

喬打開門。

來的是緊張得發抖，一雙大手扭在一起的賀伯特．旬海特．馮．福格桑。他咕噥地說：「我不懂，奇普先生。我們整晚輪班處理，但一點進展也沒有。可是我們做了電子腦波測量圖，圖表顯示微弱但真真確確有腦部活動。所以半活中陰身真的在，只是我們沒辦法聯繫上。現在，皮質層的各個部位都有我們植入的探針。我不知道我們還能怎麼做。」

「腦部新陳代謝測量得到嗎？」喬問道。

「可以的。我們從另一間半活賓館外聘專家過來，他用自己的設備測試得到，而且代謝率正常，一如其他剛過世的人。」

「你怎麼知道要到這裡來找我？」喬問道。

「我們打電話到紐約去找漢蒙先生，然後想打電話到旅館找你，但你的電話一早上都占線。所以我才覺得有必要親自跑一趟。」

「電話壞了。」喬說。「我也沒辦法撥出去。」

半活賓館的老闆說：「漢蒙先生也試著要聯絡你，但沒有成功。他要我幫他傳個口信，要你回紐約前在蘇黎世做件事。」

「他要提醒我，」喬說：「記得找艾拉說話。」

「把她丈夫不幸去世的消息告訴她。」

「我能向你借點保幣嗎？」喬說：「好去吃早餐。」

「漢蒙先生警告過我，說你可能會向我借錢。他告訴我，說他已經給你足夠付房間、幾杯飲料和——」

「阿爾的計算基準，是假設我能租到簡單的房型。然而，他根本沒想到我租不到比這間更小的房間。你可以把費用加進月底要送到朗西特事務所的帳單上。我現在是——之前我可能跟你說過了——事務所的代理負責人。你現在面對的，是一個腳踏實地走向高位，具備正念又掌握了權力的人。你曉得吧，我可以重新考慮我們的決定，可能會，比方說，選擇離紐約較近的半活賓館。」

馮・福格桑氣呼呼地從毛呢長袍裡掏出一個仿鱷魚皮皮夾拿錢。

「這是個無情的世界，」喬接下錢，說：「規則是『損人利己』。」

「漢蒙先生另外還要我轉達，從紐約辦公室過來的飛船大約會在兩小時後抵達蘇黎世。」

「很好。」喬說。

「為了讓你有足夠的時間和艾拉・朗西特會談，船會直接到半活賓館接你。有鑑於此，漢蒙先生建議直接由我帶你回半活賓館。我的直昇機停在旅館屋頂。」

「阿爾・漢蒙這麼說的？說我該和你一起回半活賓館？」

「沒錯。」馮・福格桑點點頭。

「一個年約三十，高個子、彎腰駝背的黑人？鑲金門牙左右分別裝飾著紅心和桃花，右邊那顆還鑲著鑽石？」

「就是昨天和我們一起從蘇黎世太空站到半活賓館，在那裡陪你等待的男人。」

喬說：「他是不是穿著綠色毛氈短褲，灰色高爾夫球襪，獾皮中空露肚皮襯衫，仿漆皮便鞋？」

「我看不到他穿什麼，視訊電話上出現他的臉。」

「他有沒有提供任何暗號或密碼，好讓我確定是他？」

半活賓館的老闆惱怒地說：「奇普先生，我不明白哪裡有問題。在紐約和我透過視訊電話聯絡的人，就是昨天陪著你的同一個男人。」

「我不能冒險。」喬說：「不能和你去，也不能搭你的直昇機。說不定是雷蒙．霍立斯派你來的。殺害朗西特先生的人就是他。」

馮．福格桑的雙眼好像玻璃珠子。他說：「這件事你告知保己組織公會了嗎？」

「會，我們會在時限前提出報告。於此同時，我們必須提高警覺，不要讓霍立斯動到我們其他人。在月球時，他打算把我們全都殺了。」

「你需要接受保護。」馮．福格桑說：「我建議你立刻打電話給蘇黎世警方，在你前往紐約之前，他們會派人保護你。還有，你一抵達紐約──」

「我剛剛說了，我的電話壞了。我一直聽到葛倫．朗西特的聲音。就是這樣，所以大家都聯絡不上我。」

「真的？太不尋常了。」半活賓館老闆繞過喬，走進房間。「我可以聽聽看嗎？」他邊詢問邊拿起話筒。

「一塊錢保幣。」喬說。

馮・福格桑從毛呢長袍的口袋裡掏出一把銅板，當他遞三個銅板給喬時，他瓜皮帽上的螺旋槳不耐地呼呼作響。

「我只收你這裡一杯咖啡的叫價。」喬說：「這至少值得那個價錢。」想到這裡，他意識到自己還沒吃早餐，而且勢必會在這情況下去面對艾拉。嗯，他可能得吞顆安非他命，說不定旅館會免費提供。

馮・福格桑把話筒緊緊靠到耳邊，說：「我什麼都聽不見，連撥號聲都沒有。現在，我聽到一些雜訊，好像是來自很遠的地方，非常微弱。」他把話筒遞給喬，喬接過來聽。

同樣的，他也只聽到遙遠的雜訊。他想，訊號至少是從好幾千公里外發出來的。太詭異了。這和朗西特的聲音一樣令人費解——假如他剛剛聽到的真的是朗西特的聲音。「我退你錢。」他掛掉話筒，這麼說。

「算了。」馮・福格桑說。

「可是你沒能聽到他的聲音。」

「我們就按照你們漢蒙先生的建議，回半活賓館去吧。」

喬說：「阿爾・漢蒙是我的員工。公司政策由我決定。我想，我會在和艾拉商談之前先回紐約。我覺得向公會提出正式報告比較重要。你和阿爾・漢蒙通電話時，他有沒有說所有反超能師都和他一起離開了蘇黎世？」

「除了和你在旅館過夜的女孩之外，全都離開了。」馮・福格桑困惑地四下張望，顯然在找那個女孩。他相貌獨特的臉上露出關心的神色。「她不在這裡嗎？」

「是哪個女孩？」喬問道。他低落的心情這會兒降到最陰暗的深淵。

「漢蒙先生沒說。他假設你應該知道。基於諸多考量，他不便把名字告訴我。她沒有——」

「沒人來過。」到底是誰？是小派・康利還是溫蒂？他在房裡來回走，本能地想打散心中的恐懼。上帝，拜託，希望來的是小派。

「衣櫥裡。」馮・福格桑說道。

「什麼？」喬停下腳步。

「衣櫥裡看看。這種昂貴套房通常有特大號衣櫥。」

喬按下衣櫥門上的按鈕，門立刻彈開。

衣櫥地上有一堆縮成一團、脫水成有如木乃伊的物體。曾經是衣服的碎布條蓋住這東西大部分面積，彷彿置放多年後，逐漸破散成原先的經緯織線。他彎下腰，把這團物體轉過來。這東西只有少少的幾公斤重，喬用手一推，屍體四肢伸展成單薄的骨架，還發出紙張攤開般的窸窣聲響。跟屍體糾纏在一起的超長頭髮猶如黑色雲霧罩住她的臉。他蹲下來，沒有動彈，更不想知道那是誰。

馮．福格桑以沙啞緊繃的聲音說：「屍體放很久，完全乾透，好像放了幾個世紀之久。我下樓去告訴經理。」

「這不可能是成年女性。」喬說。這只可能是孩子的遺體，因為骨架太小。「既不可能是小派，也不可能是溫蒂。」他說，一邊翻起蓋住屍體臉孔的如瀑長髮。「屍體像是在高溫下烘烤了很久。」他想到了爆炸。炸彈釋放出來的高溫。

他靜靜地看著那張焦黑乾枯的小臉。他知道這是誰。要認出她不是容易的事。

溫蒂．萊特。

應該是在夜裡，他推想，她來到這房裡，然後她本人或周遭出了某種狀況。她覺得情況不對，於是爬進衣櫥想躲藏，所以他才會不知道。在她生命的最後幾小時——或者幾分鐘，他希望整個過程只有幾分鐘，不幸的事件發生在她身上。她沒發出任何聲音，她甚至沒有叫醒他，或是她想叫醒他但做不到，沒法引起他注意。說不定，在她試過但沒能叫醒他之後，她才爬進這個衣櫥。

上帝憐憫，他想，希望事情很快就過去。

「你沒辦法為她做些什麼事嗎？」他問馮．福格桑：「半活賓館無能為力嗎？」

「太遲了。毀壞到這麼徹底的程度，不可能留下半活中陰身。她是漢蒙先生提到的那個女孩嗎？」

「沒錯。」喬點點頭。

「你最好離開旅館。為了你自己的安全著想，現在就走。霍立斯——是霍立斯，對吧？他肯定也會對你下這種毒手。」

「我的香菸乾掉了。」喬說：「飛船上的電話簿是兩年前的。結塊的奶精、浮了一層霉的咖啡。還有古董錢幣。」這些事的共同點是：歲月。「在月球上，我們登上飛船後，她說她覺得自己變老了。」他沉思著，試圖控制自己的恐懼，到了這時，恐懼已經轉變成驚駭。他想，但電話裡的聲音要怎麼解釋？朗西特的聲音，那是什麼意思？

他看不出潛在的模式，看不出其中的意義。視訊電話裡，朗西特的聲音不符合他能推理或想像的任何假設。

「輻射。」馮．福格桑說：「我認為她是暴露在強烈輻射下，而且時間應該有一陣子。輻射劑量極大。」

喬說：「我覺得她的死因是爆炸。害死朗西特的那場爆炸。」他心想，是鈷輻射。熱塵落在她身上，被她吸入體內。那麼我們都會以相同方式死去，輻射塵一定都落在我們身上。我吸入了輻射塵，阿爾和其他幾個反超能師也一樣。如果是這樣，我們無人能倖免。太遲了。他這時才了解，我們沒有人想到這個後果。沒想到爆炸其實是超精密的核子反應。

難怪霍立斯會讓我們離開。可是……

這個理論足以解釋溫蒂的死法和乾掉的香菸，但不足以解釋電話簿、銅板，以及壞掉的奶精和咖啡。

同樣的，也無法解釋朗西特的聲音，也就是旅館視訊電話中他喃喃自語的獨白。在馮．福格桑拿起話筒後，獨白便結束了。他發現，除他以外，別人聽不到。

他告訴自己：我必須回紐約去。我們都去了月球——當炸彈引爆時我們都在場。我們必須一起尋求解決之道，事實上，那可能是在我們其他人一個接著一個像溫蒂那樣死去——或死得更慘——之前，唯一能解決問題的方法。

「請旅館送一個聚乙烯塑膠袋上來，」他告訴馮．福格桑。「我要把她放進去，帶她回紐約。」

「那不是警察該管的事嗎？像這麼可怕的謀殺案，我們應該要報警。」

喬說：「你只管幫我要個袋子上來就對了。」

「好吧。她是你的員工。」半活賓館老闆邁步走向樓下的大廳。

「她過去是，現在不是了。」他心想，她是第一名受害者，但或許這樣也好。溫蒂，我要帶妳一起走，帶妳回家。

只不過這和他長久以來的計畫不同。

其他幾名反超能師圍坐在巨大橡木桌邊。阿爾．漢蒙打破沉默，說：「喬隨時可能回來。」他看向腕錶想確認，但錶似乎停了。

小派．康利說：「我建議我們利用這個時間看看傍晚新聞，看霍立斯有沒有洩漏朗西特的死訊。」

「今天的報紙沒刊登。」伊笛．多恩說。

「電視新聞更即時。」小派說。她遞給阿爾一個五十分硬幣，讓他開啟放在會議室遠端窗簾後方的電視。這台電視配備立體色彩和多聲道音響，一向是朗西特的驕傲。

「要我幫你把錢放進投幣孔嗎，漢蒙先生？」山米．孟度熱心地問。

「好。」沉思中的阿爾把銅板丟給孟度，後者一把接住，朝電視機小跑過去。

朗西特的律師華特・W・威爾斯焦躁不安地調整自己的坐姿，一雙血管纖細、貴族氣息十足的手把玩著手提箱的扣鎖。「你們不該把奇普先生留在蘇黎世，在他到場之前，我們什麼也不能做，但眼前，最重要的是朗西特先生的遺囑和相關事務必須迅速執行。」

「你讀過遺囑了。」阿爾說：「喬・奇普也讀過。我們知道朗西特想要讓誰接管事務所。」

「但就法律觀點——」威爾斯才剛開口就被打斷。

「用不著再等多久了。」阿爾唐突地說。他拿筆在稍早列出的清單邊緣上畫著線條，全神貫注地為清單加上裝飾，然後又讀了一次。

乾掉的香菸
過期的電話簿
已經召回的錢幣
壞掉的食物
火柴夾上的廣告

「我再把這張清單傳給大家看一次，」他大聲說：「看看這次有沒有人能看出這五條事件——或隨便你們怎稱呼——之間有什麼關連。這五件事——」他比手劃腳。

「不對。」強恩・伊爾德說。

小派・康利說：「要看出前四條的關連不難。但火柴夾就不見得了。」

「讓我們再看看那個火柴夾。」阿爾伸出手。小派把火柴夾給他，他再次大聲讀出上頭的廣告。

凡具備資格者，這個契機不容錯過！

身在瑞士蘇黎世此生摯愛半活賓館的葛倫・朗西特先生，在收到我們免費鞋組和如何向親友推銷本公司原廠人造皮便鞋的詳細資料後，在一週內獲利翻倍。朗西特先生雖然冰存在低溫貯存艙裡，仍然賺得四百……

阿爾沒繼續往下讀，他陷入深思，同時用大拇指剔一剔下排的牙齒。沒錯，他想，這則廣告不一樣。其他幾項不是壞掉就是過期，但這項不是。

「我在想，」他大聲說：「如果我們回應這則廣告會怎麼樣？上頭有愛荷華州首府德梅因的郵政信箱號碼。」

「我們會得到一套免費鞋組。」小派・康利說：「外加如何向親朋好友推銷……」

「說不定，」阿爾打斷她，說：「我們會因此聯繫上葛倫・朗西特。」桌邊的每個人，包括威爾斯律師在內，全瞪著他看。「我是說真的，」他說：「來，拿去。」他把火柴夾遞給蒂比・傑克森。「馬上發一封信過去。」

「然後說什麼？」蒂比・傑克森問道。

「填寫贈獎聯就好了。」阿爾說。接著，他對伊笛・多恩說：「妳確定這個火柴夾從上星期就放在妳的皮夾裡？還是妳今天在哪裡拿到的？」

伊笛・多恩說：「我上週三放了好幾個火柴夾到皮包裡。就像我告訴過你的，今天早上我點菸時剛好注意到。火柴夾絕對是我們去月球前就在我皮包裡。好幾天前就在了。」

「上頭的廣告一直都在？」強恩・伊爾德問她。

「在今天之前，我從來沒注意火柴夾上寫了什麼。那是朗西特在自己死前印的嗎？還是說，是霍立斯印的？比方說，明知自己要殺害朗西特，先開個低級玩笑？等我們發現火柴夾時，朗西特已經像上頭的廣告一樣，安置在蘇黎世的低溫貯存艙裡了？」

帝多・阿波斯多斯說：「霍立斯怎麼知道我們會把朗西特帶到蘇黎世，而不是放在紐約？」

「因為艾拉在那裡。」唐・丹尼回答。

山米・孟度站在電視前面，無聲地研究阿爾剛才給他的五十分錢銅板。他正在發育的蒼白額頭擠出了好幾條皺紋。

「怎麼了，山米？」阿爾說。他感覺自己情緒緊繃起來，是預知到又有事發生。

「五十分錢銅板上不應該是華德・迪士尼的頭像嗎？」山米說。

「不是迪士尼，」阿爾說：「要不然就是早一點的版本，有卡斯楚的頭像。拿來看看。」

「不。」阿爾檢視硬幣，說：「是去年發行的，還在流通。完全可以用。世界上任何機器都會收。電視也會收才對。」

「那麼，是哪裡不對？」伊笛・多恩靦腆地問。

「就像山米說的，」阿爾回答：「銅板上的頭像不對。」他站起來，把銅板放到伊笛潮濕的手上。「妳覺得這看起來像誰？」

伊笛頓了一下，說：「我……我不知道。」

「妳當然知道。」阿爾說。

「好啦。」伊笛氣憤地說，違背心意地回答。她反胃地把銅板推回阿爾手上。

「**是朗西特**。」阿爾告訴桌邊所有的人。

過了半晌，蒂比·傑克森說：「把這個加到你的清單上。」她的聲音微弱到幾乎聽不見。

當阿爾坐下來，在紙上添加新事件時，小派說：「我發現這些事有兩種變化，一種是變質過期，這很明顯，我們都沒意見。」

阿爾抬起頭問她：「另一種呢？」

「我不太確定，」小派猶豫地說：「和朗西特有關。我覺得我們應該檢查手上其他的銅板，還有紙幣。讓我再想一下。」

圍坐桌邊的人紛紛掏皮夾、皮包，或是掏口袋。

「我有一張五塊保幣鈔票，」強恩·伊爾德說：「上面有朗西特先生的蝕刻頭像，很漂亮。至於其他的呢，」他看著手上的鈔票許久，說：「都是正常的鈔票。你想看一下這張五塊錢鈔票嗎，漢蒙先生？」

阿爾·漢蒙說：「我已經有兩張了。還有誰有？」他環顧桌邊的眾人。六個人舉起手。

「總共八個人，」他說：「擁有所謂的朗西特幣。也許到了晚上，所有錢都會變成朗西特幣。要不最多兩天吧。總之，朗西特幣可以使用，可以使用在投幣機器和電器用品上，也可以用來償債。」

「說不定不行。」唐·丹尼說：「你怎麼能確定。這些你所謂的朗西特幣……」他彈彈手上的鈔票，說：「銀行何必收這些錢？這不是法定貨幣，不是政府印製的。這些錢太奇怪了，不是真鈔。」

「好，」阿爾心平氣和地說：「也許這不是真鈔，也許銀行會拒收。但真正的問題不在這裡。」

「真正的問題，」小派．康利說：「是第二種變化和什麼有關，到處都是朗西特，這代表什麼意思？」

「確實是。」唐．丹尼點點頭。「『到處都是朗西特』就是除了變質過期外的第二種變化。有些銅板被淘汰了，其他的則出現朗西特的頭像或畫像。你們知道我怎麼看嗎？我覺得這兩種變化背道而馳。一種是所謂的過期、消失。這是變化一。第二種變化則是出現新事物，而且是前所未見的事物。」

「願望的實現。」伊笛．多恩輕聲說。

「妳說什麼？」阿爾說。

「也許這些都是朗西特希望的事物，」伊笛說：「他的畫像出現在法定貨幣上，在所有的鈔票甚至銅板上。這點很了不起吧。」

帝多．阿波斯多斯說：「那**火柴夾**又怎麼說呢？」

「我猜那就沒什麼了不起的了。」伊笛同意。

「事務所登了廣告在火柴夾上，」唐・丹尼說：「在電視、新聞產生器和雜誌上都有，再加上傳單。這些都經由我們的公關部門處理。一般來說，朗西特不在乎這種枝微末節的小事，他才不管什麼火柴夾這種東西。若他的意志真能實踐，他會想要自己的臉孔出現在電視上，而不是在鈔票或火柴夾上頭。」

「說不定電視上**真的**有。」阿爾說。

「說得對，」小派・康利說：「我們還沒看，我們都還沒有時間看電視。」

「山米，」阿爾把五十分銅板遞回給他，說：「去開電視。」

「我不知道我想不想看。」伊笛說。山米・孟度把銅板丟入投幣孔，站到一邊，轉動電視的旋轉鈕。

會議室的門打了開來。喬・奇普站在門口，阿爾看到他的臉。

「把電視關掉。」阿爾站起來說。會議室裡的眾人看著他走向喬。「出了什麼事，喬？」他問道，等著喬回答，但後者什麼也沒說。「究竟怎麼了？」

「我包了一艘飛船回來。」喬說話的聲音沙啞。

「你和溫蒂？」

喬說：「寫張支票支付飛船的費用，船還在屋頂上。我身上的錢不夠。」

阿爾問威爾斯律師：「你能支付這筆費用嗎？」

「這種事交給我。我去付飛船的款項。」威爾斯帶著公事包離開會議室。喬依然站在門口，再次緘默不語。他比阿爾上次看到他時，像是老了一百歲。

「到我辦公室。」喬轉身離開會議室。他眨眨眼，猶豫了。「我——覺得你最好不要看。我發現她的時候，半活賓館的馮．福格桑和我在一起。他說他愛莫能助，因為時間過了太久。好幾年之久。」

「好幾年？」阿爾毛骨聳然地問。

喬說：「我們先去我辦公室。」他帶著阿爾離開會議室，沿著走廊來到電梯前面。「搭飛船回來的旅程中我服用了鎮定劑。帳單上會列出費用。其實我覺得好多了。就某種層面來說，我什麼感覺也沒有，一定是因為鎮定劑的關係。我想，等藥效退了，我又會有感覺了。」

電梯來了。他們一起下樓，直到抵達喬辦公室所在的三樓之前，兩人完全沒有交談。

「我不建議你看。」喬打開辦公室，領阿爾走進裡面。「你自己決定。如果**我**撐得過去，**你**應該也可以。」他打開天花板上的燈。

過了好一會兒，阿爾才說：「我的老天爺。」

「別打開。」喬說。

「我不會打開。是今天早上還是昨晚的事？」

「顯然很早就發生，在她進我房間之前。我們——馮．福格桑和我——在走廊上發現了衣服碎片，沿路一直通向我房間。但她穿過大廳時一定沒事或者還好，總之，沒有人發現異狀。要知道，像那種等級的大旅館隨時都有人看守的。況且，她也成功抵達我房間……」

「是啊，這表示她當時至少還能走路。怎麼看，都應該是這樣。」

喬說：「我在想我們其他人。」

「怎麼說？」

「同樣的遭遇會發生在我們身上。」

「怎麼會？」

「她怎麼會碰到這種事？是爆炸的影響。我們會一個接著一個像那樣死去。一個接著一個，沒人逃得過，直到我們全變成塑膠袋裡的幾公斤皮膚和頭髮，只有幾根乾掉的骨頭可以丟進去。」

「好，」阿爾說：「打從月球上的爆炸後——或者說，那場爆炸造成某種力量加速腐壞。這我們已經知道了。我們還知道——或是認為我們知道——有另一種相對的力量讓事情背道而馳，這個是和朗西特有關。我們的錢幣上開始出現朗西特的頭像。有個火柴夾——」

「我在旅館的視訊電話上聽到他的聲音。」喬說。

「視訊電話上？怎麼可能？」

「我不知道。他就是在。銀幕上看得到，只聽得到聲音。」

「他說什麼？」

「沒什麼特別的。」

阿爾審視喬。「他聽得到你說話嗎？」他終於問道。

「聽不到。我試著溝通，但電話是單向的，只能聽。就這樣。」

「所以這就是我沒辦法聯絡到你的原因。」

「沒錯。」喬點頭。

「你到會議室時，我們正想看電視。你知道，新聞產生器上沒出現他的死訊。簡直是一團糟。」阿爾看不慣喬的模樣，他心想，喬看起來又老、又小又疲倦。難道事情就是這樣開始的嗎？他告訴自己：**我們必須聯繫上朗西特**。光是能聽到他的聲音不夠，他顯然想和我們聯絡，但是……

如果我們想度過這個劫難，必須聯繫上他。

喬說：「在電視上看到他對我們沒有幫助，這就和在電話上聽到他的聲音一樣。除非他能告訴我們怎麼聯絡他。也許他**可以**告訴我們，也許他知道，知道發生了什麼事。」

「他還得知道他自己出了什麼事。那是我們不了解的狀況。」阿爾想，就某種層面而言，即使半活賓館沒能喚醒他，但他一定還活著。碰到這麼重要的客戶，半活賓館的老闆一定盡了全力。「馮．福格桑有沒有聽到他在電話裡的聲音？」他問喬。

「他試過，但除了遠端的雜訊之外，什麼都沒聽到。我也聽到了。什麼都沒有，那雜訊非常詭異。」

「我覺得不太對。」阿爾說。他不確定原因。「如果馮．福格桑也聽到，我會覺得好多了。至少我們可以確定聲音存在，而不單純是你的妄想。」他心想，說到這，或者可能是我們所有人的妄想，就像剛討論的火柴夾這事。

但某些事件絕非出自妄想。之前，機器不收古董銅板——機器是只會對物理特性有所反應。在這件事上，沒有任何心理因素牽涉在內。機器不懂得想像。

「我要離開這棟大樓一陣子。」阿爾說：「你隨機想個城市或小鎮，一個和我們任何人都無關的地方，我們當中沒人會去或去過的地方。」

「巴爾的摩。」喬說。

「好，我去巴爾的摩。我去看看有沒有哪間店會收朗西特幣。」

「幫我買些新鮮香菸。」喬說。

「好。我會。我會看看巴爾的摩的那家店有沒有受到影響。我會順便看看其他商品，隨機取樣。你要和我去嗎，還是你要上樓把溫蒂的事告訴他們？」

喬說：「我和你去。」

「也許我們不要把她的事說出來比較好。」

「我覺得我們該說。」喬說：「因為事情會再次發生。說不定在我們回來之前就發生。搞不好就是現在。」

「那我們最好盡快去巴爾的摩。」阿爾說著離開辦公室，喬也跟上去。

9

頭髮乾燥糾結，好難整理，女孩該怎麼辦？請用尤比克豐澤潤絲精。只要五天，髮質煥然一新，柔順有光澤。別忘了加購尤比克定型噴霧。依指示使用，安全無虞。

他們挑了巴爾的摩邊郊的「幸運星超市」。

來到櫃台前，阿爾對電腦操控的全自動櫃員機說：「給我一包帕莫香菸。」

「溫斯香菸比較便宜。」喬說。

阿爾惱怒地說：「沒有溫斯香菸，他們停產好多年了。」

「還在生產，」喬說：「只是沒有廣告。溫斯低調不浮誇。」他對櫃員機說：「把帕莫換成溫斯。」

香菸從滑道掉到櫃台上。「九十五分錢。」櫃員機說。

「我給你十塊錢保幣鈔票。」阿爾把紙鈔塞進櫃員機，機器仔細查驗鈔票，發出呼呼聲響。

「先生，請收下找零。」櫃員機說完話後，在阿爾面前掉出一堆銅板和鈔票。「請往前。」

在離開櫃台讓位給下一名顧客時，阿爾心想，這麼說，朗西特幣是流通的。排在他們後面的顧客是體型龐大的老婦人，身穿藍莓色棉布大衣，帶著一只墨西哥繩編購物袋。阿爾小心翼翼地打開香菸盒，但手指一夾，香菸立刻粉碎。

「如果我們買的是帕莫香菸，就能證明點什麼了。我要回去排隊。」在他往回走，準備去排隊時，發現那名身穿深色外套、體型龐大的老婦人和自動櫃員機發生嚴重的爭執。

「這東西在我拿回家時已經死了。你們可以收回去。」她把一盆植物放在櫃台上，阿爾看到一盆了無生氣的垂死植物——可能是杜鵑花。

「我沒辦法退款給妳，」櫃員機回答：「我們販售的植物沒有壽命保證。我們的規定是顧客自己要小心。請往前。」

「還有這份《週六晚間郵報》，」老婦人說：「我在你們的報亭買的，這是去年的報紙了。你們是怎麼樣？還有，這份火星蟲蟲電視餐盒——」

「下一位。」櫃員機沒有理會她。

阿爾離開隊伍，在店裡走來走去，終於看到一條條疊在一起，足足有兩百五十公分高的香菸堆。他告訴喬：「你挑一條。」

「多米諾香菸，」喬說：「價格和溫斯一樣。」

「拜託，別選那種冷門品牌，選文斯頓或酷爾斯。」他動手拉出一條香菸，搖了搖。「裡面是空的。憑重量就知道。」但盒子裡有某種又輕又小的東西，於是他拆開長盒子看。

裡頭有一張捲起來的紙條，他和喬都認得這個筆跡。他拿起紙條，兩個人一起讀。

必須與你們聯絡。事態嚴重，而且會每況愈下。可能性不少，我會再和你們討論。總之，千萬別放棄。溫蒂・萊特的遭遇讓我很遺憾，但這件事我們已經盡了全力。

阿爾說：「所以他知道溫蒂的遭遇。嗯，也許這表示我們其他人不會再發生同樣的事。」

「隨機挑出來的一條香菸，」喬說：「在隨機挑選城市的隨機挑選超市裡。然後我們發現葛倫・朗西特直接寫給我們的紙條。那其他幾條香菸裡會有什麼？同樣的紙條嗎？」他拿起一條L&M藍星香菸，搖了搖之後打開來。這條香菸裡上下兩層都還有十盒菸，完全正常。阿爾自問，真的正常嗎？他拿出其中一包。「能看得出這個沒有異狀。」喬說道。喬從堆疊在一起的香菸中又抽出一條。「這條也是完整的。」他沒有打開看，而是伸手又抽出一條，接著又是一條。這幾條香菸都是滿的。

而且所有香菸都在阿爾的指間乾碎散落。

「我真想知道他是怎麼曉得我們會來這裡的。」阿爾說：「他又怎麼知道我們會抽出哪條特定的香菸。」這沒道理。然而，這件事也有兩股相對的力量在運作。腐壞對上朗西特，阿爾心想。這兩股相對的力量遍及整個世界，說不定遍及宇宙。阿爾推想，說不定太陽會熄滅，而如果葛倫．朗西特辦得到，他會換上替代的太陽。

是的，他想，問題就在這裡。朗西特的能力究竟到什麼程度。

換句話說——腐壞的變化究竟能擴及到哪裡？

「我們試試別的東西。」阿爾說。他沿著走道穿過一排排罐頭、包裝袋和盒子，最後來到位於店中央的電器用品區。他一時念起，拿起一個昂貴的德國製卡帶錄音機。「這東西看起來不錯。」他告訴跟在他身後的喬，並拿起仍然放在包裝盒裡的第二個錄音機。「我們買下來帶回紐約。」

「你不想打開看看？」喬問：「不想在買下前先試試看？」

「我覺得我已經知道結果了，」阿爾說：「但我們在這裡測試不出來。」他帶著錄音機走向結帳櫃台。回到紐約的朗西特事務所，他們把錄音機送到公司的工作室去。

十五分鐘後，工作室領班交出拆解機器的報告。「錄音機裡所有的活動零件都毀損了。橡膠驅動輪上有使用痕跡。錄音機裡遍布著橡膠碎片。快速前進和倒帶的制動器基本上已經磨損殆盡。整個錄音機需要清理、上油。看樣子，這機器似乎用得很頻繁。依我看，這東西需要全面檢修，還要換上新皮帶。」

阿爾說：「用了很多年嗎？」

「很可能。你買多久了？」

「今天才買的。」阿爾說。

「不可能，」工作室領班說：「如果真是今天買的，就是他們賣你一個——」

「我知道他們賣了什麼給我。」阿爾說：「我買下時，甚至還沒拆開包裝就知道了。」他告訴喬：「一個用舊、耗損的全新卡帶錄音機，用奇怪的朗西特幣買來的。用沒有價值的錢買下沒有價值的貨物。這其中一定存在著某種邏輯。」

「我今天過得很不順，」工作室領班說：「一早我起來時，我的鸚鵡死了。」

「怎麼死的？」喬問道。

「我也不知道，就那麼死透透了。」工作室領班對阿爾搖晃著細瘦的指頭。「我告訴你，這錄音機還有你不知道的事。這東西不只是用到耗損而已，還是四十年前的產品。現在的錄音機已經不再使用橡膠驅動輪或皮帶傳送了。除非訂製，否則你絕對買不到零件。而就算有零件也划不來，這東西是老古董了。丟了吧，當作沒買算了。」

「你說得對，這些我確實不知道。」阿爾說。他陪著喬走出工作室，來到走廊上。「現在我們講的不是腐壞了，這是兩回事。接下來，我們會很難買到能吃的食物，無論在哪裡或是哪一類食物都一樣。超市裡賣的食物有哪些在那麼多年後還能吃？」

「罐頭食品。」喬說：「我在巴爾的摩那間超市看到超多罐頭食品。」

「這下我們知道原因了，」阿爾說：「四十年前的超市，罐頭食品的比例比冷凍食品多很多。罐頭食品可能會變成我們唯一的食物來源，你是對的。」他反覆思考。「但是在短短的一天之內，時間就從兩天跳到四十年，明天到了這個時候，可能會變成一百年。無論是不是罐頭，沒有任何食物放超過一百年還能吃。」

「皮蛋。」喬說：「所謂的千年蛋，中國人埋在土裡放了上千年。」

「而且不只發生在我們身上。」阿爾說。「巴爾的摩那個老婦人買的東西也受到影響：她的杜鵑花。」月球上的一次爆炸會讓全世界陷入飢荒嗎？他自問。**為什麼不只是我們，為什麼所**

有人都受到影響？

喬說：「有人……」

「安靜一下，」阿爾說：「我必須釐清這件事。也許巴爾的摩只是因為我們有人會去而存在，至於幸運星超市，我們一走，它也就沒了。也可能只有我們幾個去過月球的隊員，才會真的經歷到這些。」

「這是個既不重要又沒有意義的哲學問題。」喬說：「而且不可能得到正面或反面的證明。」

阿爾挖苦地說：「對那名穿著藍莓色大衣的老婦人來說很重要。對其他人也是。」

「工作室領班來了。」喬說。

「我剛才一直在研究使用說明，」領班說：「就是放在卡帶錄音機包裝裡的說明書。」他臉上表情複雜，把說明書遞給阿爾。「就不勞你們詳讀了，看最後一頁就好。上面寫了這該死東西的製造商和維修站。」

「蘇黎世朗西特事務所製造，」阿爾大聲讀出來：「北美邦聯維修中心在德梅因。和火柴夾上的廣告一樣。」他把說明書交給喬，說：「我們去趟德梅因。這本說明書上第一次連結了兩個地點。」他心想，不懂，為什麼是德梅因。他問喬：「你記不記得朗西特這輩子和德梅因有什麼關連？」

喬說：「朗西特在德梅因出生，在那裡住到十五歲。他不時會提到那地方。」

「所以，現在，在他死後，他用某種方式回到了老家。」阿爾心想，朗西特在蘇黎世，也在德梅因。他在德梅因的半活中陰身放在此生摯愛半活賓館的低溫貯存艙裡，腦部新陳代謝可測，但聯繫不上。他的肉體不在德梅因，然而，顯然在那裡可以聯絡得上他。藉由像說明書這樣的媒介，他至少**建立了**與我們的單向聯絡。同時，他心想，我們的世界正在分崩離析，時間也在倒流，回到了過去。到這個週末，我們醒來時可能會看到古董街車在第五大道上來來去去。「躲街車的人」，他還真忘了這個古早的口語說法。在他腦海裡，遙遠模糊的記憶抹滅了當前的現實。這難以辨別的認知目前還僅只是主觀的感覺，卻讓他很不自在。因為在此刻之前尚不存在的認知，如今已變得太真實。「躲街車的人。」他大聲說出來。街車是至少百年前的產物了。但這個說法烙印在他的認知中，讓他無法忘懷。

「你怎麼知道這個說法？」領班說：「沒有人知道那是什麼意思了，那是以前棒球隊『布魯克林道奇隊』的老名字。」他一臉狐疑地看著阿爾。

喬說：「在去德梅因之前，我們最好先上樓，確定大家都安好。」

「如果我們不及早到德梅因，」阿爾說：「這趟行程可能會花一整天，甚至變成兩天。」

他想的是交通工具的倒退發展。從火箭推進退化到噴射引擎，從噴射引擎到活塞式螺旋槳飛機，然後再往後回到蒸汽火車或馬拉車的陸路旅行——但他告訴自己，情況不可能倒退得那麼嚴重。話雖然這麼說，但我們已經拿到一個四十年前製造、靠橡膠驅動輪和皮帶運作的錄音機了。說不定真有可能倒退那麼多。

他和喬快步走向電梯，喬按下按鈕，兩個人都情緒緊繃，誰也沒有說話，只顧沉浸在自己的思緒中。

電梯喀啦啦地停下來，噪音讓阿爾從深思中醒了過來。出於反射反應，他推開電梯的鐵柵安全門——

然後他驚覺自己面對的是一個鋼索懸吊式拋光黃銅電梯廂。一名穿著制服的操作員坐在凳子上，雙眼呆滯地操作搖桿。他面無表情地看著阿爾和喬。但阿爾覺得那不是面無表情。「別進去，」他說，一邊拉著喬往後退。「仔細看然後思考，想想我們今天稍早搭的是液壓系統、完全無噪的自動封閉式電梯——」

他忽然停下來，因為那鏗噹作響的老舊機器消失了，熟悉的新型電梯再次出現。然而他還是能感受到那部舊式電梯似乎還埋伏在他的視線範圍內，一待他和喬的注意力轉移，它便會伺機現身。阿爾發現，它想回來、打算回來。我們可以暫時延後這些變化，最多可能延後個幾小時。逆行的動量越來越強，復古的速度比我們想得更快。現在，隨便一個震幅就是一百年。我們剛才看到的電梯至少是一世紀前的東西。

他想，儘管如此，我們似乎可以對這種現象施加某種控制。剛才，我們讓現代化電梯回歸原位。如果集合我們所有人的力量，一起行動——而不是光靠我們兩個人——加上十二個腦袋——

「你剛剛看到什麼？」喬正在和他說話。「你為什麼要我別進電梯？」阿爾說：「你沒看到那座舊式電梯嗎？一九一〇年左右的黃銅電梯廂，裡面還有個坐在凳子上的操作員？」

「沒有。」喬說。

「你什麼都沒看到？」

「我只看到這個。」喬指著電梯。「我每天上班搭的正常電梯。我看到我一向看到、也是現在看到的東西。」他走進電梯，轉身面對阿爾。

阿爾明白了，這麼說，我們的認知開始有差異。他納悶地想，不知道這代表什麼意思。這不是吉兆，他一點也不喜歡。他覺得這是自朗西特死後最致命的改變，而且表現的方式既極端又黑暗。他們不再以相同的速率看到事物的倒流，敏銳的直覺告訴他，溫蒂．萊特在死前有完全相同的經驗。

他懷疑自己還剩下多久時間。

一波陰寒冷冽的感覺襲向他和周遭的世界——事實上，這種感覺不知在何時早就出現，只是他現在才意識到。這讓他回想起在月球上的最後一刻。冰冷侵入物體表面，接著開始扭曲膨脹，壓擠出聽聞得見的崩裂聲。寒意灌入裂口直抵讓物體賴以活命的核心。現下，他眼前所見彷彿是一片冰漠，上頭散落著光禿禿的石頭。一陣風突然吹起，掃過取代了冰漠的平原；這風造成更厚重的冰層，大部分的禿石隨之消失。黑暗出現在他的眼角邊，他只瞥見了一眼。

但是，他想，這些是我自己投射出來的影像。宇宙並沒有被陣風、寒意、黑暗和冰所埋葬，一切都發生在我的內心，只不過，在我看來，宛如發生在外界。他想，太弔詭了。整個世界都在我的體內嗎？被我的身體吞噬？那是什麼時候的事？他對自己說，這一定是死亡的表現方式。這一定就是死亡的顯化，他這麼告訴自己，我所感覺到的不確定性和能量的衰減——則是過程，而我看到的冰，就是過程走到終點的結果。他心想，當我閉上雙眼時，整個宇宙會消失。但我該看到的七彩光芒和通往新子宮的入口在哪裡？男女歡愛產生的那種迷濛、散發紅光的子宮在哪裡？還有，代表動物貪生的黯淡黑光又在哪裡？我就只看得到黑暗入侵和熱能衰退，只看得到平原遭太陽拋棄、逐漸冷寂。

這不是一般的死亡，他告訴自己。這不合常理。正常死亡的歷程被另一種反覆無常又強行加諸的因素所取代。

他想，如果我能躺下來休息，如果我能得到足夠的精力來思考，也許我會懂。

「你怎麼了？」他們一起搭電梯上樓時，喬這麼問他。

「沒事。」阿爾隨口回答。他想的是，他們也許辦得到，但我不行。

他和喬在空洞的靜默中繼續搭電梯上樓。

走向會議室時，喬發現阿爾沒跟在他身邊。他回頭看，發現阿爾獨自站在走廊上，沒有往前走。「你怎麼了？」他又問了一次。阿爾沒有動。「你還好嗎？」喬朝他走過去。

「我累了。」阿爾說。

「你看起來不太好。」喬說。他覺得非常不安。

阿爾說：「我要去洗手間。你先去找其他人，確定他們都沒事。我很快就到。」他茫然地走開，似乎有些困惑。「我不會有事的。」他說。在走廊上，他走走停停，彷彿看不清去路。

「我陪你去。」喬說：「帶你去洗手間。」

「我想用點溫水潑個臉。」阿爾說。他終於找到男廁免付費的門，在喬的協助下拉開門，走了進去。喬站在走廊上。他心想，阿爾不太對。看到舊式電梯這件事改變了他。喬很想知道原因何在。

阿爾從廁所裡走出來。

「出了什麼事？」看到他臉上的表情，喬問道。

「你看看。」他帶喬走進男廁，指著對面的牆。「塗鴉。」他說：「你知道的，亂塗亂寫的字。男廁裡永遠有這些東西。你讀一下。」

用蠟筆或紫色原子筆的塗鴉寫著：

跳進尿斗倒立。

你們全死了，我才是活著的那個人。

「是朗西特的筆跡嗎？」阿爾問：「你認得出來嗎？」

「沒錯，」喬點點頭，說：「是朗西特的字跡。」

「所以，我們現在知道真相了。」阿爾說。

「這是真相？」

阿爾說：「那當然。顯然就是。」

「真他媽的，這算什麼，從男廁牆上的塗鴉知道自己死了。」喬覺得憤慨勝過了其他感覺。

「塗鴉就是這樣，刺目但直接了當。光是看電視、聽視訊電話或讀新聞可能要好幾個月或甚至永遠都不知道真相。不像這樣乾淨利落。」

喬說：「可是我們沒死。溫蒂除外。」

「我們現在是半活中陰身，可能還在普拉特福二號上。說不定，我們全死於爆炸中——只有他例外，而他正在從月球回到地球的路上，正在試圖探測我們的腦波。到目前為止，他失敗了，我們沒辦法從我們的世界連接上他。但他成功地聯繫上我們。我們到處都看得到他，就算隨機挑選的地點也一樣。他無所不在，而且只有他，因為他是唯一試著——」

「只有朗西特例外。」喬打斷阿爾：「你剛剛只說『他』，話要說清楚講明白。」

「我不舒服。」阿爾說。他打開水龍頭，掬起流向水盆的水潑臉。但那不是熱水，喬看到水中有碎冰。「你回會議室去。我舒服一點就會進去——假設我真能舒服一點。」

「我覺得我應該留在這裡陪你。」喬說。

「不必，該死的——出去！」阿爾灰敗的臉孔上充滿了驚慌，他將喬推向男廁門外的走廊。「去，去確認大家都沒事！」阿爾退回男廁，摀住雙眼彎下腰，消失在關上的門後。

喬仍然猶豫，卻回答：「好吧，我會去會議室和大家待在一起。」他等在外頭，沒見阿爾回應。「阿爾？」他心想，天哪。這太嚇人了，阿爾狀況真的不對。他推著門，說：「我要親眼看到你沒事。」

阿爾以低沉但冷靜的聲音說：「太遲了。喬。別看。」男廁裡一片黑暗，阿爾顯然想辦法關掉了裡頭的燈。「你沒辦法幫我。」他的聲音虛弱但穩定。「我們不該和其他人分開，溫蒂就是因此才遭遇不測。如果你去找大家，**和大家待在一起**，你還能好好地活一陣子。把這些話告訴他們，確認他們全都了解。你聽懂了嗎？」

喬伸手去摸索電燈開關。

黑暗中，一隻軟弱的手拍掉喬的手。他嚇得收回手，阿爾的虛弱力道讓他驚訝。這說明了一切。他不需再看。

「我去找其他人，」他說：「我懂。你覺得很不舒服嗎？」

好一會兒後，阿爾才有氣無力地低聲說：「不，不會太不舒服。我只是……」聲音淡去，接著又是一片沉默。

「說不定我哪時候會再見到你。」喬說。他知道這麼說不妥當，說出這種空洞的話讓他恐懼。但這已經是他的最佳表現了。「這麼說吧，」他知道阿爾已經聽不見，但他仍然說：「我希望你覺得好一點了，我先去告訴他們牆上塗鴉寫了什麼再回來看你。我會叫他們別進來看，因為——」他思索該怎麼說才合適。「因為他們可能會打擾到你。」喬終於把話說完。

阿爾沒有回應。

「那麼，再見了。」喬說完話，走出陰暗的男廁。他踉蹌地踏上走廊，走向會議室。他先停下來，不甚穩定地深深吸口氣，接著才推開門。

遠端牆上的電視正在播送洗衣粉廣告，在巨大的立體色彩螢幕上，一名家庭主婦挑剔地檢查一條人造水獺皮毛巾，並且以刺耳的聲音宣布這毛巾不配在她家浴室裡占據一席之地。鏡頭帶向她的浴室——也拍到浴室牆壁上的塗鴉。熟悉的字跡這次寫的是：

朝水槽俯身，滑下去。你們全死了。我還活著。

然而，大會議室裡就只有他一個人在看電視。喬獨自站在空無一人的室內。其他所有隊員都走了。

他不知道大家上哪去了，也不知道自己能活多久，是否有足夠的時間找到他們。不過看來可能性不高。

10

汗臭害你孤僻離群嗎？尤比克止汗噴劑或止汗滾珠，十天內根除煩惱，讓你重返歡暢聚會。守護個人清潔衛生，依指示使用，安全無虞。

新聞主播說：「現在回到吉姆．韓特主持的新聞時間。」

禿頭主播開朗的臉孔出現在螢光幕上。「葛倫．朗西特在今天重回了他的出生地，可嘆的是，這並不是讓人歡騰的榮歸故鄉。昨日，朗西特事務所遭遇了地球保己組織未曾碰過的慘劇。在一場發生於月球地下設施的恐怖爆炸案中，葛倫．朗西特不幸受到重創，並且因遺體不及送進低溫貯存艙而死亡。朗西特的遺體隨後送往位於蘇黎世的『此生摯愛半活賓館』，經過積極嘗試，仍無法喚醒半活中陰身。在所有努力都不見成果之下，朗西特的遺體如今送回德梅因的『善牧者葬儀社』。」

螢幕上出現一幢傳統白色木造建築，許多人在外面走動。

喬・奇普心想，真不知道是誰同意把遺體運送到德梅因的。

「朗西特夫人這個哀傷但堅定的決定，」新聞主播繼續說：「將使朗西特先生步上他人生的最後一程，也就是我們現在看到的場景。冰藏在低溫貯存艙中的艾拉・朗西特夫人經過喚醒，得知這項噩耗。大家原以為能讓朗西特先生也與夫人一樣，進入低溫貯存艙，兩人互相作陪。今晨，經過喚醒的朗西特夫人得知丈夫的命運後，決定放棄搶救朗西特的半活中陰身。現實讓兩夫婦合而為一的希望徹底破碎。」螢幕上短暫出現一張艾拉生前拍下的靜態照片。「在莊嚴的儀式中，」主播繼續說：「朗西特事務所哀傷的員工同聚在『善牧者』小教堂裡，在這樣的狀況下強打起精神，來此致上最後的敬意。」

現在，螢幕上出現了葬儀社的屋頂停機坪，一艘直立飛船打開艙門，幾名男女走了出來。記者伸出一隻麥克風，攔下他們。

「先生，請問你，」記者的聲音說：「除了在葛倫・朗西特事務所工作之外，你和其他這些員工是否有私人交情？除了知道他是你老闆，對這個人你還知道多少？」

唐・丹尼拚命眨眼，像隻被強光照到的貓頭鷹。他對著伸到面前的麥克風說：「我們全都認識葛倫・朗西特這個人。他是個好人，也是我們能信任的公民。我知道我這些話足以代表其他人的心聲。」

「朗西特事務所的所有員工——也許我該說，所有前任員工——都來了嗎，丹尼先生？」

「我們來了不少人。」唐．丹尼說：「保己公會的藍恩．倪吉曼先生在紐約和我們聯絡上，告知我們朗西特先生的遺體會送到德梅因來，建議我們也過來一趟，我們都同意，所以他用這艘船送我們過來。這是他的飛船。」丹尼指著他和其他人剛離開的飛船。「我們很感謝他通知我們地點從蘇黎世的半活賓館改到這邊的葬儀社來。而我們當中有些人不在場，是因為稍早他們不在紐約的辦公室裡。我要特別提一下反超能師阿爾．漢蒙、溫蒂．萊特和事務所的靈量測試員奇普先生。我們不知道這三個人目前的行蹤，但也許——」

「是的，」伸長麥克風的記者說：「也許如我假設——我相信你們無疑也作此想法，他們會看到這段在全球放送的衛星轉播，及時出席這場哀悼會。朗西特先生及夫人會希望他們能到場的。現在我把鏡頭交回新聞中心的吉姆．韓特。」

螢幕上再次出現吉姆．韓特的臉孔。他說：「雷蒙．霍立斯及其旗下的超能師是反超能師制衡的對象，也是保己組織的目標。霍立斯的公司今日發出聲明，對葛倫．朗西特的過世表達遺憾，並表示若有可能，他希望能參加在德梅因舉行的儀式。然而，有鑑於幾家保己機構的發言人指出，霍立斯對朗西特死訊的第一個反應宛如放下重擔一事，代表保己公會的藍恩．倪吉曼先生（稍早報導曾提及）有可能要求禁止霍立斯出席葬禮。」韓特主播停了一下，拿起一張紙，說：「接下來是另一條新聞——」

喬・奇普踩踩電視的腳踏式遙控器，螢幕上的影像逐漸淡去，聲音也跟著消失。

喬想，這和浴室牆上的塗鴉不符。也許朗西特真的死了。新聞媒體是這麼想的。雷蒙・霍立斯也這麼想。還有藍恩・倪吉曼。他們全都認為朗西特去世了，唯一持相反意見的只有兩則牆上的塗鴉——無論阿爾怎麼想，那有可能是任何人的隨口胡謅。

電視螢幕又亮了。他嚇了一跳，因為他並沒有踩遙控器。螢幕上的頻道一台台地切換，直到神祕的操控者滿意才停下來。最後的影像停留不動。

葛倫・朗西特的臉。

「味蕾遲鈍，食物無味？」朗西特用他特有的沙啞聲調說：「水煮高麗菜霸占了你的美食天地？不管在爐子裡投多少錢，端上的永遠是週一早晨陳腐無趣的菜色？有了尤比克，一切都改觀。尤比克能提味，恢復食物原始美味，喚回細膩的香氣。」螢幕上，一罐包裝鮮麗的噴劑取代了葛倫・朗西特的臉孔。「尤比克經濟又實惠，輕輕一噴，偏執恐懼全消除，什麼奶精結塊、錄音機故障、電梯變老舊鐵籠款式，以及其他種種沒發現的變質腐壞衰退，統統退散。明白嗎，半活中陰身大多要經歷世界衰敗、時光倒流的過程，尤其是與真實世界連結還很強的中陰初期。徘徊流連的世界猶如殘流電荷，陷你於迷離幻境中，但幻境極不穩定，又無基礎構造的支撐。當幾個人的記憶系統交融在一起——一如你們的狀況，製造的幻覺會倍感真實。但有了史上最強效的嶄新尤比克，一切都將反轉！」

喬頭暈目眩地坐下來，雙眼仍緊盯著螢幕。螢幕上，一個動畫精靈輕快靈巧地旋轉，四處噴灑尤比克。

緊接著，一名目光銳利的家庭主婦取代了動畫精靈。這個一口大牙、下巴和馬一般長的女人用金屬般刺耳的聲音大聲說：「時間差太惱人，我在用過許多無效又過時的產品後，終於改用了尤比克。本來，我的鍋碗瓢盆鏽成了一堆廢鐵，公寓樓板塌陷，我丈夫查理還一腳就踢破了臥室的門。但現在改用經濟實惠嶄新強效尤比克，一切產生奇蹟般轉變。看看這個電冰箱。」電視上出現了一個奇異家店早期生產的圓塔頂冰箱。「哇，時光倒流八十年前。」

「六十二年前。」喬下意識地糾正她。

「可是請看。」家庭主婦邊說話，邊拿一瓶尤比克朝圓塔頂冰箱噴兩下。神奇閃亮的火花罩住老冰箱，接著一閃之後，一台摩登六門付費冰箱取代了老古董。

「是的，」朗西特沙啞的聲音又響起：「今日最新科技**足以逆轉**時光倒流，而且任何住在大樓公寓的人都負擔得起。全球各大居家用品店都買得到尤比克。千萬不可口服，記得遠離火焰，並依標籤指示使用。所以了，喬，快去買，別光坐在那裡。出門去買一罐尤比克，日夜噴灑在你的周圍。」

喬站起來，大聲說：「你知道我在這裡。這是不是代表你聽得到也看得到我？」

「我當然聽不到也看不到你。這段廣告是預錄的，我在兩星期前，講得更精確一點，在我死前十二天錄製的。我早知道會有爆炸，我懂得使用預知力。」

「這麼說，你真的死了。」

「那當然，我死透了。你不是才剛看過德梅因的新聞轉播嗎？我知道你看過，因為我的預知師也告訴我了。」

「那男廁牆上的塗鴉又是怎麼一回事？」

電視機放送出朗西特隆隆作響的低音：「又是個退化衰敗現象。去買一罐尤比克，你就不會再看到那些東西了，一切現象都會停止。」

「阿爾認為我們死了。」喬說。

「阿爾也在退化衰敗。」朗西特低沉的笑聲迴盪在會議室內，讓空氣為之震顫。「聽我說，喬，我錄下這段該死的電視廣告就是為了幫助你，指引你——就只有你，因為我們是朋友。而且，我知道你一直很困惑。你現在就是，完全搞不清楚狀況。這沒什麼好驚訝的，你本來就是這副德行。總之，堅持下去。也許你到了德梅因看到我的遺體，就會鎮定下來。」

「『尤比克』是什麼東西？」

「我想，現在要幫阿爾為時已晚。」

喬說：「尤比克是什麼做的？怎麼運作？」

「事實上，阿爾可能誘發了男廁牆上的塗鴉。如果不是他，你不會看到那些字。」

「你這個真的是預錄的，不會吧？」喬說：「你不可能聽得到我說話，就是這樣的。」

朗西特說：「再加上，阿爾——」

「真要命。」喬憎惡地說。沒有用的，他放棄。

長了個馬下巴的家庭主婦回到電視螢幕上，為廣告收尾。她興奮的聲音現在柔和一點了。

「如果你光顧的居家用品店沒販售尤比克，回你住的公寓去，奇普先生。免費樣品已經郵寄到府。奇普先生，在你購買正常瓶裝的尤比克之前，樣品已足以讓你使用一陣子。」她的聲音消失。電視螢幕暗去，恢復安靜。稍早啟動電視的機制，現在又把電視關掉了。

喬想，所以我該怪阿爾囉。但這個念頭不怎麼有說服力。他覺得這邏輯古怪，也許是刻意誤導。阿爾不過是替罪羔羊，被拿來解釋所有現象。他告訴自己：這沒道理。而且——朗西特能聽得到他說話嗎？**朗西特是否只是假裝出現在錄影帶上？**一度，廣告中的朗西特似乎要回答他的問題，只不過到了最後，朗西特又開始雞同鴨講。他忽然覺得自己像隻飛蛾，在現實的窗玻璃外徒勞無功地拍翅；從外面看，現實世界是如此模糊。

忽然一個想法跳出，很怪的念頭。假如朗西特提早拍錄影帶是基於預知師錯誤的資訊——炸彈只炸死他，其他人好端端活著。那麼影帶內容雖然講得真誠，卻是根據錯誤的預測——朗西特沒死，死的是**他們**，就如男廁塗鴉所寫，朗西特還活著。朗西特在炸彈爆炸前指示廣告在這時段播出，電視台便遵照辦理，而還活著的朗西特也沒能撤回原來的指示。這個理論足以說明為何朗西特在錄影帶裡的說法和男廁裡的塗鴉有所不同，事實上，這理論恰好解釋了這兩件事。到目前為止，他想不出其他任何解釋。

除非朗西特在玩某種變態遊戲，在玩弄他們，要得他們團團轉。一股非自然的巨大力量縈繞在他們生活當中，久久不散。這股力量影響到活人世界或半活中陰世界，又或者，他突然想到，說不定是同時影響兩個世界。無論如何，他們的經歷，或至少大部分經歷，都受其控制。他決定了：可能不是退化衰敗。不是的。**但為什麼不是呢？**他想，也有可能真的是。但朗西特不會承認。朗西特和尤比克。他忽然頓悟：**無所不在**[1]；朗西特口中的噴霧罐產品名稱便是如此衍生出來的。尤比克可能不存在，可能是為了讓他們更迷惑的騙局。

此外，如果朗西特還活著，那麼存在的就不是一個、而是**兩個**朗西特。真正的朗西特在真實世界裡，想盡辦法要聯絡上他們；幻覺世界中的朗西特成了這個半活中陰界的遺體，躺在愛荷華州的德梅因。依照這邏輯推論，其他在這個半活中陰界的人，例如雷蒙・霍立斯和藍恩・倪吉曼等也都是幻覺——他們的原身仍然活在真實世界中。

喬・奇普告訴自己，這真是夠讓人困惑了。他一點也不喜歡。雖說這個推論都能對得上，讓他十分滿意，但反過來說，卻也不夠簡潔俐落。

他決定了，我要趕緊回公寓拿尤比克的免費樣品，然後到德梅因去。畢竟電視廣告要我這麼做。正如廣告上的宣傳，隨身帶一罐尤比克比較安全。

如果想活命，或是想活在中陰界，我最好聽從這些告誡。

任何告誡。

計程車讓喬・奇普在公寓大樓的屋頂停機坪下車，他搭電動坡道下到他住的樓層，拿出不確定是阿爾，還是小派給的銅板，開門走進公寓。

客廳裡有輕微的燒焦油脂味，打從他長大後就沒再聞過這個味道。他走進廚房，找到問題所在。他的爐子退化了，變成一個古老的巴克牌天然瓦斯爐，爐子的火口堵塞，油膩的爐門沒有關好。他無精打采地看著使用多年的老爐子，接著發現廚房的其他設備也歷經了相同的變化。新聞自動產生器徹底消失。烤麵包轉變成蹩腳的手動款式。喬陰鬱地撥弄烤麵包機，發現這款式甚至沒有自動彈出設計。面對他的冰箱是巨大的皮帶驅動款式，這東西不知是那個年代的遺跡了，甚至比電視廣告上那個奇異家電的圓筒式冰箱更老。咖啡機的變化最小，事實上，就某方面來看，它甚至進化了——沒有投幣孔，顯然免付費。總之，這些東西都還在。和新聞自動產生器一樣，垃圾處理器也消失了蹤影。他試著回憶自己還有哪些家電用品，但記憶已然模糊。他放棄回想，走回客廳。

電視退化了許多，他看到的是一組深色木櫃型古老調幅收音機，不但附天線還接著地線。他驚駭地嘆了聲老天爺。

但是電視為什麼沒有退化成一堆金屬和塑膠？畢竟那些是組成電視的材料，而不是一具古老的收音機。說來詭異，但這印證了早已被遺忘的古代哲學——柏拉圖的理想論，每個層次的宇宙都是真實的。**電視**承襲的是另一種形式的媒體，一如電影承襲的是逐格串接的底片。「過去」雖然潛藏、埋伏在下，但仍然存在，一旦後期版本不幸地——而且違背經驗法則地——消

譯註

1 尤比克原文為Ubik，而「無所不在」的原文為Ubiquity。

失，前期版本便會浮出表面。他想，男人的前期版本不是男孩，而是更早之前的人類。歷史的開端，在許久之前。

溫蒂脫水的遺體。正常來說，形體轉變需要點時間——但那過程終止了。最後的形體消逝了，後繼無「體」，沒有新的型態，沒有我們視為成長的下一步來取而代之。這肯定是我們年老時會有的體驗，逐步的衰老。只不過溫蒂的例子是，一切發生得太突然——時間以小時計。

但這個古早的理論——柏拉圖不是認為在外表的衰敗退化之下，仍有某種事物能夠倖存嗎？在古早的二元論中，身體和靈魂是分離的。身體會像溫蒂那樣毀壞，而靈魂呢，則宛如出巢的鳥兒一樣飛向他方。他想，也許是這樣吧。就像《西藏生死書》中寫的重生。那是真的，天哪，我真是希望如此。因為，倘若如此，我們會再相遇。就像在《小熊維尼》中，男孩和他的熊在森林的另一側永遠盡情玩樂。就像我們所有人一樣。我們最後都會像維尼一樣，在更清朗持久的新世界裡享盡歡樂。

出自好奇，他打開客廳裡的史前收音機，黃色的賽璐璐刻度盤亮起，發出電流在每秒六十次交替的噪音，接著他聽到尖銳的雜訊，最後才出現電台播音聲。

「接下來要播出的節目是『派樸．楊一家的故事』。」隨著主持人的介紹，風琴的樂聲響起。「本節目由專為淑女推出的佳美香皂贊助。昨天，派樸發現幾個月的勞動帶來意想不到的結果，因為——」喬在這時候關掉收音機。他心想，二次大戰前的廣播肥皂劇，太神奇了。呃，這滿合這個中陰世界——或天曉得什麼地方——退化的邏輯。

他環視四周，看見一張巴洛克風格桌腳的玻璃面咖啡桌，桌上放著一本基督復臨安息日會發行的《自由》雜誌，同樣是二戰前的出版品。這本雜誌正在連載〈夜晚的閃電〉，這篇連載的科幻小說描寫的是未來的原子彈戰爭。他傻傻地翻閱雜誌，接著才開始研究整個客廳，想找出其他變化。

素色硬木地板變成了一條條寬軟木地板，客廳中央鋪著一條集好幾年灰塵於一身、褪了色的土耳其地毯。

牆壁上只掛了一幅照片。那是張玻璃裱框的黑白照片：一名瀕死的印地安人騎在馬背上。他從來沒看過這幀照片，完全沒有印象。不過他一點也不在乎。

取代視訊電話的，是一具黑色的直立式傳統電話，這種電話要預先撥號。他拿起話筒，聽到一個女性的聲音說：「請撥號。」他聽到便掛回話筒。

室內恆溫暖氣顯然消失了。他看到客廳的角落裡有一個瓦斯暖氣，暖氣後方連著直通天花板的錫製暖氣管。

他走進臥室，在衣櫥裡翻找，拼湊出一套衣物：黑色牛津鞋、毛短襪、短褲、藍色棉襯衫、駝毛運動外套和高爾夫球帽。他找出一套正式一點的服裝放在床上：藍黑兩色條紋的雙排釦西裝、大花領帶和鑲著賽璐璐領飾的白襯衫。天哪，他氣餒地看到衣櫥裡竟然還有一套插著各式球桿的高爾夫球具袋。真是一堆無用的古董。

他又回到客廳。這次，他注意到他原來擺放多聲道音響的位置。多路傳導的調頻收音機、轉盤和無重力唱臂、揚聲器、喇叭和多聲源擴大器全都消失了。占據原先這些設備位置的，是一座深褐色木頭高座。看到一支手搖曲柄後，他不必掀開頂蓋也知道裡頭裝的是哪種音響設備。維克托拉古董留聲機旁邊的書架上擺著一盒竹籤唱針。此外，他還看見一張勝利唱片出產的十吋七十八轉黑膠唱片，那是雷伊・諾布爾指揮的爵士大樂團演奏的〈土耳其樂事〉。至於他原來收藏的錄音帶和唱片去了哪裡，就不必提了。

到了明天，他可能會發現自己有螺絲驅動的滾筒留聲機。而且上頭播放的還是《主禱文》。

堆著雜物的沙發遠側有一份看似最近出版的報紙吸引了他的注意力。他拿起來檢查日期：一九三九年九月十二日。他快速讀著頭條新聞的標題。

——法國宣稱已進攻德軍之齊格菲防線

標題。

——**薩爾布呂肯地區傳來捷報**

——**據聞西線將有重大戰事**

他想，這有趣了。第二次世界大戰才剛開始，法國人以為自己即將獲勝。他繼續讀下一則標題。

——**波蘭成功抵禦德軍攻勢**

並表示敵軍增員參戰但毫無斬獲

這份報紙要價三分錢。這也讓他覺得有趣。他自問：現在要去哪裡找三分錢？他扔回報紙，報紙的即時性讓他訝異。這份報紙不是當天就是前一天發行的，不可能更早。這下子我知道時間點了，我知道自己回到了多久以前。

喬在公寓裡走動，尋找各種變化，最後來到臥室的五斗櫃前面。五斗櫃上放著幾張裱框的照片。

所有的照片上都是朗西特。**但不是他認識的朗西特**。這當中有嬰兒，有男孩，有年輕男子。是過去的朗西特，但面容仍可分辨。

喬掏出皮夾，裡面只有朗西特的快照，沒有他自己的親朋好友。朗西特無所不在！他把皮夾放回口袋裡，接著才想到皮夾是天然牛皮製作的，不是塑膠製品。嗯，這就吻合了。從前有真正的皮革可以使用。他自問，那又怎麼樣？他再次拿出皮夾，仔細地檢視，揉搓牛皮時體驗到完全不同的、舒服的觸感。絕對比塑膠皮好。

他又回客廳去四處找，察看熟悉的信件投件口。今天的信應該到了，但原本內嵌在牆上的投件口不見了，不復存在。他試著回想過去郵件如何遞送。放在公寓門外的地板上嗎？不是，應該是放在某種箱盒裡，他終於想起「信箱」這個名詞。好，東西應該在信箱裡，但信箱在哪裡？是在公寓的大門口嗎？似乎是這樣，沒錯。他必須離開公寓。信件會在一樓，也就是二十層樓之下。

正當他想開門時，門說話了：「請投五分錢。」至少這件事沒有改變。這扇收錢門的固執可謂根深柢固，它可能會比其他任何事物撐得更久。也許整個城市，甚或全世界，都退化了，這扇門依然如故。

他塞了一枚鎳幣進投幣孔，沿著走廊急急走向他幾分鐘前才搭過的電動坡道。然而到了此刻，坡道已退化成混凝土階梯。他想，二十層樓的階梯。那是不可能的事，沒有人爬得動。他想起電梯。他看向電梯，想起阿爾的遭遇。他問自己，**如果這次我看到他當時看到的景象怎麼辦？**吊掛式鐵廂，由老態龍鍾、戴著電梯操作員帽子的笨蛋操作。那哪是一九三九年，是一九○九年，比我目前看到的事物都更老舊。

最好不要冒險，寧願走樓梯。

他放棄掙扎，開始下樓。

走到幾乎一半時，他突然有種不祥的想法。他不可能再上樓，不管是回到公寓或回到計程車等著他的屋頂。到了一樓，他會被困在那裡，也許困一輩子。除非尤比克噴劑的威力夠大，可以喚回電梯和電動坡道。他心想，透過陸路移動。等我到了一樓後，所謂的陸路移動會剩下什麼？火車嗎？還是篷車？

他兩步併作一步，愁眉苦臉地繼續往下走。現在改變心意太遲了。

他到了一樓，發現自己面對著寬廣的大廳。大廳裡有張大理石面的長桌，上頭兩個瓷瓶裡插著花，顯然是鳶尾花。再下四階寬大的台階就是掛著門簾的前門。他一把抓住切面玻璃門把，用力拉開門。

門外是更多階梯。但在右側有一排銅製信箱，每個必須用鑰匙打開的信箱上都寫有名字。他果然沒猜錯，信件最遠確實是送到這裡沒錯。他找到自己的信箱，看到信箱底貼著紙條，上頭寫的是「喬·奇普，二〇七五」。此外，信箱底還有個按鈕，按下去後，他樓上公寓的鈴聲就會響起。

鑰匙。他沒有鑰匙。還是有？他在口袋裡翻找，找到掛著幾支形狀各異金屬鑰匙的鑰匙圈。他困惑地研究這串鑰匙，不知這些東西要用來做什麼。信箱上的鎖孔看來小到不尋常，顯然得搭配尺寸相當的鑰匙。他在鑰匙圈上挑出最小的一支鑰匙，插進鎖孔裡旋轉。信箱的黃銅小門打了開來。他朝裡頭看。

信箱裡有兩封信和一個用牛皮紙包裝、以棕色膠帶封口的小包裹。包裹上貼著印著喬治·華盛頓頭像的紫色三分錢郵票。他先停下來欣賞這些來自過去的罕見紀念品，接著才撕開包裹包裝。包裹很重，很好。但他突然發現裡頭的東西形狀不是噴霧罐，那東西不夠高。恐懼湧上他的心頭。如果不是尤比克的免費樣品怎麼辦？一定要是，必須是。否則——發生在阿爾身上的事件會重現。**死亡是必然，問題只是遲早**。他拆掉牛皮紙包裝，檢查裡面的硬紙盒。

尤比克肝腎養護膏

紙盒裡放著一個藍色的大蓋子玻璃瓶。上頭的標籤寫著——

使用說明：愛德華．宋德巴博士耗時四十年研發獨特止痛配方，保證你一覺到天明，終結煩人的夜醒擾眠，讓你能舒舒服服睡個好覺。請將一茶匙尤比克肝腎養護膏放進一杯溫水中攪拌均勻，睡前半小時服用。若不適現象仍未解除，可續加一茶匙。兒童不宜。成分包含夾竹桃葉、硝酸鉀、薄荷油、乙醯胺酚、氧化鋅、炭、氯化鈷、咖啡因、洋地黃淬取物、微量類固醇、檸檬酸鈉、維他命C、人工色素及甘味。尤比克肝腎養護膏依指示服用可有效對抗疼痛。養護膏不可燃，請戴橡膠手套取用，切勿接近眼睛，勿塗抹於皮膚上，勿長期服用。警語：長期或過量使用會導致藥物成癮。

喬對自己說，這簡直瘋了。他再次閱讀成分說明，心中怒火越燒越旺。無助的情緒高漲，在他全身生根茁壯。他心想，我完了。這不是朗西特在電視廣告裡提到的東西，這是古早成藥的祕製混和物，好比皮膚藥膏、止痛藥、毒藥、無效成分加上可體松——這玩意二次大戰前根本不存在。顯然朗西特在電視廣告中提到的尤比克已經退化成我手上這份試用樣品。這未免太諷刺，用來抑制退化的產品本身也退化了。看到那枚三分錢郵票時，我早就該想到了。

他對著街道左看右看，看到路邊停車位上停著一輛早該進博物館的經典汽車。那是一輛凱迪拉克老爺車。

他自問：靠一輛一九三九年的老爺車，我到得了德梅因嗎？如果車夠耐操，我可能會在一星期後抵達。但到那時候，到不到也不重要了。何況，那輛老爺車一定撐不住。沒有任何事物撐得下去——也許只有我公寓的付費門除外。

然而他還是朝老爺車走過去，想近距離檢視。他心想，說不定這車是我的，說不定我哪支鑰匙可以發動這輛車。路面跑的汽車不都是這麼運作的嗎？但另一個考量是：我怎麼開車？我不知道從前的駕駛人怎麼開這種——他們是怎麼說的？——手排檔汽車。他拉開車門坐進駕駛座，無意識地咬著下唇，試圖釐清狀況。

他嚴肅地想，也許我該喝下一茶匙尤比克肝腎軟膏。軟膏的那些成分應該可以讓我送命。但他不怎麼喜歡那種死法。氯化鈷致死，速度慢又痛苦，除非洋地黃更早一步達成任務。當然了，成分當中還有夾竹桃葉，這東西同樣不可小覷。所有的成分加起來足以讓他的骨頭一吋吋化成果凍。

他想，等等，一九三九年的人類已經懂得飛行了。如果我能到紐約機場——可能要開這輛車過去，然後包下一架飛機。租一架福特三引擎飛機僱個機師，我就能趕到德梅因。

他試了好幾支鑰匙，終於找到一支能發動汽車引擎。汽車發動，引擎轟然作響，這個健康的聲音讓他很滿意。就像稍早的正牛皮皮夾一樣，他視這個退化為進步。他那個年代的交通工具完全無噪，缺乏這種顯而易見、可觸可聞的真實感。

他想，接下來是離合器了。那東西在左邊。他用腳找到了離合器，直踩到底，接著打上排檔。一試之下，車子發出金屬互相刮擦的刺耳噪音。顯然他必須放掉離合器。他再試一次，這次他成功排檔。

車子搖搖晃晃前進，雖然抖得厲害，但至少會動。隨著車子不穩定地緩慢前進，他覺得自己逐漸重拾樂觀的心情。接下來，看看我們能不能找到那座該死的機場，他告訴自己，在為時太晚之前，在回到用蓖麻油潤滑掛著旋轉汽缸的葛諾姆旋轉引擎時代之前，我只求能以時速一百二十公里的速度完成這段八十公里的超低空飛行就好。

喬在一小時後抵達機場。他停好車，看著停機棚、布製風向袋和配備木製螺旋槳的老式雙翼飛機。他想，多麼驚人的景象啊。這是歷史中模糊的一頁；是上一個千禧年殘存的影像，與他熟悉的現實世界沒有關連，是短暫浮現在他視野中的幻象。同樣的，這一幕和現代產物一樣，很快就會消逝無蹤。正如其他遭抹滅的一切，倒流的時間也會掃去這個景象。

他虛弱地走下老爺車——他嚴重暈車，邁開步履艱辛地朝機場的大廳走去。

他把所有的錢掏出來，放在他看見第一個貌似職員的男人面前。「用這些錢，我能包下什麼飛機？我想盡快到德梅因，最好立刻起飛。」

這名光頭的地勤人員鬍子上抹了定型蠟，透過圓形金邊眼睛靜靜地檢查鈔票。「喂，山姆，」他轉過蘋果似的腦袋喊：「過來看看這些錢。」

另一個身穿條紋寬袖襯衫、搭配閃亮的泡泡紗長褲、腳踩帆布鞋的男人笨重地走過來。「假鈔。」他看過鈔票之後，說：「玩具鈔票。上頭不是喬治．華盛頓，也不是亞歷山大．漢彌爾頓。」這兩個人盯著喬看。

喬說：「我有一輛三九年的凱迪拉克，就停在停車場。我拿那輛車交換任何可以載我到德梅因的單程航段。你們有沒有興趣？」

戴著圓形金邊眼鏡的地勤想了想，說：「奧吉．布蘭特可能會有興趣。」

穿泡泡紗長褲的職員挑眉，說：「布蘭特？你是說他那架珍妮嗎？那架飛機二十歲了，恐怕連費城都到不了。」

「麥克基呢？」

「他辦得到，但他在紐華克。」

「也許可以找桑迪．傑斯伯森。他那架柯帝斯萊特飛機飛得到愛荷華州，遲早會到。」地勤人員對喬說：「去三號機棚找一架紅白兩色的柯帝斯萊特雙翼飛機。你會看到一個有點胖的矮個子在飛機旁邊。如果他不載你就找不到別人了，除非你可以等到明天，等麥克基駕駛他的福克三引擎回來。」

「謝啦。」喬說。他離開大廳，快步走向三號機棚，老遠就看到紅白兩色柯帝斯萊特雙翼飛機。他告訴自己，至少他不必搭大戰期間的柯帝斯JN訓練機，但接著他又想，**我怎麼知道「珍妮」不是JN訓練機的暱稱**？天哪。他想，這個年代的元素顯然在我的腦子裡發展出相對的指標。難怪我有辦法駕駛凱迪拉克老爺車。我的心智開始認真地融入這個時空！

一個矮胖的紅髮男人正拿著一塊油膩抹布慢吞吞地擦雙翼飛機的輪子。發現喬走過來，他抬起頭看。

「請問你是傑斯伯森先生嗎？」喬問道。

「我是。」男人看著他。喬一身沒有跟著時光倒流的裝束顯然讓他覺得困惑。「有何貴幹？」

喬把自己的意圖告訴他。

「你要拿一輛全新的凱迪拉克交換一段到德梅因的單程航程？」傑斯伯森皺起眉頭仔細考慮。「不妨換來回行程，反正我也得飛回來。好吧，我去看看你的車。但我先不承諾，我還沒決定。」

他們一起走向停車場。

「我沒看到什麼三九年的凱迪拉克。」傑斯伯森狐疑地說。

他說得沒錯。凱迪拉克消失了。喬看到停在原來位置上的是一輛福特帆布篷雙人座小車，而且很舊了，他猜大概是一九二九年產的車。一輛一九二九年的黑色福特小車。幾乎沒有價值。他從傑斯伯森的表情中看得出來。

這下子沒希望了。他絕對到不了德梅因。而就像朗西特在電視廣告上指出來的，這代表死亡，和溫蒂、阿爾相同的死法。

死亡只是遲早問題。

他想，最好換個死法。他想到尤比克，於是打開車門坐進去。

他稍早收到的包裹就放在旁邊的座椅上。他拿起來——

發現其實他對眼前所見已經沒那麼驚訝。原來的玻璃瓶和車子一樣都再次退化了。木模製作的瓶身平滑無接痕，只是上頭有些刮痕。東西確實很舊；瓶蓋應該是手工製，十九世紀末那種錫質轉蓋。同樣的，標籤也變了。他拿起罐子，讀印在上頭的說明。

尤比克萬靈丹。讓你重振往日雄風，解除各種疑難雜症，男女造人從此沒煩惱。按指示勤服用，必有好消息。

下面還有兩行小字，喬不得不瞇起眼睛，才勉強辨認出髒汙的小字。

別這麼做，喬。還有別的方法。
繼續努力，你會找到的。祝好運。

是朗西特，他知道。他還在和我們玩貓抓老鼠的變態遊戲。激我們繼續努力，讓結局盡可能晚一點到來。天知道為什麼。他想，也許看我們受苦是他的享受。但這不像他，不是我認識的葛倫．朗西特。

喬放下那瓶尤比克萬靈丹，放棄服用的念頭。

他納悶的是，朗西特在留言中提到的「別的方法」究竟是什麼。

11

依指示服用尤比克，穩睡到天明，早晨不昏沉，醒來頭腦清，輕鬆解決惱人的瑣碎小事。注意！切勿服用過量。

「嘿，你手上那瓶東西可以給我看看嗎？」傑斯伯森瞥向車內，說話聲音帶著不尋常的情緒。

喬・奇普無言地將那瓶尤比克萬靈丹遞給飛行員。

「我祖母提過這東西。」傑斯伯森說道。他拿著瓶子對著光線看。「你在哪裡弄到的？這東西在內戰後就停產了。」

「我繼承來的。」喬說。

「那可不。現在看不到這種手工玻璃瓶了，何況這東西一開始產量就不多。這個萬靈丹是一八五〇年左右在舊金山製造的，從來沒在店頭販售。顧客必須訂購。尤比克萬靈丹分強效、中效和初階三種。你這瓶是強效型的。」他看了喬一眼。「你知道裡面的成分嗎？」

「當然知道。」喬說：「薄荷油、氧化鋅、檸檬酸鈉、炭——」

「算了。」傑斯伯森打斷喬的話。他皺著眉頭，想必是打著某種主意。接著，他的表情終於改變：他做了決定。「我載你到德梅因，拿這瓶尤比克萬靈丹交換。我們現在就出發，我想趁白天盡快飛過去。」他拿著瓶子，快步離開二九年的福特小車。

十分鐘後，柯帝斯萊特雙翼飛機加滿了油，手動旋緊螺旋槳，喬．奇普和傑斯伯森坐在飛機上，在泥濘的跑道上忽左忽右地前進，一下彈跳離地，一下又落回跑道。喬咬著牙，緊緊抓穩。

「我們負載過重。」傑斯伯森冷冷地說，但他似乎不擔心。最後，飛機終於搖搖晃晃飛到空中，把跑道拋在下方，轟隆作響地飛越建築物的屋頂，朝西方前進。

喬扯著嗓門喊道：「要飛多久才能到？」

「得看風向，時間很難說。如果我們運氣好，可能明天中午就到了。」

「你現在可以告訴我，」喬喊著：「那瓶子裡有什麼嗎？」

「基底是礦物油，上面浮著的是金箔。」飛行員大聲回答。

「金箔占了多少？很多嗎？」

傑斯伯森轉頭咧嘴笑，沒有回答。其實他也不必說，因為答案太明顯。老舊的柯帝斯萊特雙翼飛機轟隆隆地朝愛荷華州的方向飛去。

他們在隔天下午三點抵達德梅因機場。飛機降落後，飛行員帶著裝了金箔的玻璃瓶離開，不知去向。喬渾身痠痛、全身僵硬地爬出飛機，原地站了好一會兒來揉搓麻木的雙腿，隨後才蹣跚走向小得不能再小的機場辦公室。

「我可以借用你的電話嗎？」喬問一名年長的職員，後者衣著樸實，彎著腰正在研究氣象圖。

「如果你有銅板就可以。」職員揚了揚長了一頭亂髮的腦袋，示意前面有個公共電話。

喬找遍全身，扔下有朗西特頭像的銅板，最後找到一枚屬於那個年代的水牛圖案鎳幣，放在老職員面前。

「喔。」對方低哼了一聲，沒有抬頭看。

喬拿起當地電話簿，翻到「善牧者葬儀社」的電話。他把號碼告訴接線生，對方立刻接聽。

「善牧者葬儀社，敝姓布里斯。」

「我來參加葛倫．朗西特的喪禮，」喬說：「請問我來遲了嗎？」他默默祈禱自己還來得及。

「朗西特先生的喪禮儀式正在進行中。」布里斯先生說：「先生，請問你人在哪裡？需要我們派車去接你嗎？」他有點刻意表現出他的不以為然。

「我在機場。」喬說。

「你應該早一點到。」布里斯先生語帶責難地說：「我懷疑你能不能趕上參加儀式。但無論如何，今天和明天早上，朗西特先生的遺體都會放在這裡供人憑弔。請留意我們派去的車，你貴姓……」

「我姓奇普。」喬說。

「是的，我們正在等你。有幾名弔喪者要我們注意你以及漢蒙先生，還有一位……」他停了一下，又說：「……一位萊特小姐。請問他們和你在一起嗎？」

「沒有。」喬說。他掛斷電話，找了一張拋光的弧形木頭長椅坐下，從這裡看得到所有開向機場的車。他想，不管怎麼說，我總算及時和團隊的其他人會合了。他們還沒離開德梅因，這才是最重要的事。

這時，老職員喊住他：「先生，請過來一下。」

喬站起來，穿過等候室。「有哪裡不對嗎？」

「你剛剛給我的鎳幣。」這段時間，老職員一直在研究那枚鎳幣。

「那是水牛鎳幣，」喬說：「不正好是這個年代流通的錢幣嗎？」

「這枚鎳幣的年代是一九四〇年。」老職員眼睛眨也不眨地看著他。

喬低聲估噥，掏出剩下的銅板找錢，最後把他找到的一枚一九三八年鎳幣丟到老職員面前。「兩個都給你。」他說，又坐回拋光弧形木頭長椅上。

「我們不時會收到假錢。」職員說。

喬沒回應。他的注意力放到等候室角落裡的奧迪歐拉高腳款自動播放收音機。播音員正在推銷伊潘納牌的牙膏。喬心想，不知自己要在這裡等多久。如今距離那群反超能師那麼近，他反而緊張起來。他心想，跑了這麼遠，終於只剩下幾公里的距離，可是……他要自己別多想，坐著等待就好。

半小時後，一輛一九三〇年的威利斯奈特車古董車噗噗駛進機場停車場。一名穿著誇張黑西裝的男人走出來，伸手遮在眉前擋陽光，看向等候室。

喬朝男人走過去，問道：「你是布里斯先生嗎？」

「我是。」布里斯說話時散發著森森口氣清香糖的味道。他簡短地和喬握個手便立刻回車上發動引擎。「走了，奇普先生，請你動作快。我們或許還能參加儀式的最後一個環節。像這種重要儀式，阿貝納西神父的演講通常會說上好一陣子。」

喬跨進前座，坐在布里斯先生旁邊。沒多久，他們便駛向通往德梅因市中心的道路，速度偶爾加快到時速六十五公里。

「你是朗西特先生的員工嗎？」布里斯問他。

「沒錯。」喬說。

「朗西特先生從事的行業頗不尋常。我不太確定我明白那是什麼業務。」一隻獵犬走到鋪了瀝青的馬路上，布里斯按按喇叭，狗兒往後退，讓出一條大路。「所謂『讀心能力』是什麼意思？朗西特先生有好幾名員工都說了這個術語。」

「那是一種心靈能力。」喬說：「不必借助任何物質媒介。」

「你是說，是某些神祕的能力？像預知未來之類的？我會這麼問，是因為你們有好幾個同事提到未來的方式，就好像未來已經發生過似的。當然，他們不是對我說的。我只是不小心聽到他們的討論，你知道的。你們是靈媒嗎？」

「可以這麼說。」

「你對歐洲的戰爭有什麼看法？」

喬說：「德國和日本會輸掉戰爭。美國會在一九四一年十二月四日參戰。」喬安靜下來，不想繼續討論。他有自己的煩惱。

「我本身是共濟會成員。」布里斯說。

喬很想知道其他隊員有什麼經歷。他們經歷了這個現實？這個一九三九年的美國？還是當我和他們會合後，倒流的時間會逆轉回較晚的年代？好問題。因為他們必須同心協力，想辦法回到五十三年後，回到一切合理、時光沒有倒流的當代。如果隊上所有成員都和他有相同的經歷，回到相同的過去，那麼他的加入無法幫助自己或大家——唯一的好處是，他可能不必再回到更早的過去。但反過來說，一九三九年似乎相當穩定，在過去二十四小時內一直維持不變。他想，這也很可能是我離隊友越來越近的緣故。

可是，那罐一九三九年的尤比克肝腎養護膏倒退了八十年，僅僅幾小時，就從噴霧罐、玻璃罐退到木模製作的瓶子。就像只有阿爾一個人看到的那架一九〇八年的電梯——

但，情況不一樣。矮胖飛行員桑迪·傑斯伯森也看到了木模製作的那瓶尤比克萬靈丹。**那東西不單是他個人所見，事實上，多虧了那個東西他才能來到德梅因**。而且飛行員也看到了凱迪拉克老爺車最後的變化。看來，阿爾的經歷完全不同。至少他希望如此。祈禱是如此。

他想，假如我們沒辦法逆轉倒退的這些時光，假如我們要在這裡度過一輩子，**會很糟嗎**？我們可以慢慢適應配備九個真空管的菲爾可拉門式高腳收音機——儘管這不見得是必要條件，因為這時候已經發明了超外差收音機，只是我到目前為止還沒看到。我們可以學著開售價四百四十五美金的美國奧斯汀汽車。這個價錢像是隨機躍進他的腦海，但他直覺知道價格絕對無誤。他告訴自己，只要我們找到工作、開始賺這個年代的錢，就不必搭乘老舊的柯帝斯萊特雙翼飛機。畢竟在當時的四年前——也就是一九三五年，泛美航空飛越太平洋的四引擎水上飛機「中國剪」號已經開始載運旅客。到了一九三九年，福特三引擎已經是十一年前的型號，對這年代的人來說已經算古董。而我來德梅因搭乘的雙翼飛機——就連對三九年的人來說，那也已經是該進博物館收藏的老物。那輛退化成福特之前的凱迪拉克是輛傑作，我開起來很滿意。

「俄國呢？」布里斯先生還在問：「我是說，在這場大戰的角色。我們掃蕩了那些紅軍嗎？你能不能預知那麼久之後的事？」

喬說：「俄國會和美國並肩作戰。」喬心裡想著這個世界的其他產物。醫療藥物最為落後。他想了想，這時候應該還在用磺胺製劑，如果我們生病，問題就大了。還有，牙科應該也不怎麼樣，他們用的還是鑽牙和局部麻醉的技術。含氟牙膏甚至尚未問世，那還得等二十年。

「和我們並肩作戰？」布里斯氣急敗壞地說：「那些共產黨？不可能呀，他們早就和納粹結盟了。」

「德國人會違反盟約，」喬說：「希特勒會在一九四一年六月進攻蘇聯。」

「希望能把他們一舉殲滅。」

看到布里斯如此入戲，喬不免驚訝。他轉頭仔細打量駕駛九歲高齡車的布里斯。

布里斯說：「那些共產黨徒才是真正的威脅，德國人不是。拿對待猶太人的方式來說好了。你知道這件事讓誰獲益嗎？是這個國家的猶太人，他們有許多人不是國民，而是依賴公共福利的難民。當然，就對待猶太人的手段來說，納粹做得有些極端，但基本上，猶太人的問題存在已久，雖然不必用到像集中營那樣的方式，但仍然必須好好整頓。無論是猶太人或黑鬼，我們美國也面對著類似的問題。針對這兩者，最後我們必定得有所處置。」

「我還從沒親耳聽人說出『黑鬼』兩個字。」喬說。接著，他突然發現自己對這個年代的評價有點不同了。他意識到，對了，還有這種事。

「有關德國人，林白的見解是正確的。」布里斯說：「你聽過他的演說嗎？我說的不是報紙寫的那些，而是……」他讓車子減速，停在一個交通號誌燈前面。「就拿伯拉和奈伊兩位參議員來說好了。如果不是他們兩人，羅斯福會賣彈藥給英國，讓我們捲進與我們無關的戰爭。羅斯福太想廢除中立議案裡的武器禁運條款，他想要我們參戰。美國人不會支持他的。美國人沒興趣去參加英國或其他人的戰爭。」信號燈變色，綠燈亮起。布里斯排入低檔，威利斯奈特車震動地往前進，加入德梅因白日的車流中。

「接下來的五年有你受的了。」喬說。

「為什麼？整個愛荷華州都支持我的信念。你知道我怎麼看待你們這些朗西特先生的員工嗎？從你說的話，和我不小心從你們其他人那裡聽來的話判斷，我覺得你們是職業煽動者。」布里斯毫不畏懼，還虛張聲勢地瞥了喬一眼。

喬沒說話。他看著被車子拋在後方的老式磚造或木造房、水泥建築和來來去去的古董車（大部分是黑色），一邊好奇地想，不知自己是否是隊員當中唯一回到一九三九年這個特殊年代的人。他告訴自己，這裡是孤立保守的中西部，若是在紐約，一切就不同了。總之，我們不會在這裡生活，我們不是到東岸就是去西岸。

但他本能地感覺到，有個他們所有人都會面對到的重大問題才剛剛顯現。他發現，我們知道得太多，很難舒舒服服地活在這個年代。如果只倒退二、三十年，我們的心理也許可以適應。經歷「雙子星計畫」太空漫步和阿波羅號頭幾次不甚穩定飛行的年代不是太好玩，但至少過得去。但是三九年這個時間點——

他們還在聽十吋的七十八轉唱片播送〈兩隻黑烏鴉〉，看喬．潘納的喜劇，別忘了還有歷久不衰的廣播劇《莫特和瑪琪》。而且這年頭經濟依然不景氣。在我們的年代，火星和月球是地球的殖民地，星際飛行技術已臻成熟——而這些人甚至還沒法解決奧克拉荷馬的塵暴問題[1]。

這個時代，活在三次代表民主黨競選總統均失敗的政治家威廉·詹寧斯·布萊恩倡導的民粹主義中；斯柯普斯「猴子審判」[2]，正是這個世界的真實寫照。他心想，我們不可能適應或接受他們的觀點、道德觀、政治觀和社會環境。對他們來說，我們是職業煽動者，比納粹更像外人，可能比共產黨帶來的威脅更大。到目前為止，我們是這個時代面對的最危險煽動者。布里斯講得完全沒錯。

「你們是從哪裡來的？」布里斯問：「不是從美國任何一個地方來的，對吧？」

喬說：「你說對了。我們來自北美邦聯。」他從口袋裡掏出一枚有朗西特頭像的銅板遞給布里斯。「給你，別客氣。」他說。

布里斯看了銅板一眼，吸了一大口氣，顫抖地說：「銅板上的頭像——是過世的朗西特先生！」他又看了一眼，臉色蒼白地說：「鑄造年份是一九九〇年。」

「別一下子花光。」喬說。

等布里斯的車開到善牧者葬儀社時，儀式早已結束。一群人站在一幢兩層樓房的寬敞白色木造前梯上，喬認出了所有人。他們終於到齊了。伊笛・多恩、蒂比・傑克森、強恩・伊爾德、法蘭西・斯班尼西、帝多・阿波斯多斯、唐・丹尼、山米・孟度、福瑞德・澤夫斯基和——小派。我的妻子，他告訴自己。一看到她，他便無法轉移視線，那頭誇張的深色秀髮，色彩濃烈的眼眸與肌膚，讓她像是渾身發光一般。

「不對，」他走下停好的車，一邊大聲說：「她不是我的妻子，她抹除了那件事。」但他記得她留下了戒指。那只他倆一起挑選的獨特鑲玉結婚銀戒……如今只剩下戒指了。但再看到她，確實讓他嚇了一跳。他像是又迸出個直覺，感到已然消逝的婚姻如幽影般圍繞著他。事實上，那段婚姻從沒存在過——那只戒指除外。而且只要她高興，她隨時可以抹除掉那只戒指。

「嗨，喬・奇普。」她用冷淡到幾乎像是嘲笑的聲音和他打招呼，用濃墨般的雙眼上下打量他。

譯註

1 一九三〇至一九三六年，由於乾旱和農業擴張引起的沙塵，對北美大草原和農業造成極大影響。

2 一九二五年田納西州頒布法令，禁止在課堂上講授「演化論」。美國公民自由聯盟遂尋求自願驗證此一法令的教師，教師斯柯普斯挺身而出。而此事件便稱為「猴子審判」或「斯柯普斯案」。

「嗨。」他笨拙地回應。其他人也跟著打招呼，但那似乎無關緊要，因為小派完全抓住了他的注意力。

「阿爾．漢蒙呢？」唐．丹尼問道。

喬說：「阿爾死了。溫蒂．萊特也過世了。」

「我們知道溫蒂的事。」小派鎮定地說。

「不，我們不知道。」唐．丹尼說：「那是我們的推測，但我們不確定。至少**我**不確定。」

他問喬：「他們出了什麼事？怎麼死的？」

「整個人衰竭。」喬說。

「怎麼會？」帝多．阿波斯多斯沙啞地問。他擠進圍住喬的一群人之間。

小派．康利說：「喬．奇普，在紐約，在你和漢蒙離開前告訴我們的最後一件事……」

「我知道我說了什麼。」喬說。

小派繼續說：「你說到年代的事。你說，時間太久。那是什麼意思？和時間有關的。」

「奇普先生，」伊笛．多恩激動地說：「自從我們抵達後，這個城市徹底改變了。我們都不懂。你看到我們看到的嗎？」她伸手指著葬儀社建築，接著指向街道和其他建築。

「我不確定你們看到的是什麼。」喬說。

「少來了，奇普。」帝多．阿波斯多斯氣憤地說：「別瞎扯了。拜託，你就直接告訴我們這地方在你眼中是什麼樣子吧。那輛汽車。」他指向布里斯的威利斯奈特車。「你搭來的車。告訴我們那是什麼車，告訴我們你是怎麼來的。」大家全都等著喬回答，都緊盯著他看。

「奇普先生，」山米．孟度結結巴巴地說：「那是一輛老古董，對嗎？」他咯咯地笑。「究竟多老了？」

喬停了一下，才說：「車齡六十二年。」

「那就是一九三〇年左右出廠，」蒂比．傑克森對唐．丹尼說：「很接近我們的推測。」

「我們猜測的是一九三九年。」唐．丹尼平靜地說。即使在這個情況下，他的聲音依然保持著溫和、超然的男中音，沒有情緒波動。

喬說：「這不難證明。我在紐約的公寓裡看到了新聞報紙。上面寫的時間是九月十二日。所以今天是一九三九年九月十三日。法國人以為他們攻陷了齊格菲防線。」

「這本身就是個大笑話。」強恩．伊爾德說。

喬說：「你們全都在，我本來還希望你們不會退到這麼早的年代。但現在也只好這樣了。」

「一九三九年就一九三九年吧。」福瑞德．澤夫斯基用尖銳的嗓音說：「顯然我們都有相同的經歷，現在我們能怎麼辦？」他用力揮動長手臂，希望能吸引大家注意，得到大家的認同。

「別鬧了，澤夫斯基。」帝多．阿波斯多斯惱怒地說。

喬．奇普問小派：「妳對這件事有什麼看法？」

她聳聳肩。

「別聳肩，」他說：「回答問題。」

「我們回到過去了。」小派說。

「不完全如此。」喬說。

「那我們怎麼了？」小派說：「難道是到了未來？」

喬說：「我們哪兒都沒去。我們在原來的地方。但不知怎麼著——其中的可能性不下一種——真實世界改變、退化了。現實世界失去了潛藏的基本支撐，退回到從前的狀態。退回到五十三年前的狀態，而且還有可能會繼續退化。但眼前我更感興趣的是，朗西特有沒有顯靈在你們面前。」

「朗西特，」唐．丹尼這下子情緒上來了：「躺在葬儀社的棺柩裡，動也不動。這是我們目前和未來唯一能看到的朗西特。」

「奇普先生，對你來說，『尤比克』這幾個字有沒有什麼意義？」法蘭西．斯班尼西問道。

他花了好一下子，才聽進她的問題。「老天爺，」他說：「妳分不清顯靈和……」

「法蘭西會做夢，」蒂比．傑克森說：「而且經常做夢。法蘭西，把有關『尤比克』的夢告訴他。」她對喬說：「聽聽法蘭西所謂的『尤比克』夢。她昨晚才夢到的。」

「我稱之為『尤比克』是因為那本來就是『尤比克』。」法蘭西．斯班尼西凶巴巴地說。她激動地握緊雙手。「聽好了，奇普先生，那和我從前做的夢不一樣。有隻大手從天而降，像是上帝的手臂和手。尺寸非常大，和山一樣壯觀。我當下就明白那有多重要。那隻手握得很緊，像顆巨大的岩石。我知道拳頭裡握著攸關我和所有地球人生命的重要東西。於是我等著拳頭放鬆，而最後那隻手果然也張開了。於是我看到握在那隻手中的物品。」

「一瓶噴霧罐。」唐．丹尼冷冷地說。

「噴霧罐上有幾個字，」法蘭西．斯班尼西接著說：「『尤比克』幾個金色大字閃閃發光，就這樣。就只有這幾個奇怪的字。然後那隻手又把噴霧罐握住，和手臂一起消失，被某種灰色陰霾遮住。今天，在葬禮儀式開始前，我查過字典還打電話到公共圖書館，但沒有人知道那幾個字是什麼意思、或是哪種語言，字典裡也查不到。圖書館員告訴我那不是英文。但有個古文非常接近，意思是……」

「無所不在。」喬說。

法蘭西．斯班尼西點點頭。「就是這個意思。但是查不到我夢裡的寫法：『尤比克』。」

「那是同一個字。」喬說：「只是寫法不同而已。」

「你怎麼知道？」小派．康利調皮地問。

「昨天，朗西特在我面前顯靈，」喬說：「透過他死前預錄的電視廣告。」他沒有詳細說下去，要解釋太複雜，尤其是在這個時候。

「你這個可憐的笨蛋。」小派．康利告訴他。

「為什麼？」他問道。

「你覺得死人顯靈就是這個樣子？如果這樣，你不如把他死前寫下的信或他多年來留下的紙條也叫做『顯靈』算了。或甚至……」

喬說：「我要進去裡面看朗西特最後一眼。」他讓同事繼續站在原處，自己登上寬大的階梯，走進葬儀社陰暗冰冷的室內。

大廳裡空蕩蕩的。他沒看到別人，偌大的空間裡只有一排排長排座椅，以及最深處一具被花朵包圍的棺木。側邊小廳裡有一台舊式簧風琴和幾張木頭折椅。葬儀社瀰漫著灰塵和花香，甜膩但不流通的空氣讓他反胃。想想所有在這個沉悶大廳裡進入永恆的愛荷華人。上了亮光漆的地板、手帕、厚重的毛料套裝……除了擺在死者眼睛上的銅板，以及風琴演奏的聖歌，其他什麼都不重要。

他走到棺木邊，猶豫了一下才往裡頭看。

棺木裡是一具燒焦乾枯的骨架，頂端薄如紙張的頭顱面朝上對著他，雙眼宛如脫水葡萄乾往內縮。瘦小遺體周圍如鬃毛豎立的殘破碎布，像是被風吹攏過來。彷彿那身體，在呼吸，在喘息之間搞出這一團亂——但那一呼一吸如今已然停歇，波瀾不興。這個之前將溫蒂和阿爾帶入衰亡的神祕變化，現在到了盡頭，而且顯然是來到多年以前。好多年，他想，好懷念溫蒂。

其他幾個隊員看到的也是這個景象嗎？或是說，這個變化是在儀式結束後才開始？喬伸手拉住棺木的橡木棺蓋，闔上棺木。木頭相碰的聲音在葬儀社裡迴響著，但沒有人聽到。沒有人出現。

恐懼的淚水遮住他的視線，他走出滿是灰塵的寂靜大廳，回到午後的微弱陽光下。

「怎麼了？」回到大家身邊時，唐．丹尼問他。

喬說：「沒事。」

「你看起來嚇壞了。」小派．康利毫不留情地說。

「沒事！」他帶著惱火的敵意看著她。

蒂比・傑克森問他：「你剛剛在裡面有沒有碰到伊笛・多恩？」

「她不見了。」強恩・伊爾德解釋道。

「可是她剛才還在這裡。」喬反駁。

「她今天整天一直在說她又冷又累，」唐・丹尼說：「她可能先回旅館了。她稍早說過，想在儀式過後躺下來小睡一下。大概沒事吧。」

喬說：「她大概死了。」他對大家說：「我本來以為你們懂的。我們當中如果有任何人離群，一定沒辦法存活。就像溫蒂、阿爾和朗西特……」他沒法把話說完。

「朗西特是在爆炸時過世的。」唐・丹尼說。

「我們全死在那場爆炸當中了。」喬說：「我之所以知道，是因為朗西特告訴了我。他寫在紐約辦公室的男廁裡。後來，我又在……」

「你胡說八道，」小派・康利尖刻地打斷他，說：「朗西特到底死了沒？我們死了沒？最早你說的是一回事，接著又是另一回事。你難道沒有前後一致的說法？」

「你就給個前後一致的說法吧。」強恩・伊爾德附和地說。其他人面帶焦慮皺著眉頭，默默點頭表示同意。

喬說：「我可以告訴你們塗鴉的內容，讓你們知道那個壞掉的錄音機和附在盒子裡的說明書講什麼。我也可以把朗西特的電視廣告、放在巴爾的摩那條香菸裡的紙條，甚至尤比克萬靈丹的事都告訴你們。但是我一下子說不清。不管怎麼說，當務之急是到你們的旅館去，在伊笛・多恩死去而且無法逆轉之前先找到她。哪裡叫得到計程車？」

「葬儀社提供我們一輛車，供我們在德梅因使用。」唐・丹尼說：「就是停在那邊的那輛皮爾斯阿羅車。」。他指著車子。

他們快步走過去。

唐・丹尼拉開堅固的鐵製車門，坐進車內，蒂比・傑克森說：「這輛車塞不下我們所有人。」

「問問布里斯，看我們能不能開他的威利斯奈特車。」喬說。他發動皮爾斯阿羅的引擎，待車子坐滿，便開向德梅因的大街。威利斯奈特車的喇叭低沉的聲響，讓喬知道另一輛車緊跟在後。

12

快把美味尤比克放進烤麵包機，純鮮果和純素酥油精製，健康又營養。豐盛早餐就選尤比克，讓你活力滿滿一整天！依指示使用，保證安全。

喬．奇普駕駛著大車穿梭在車陣中，心裡想著，我們一個接著一個送命。**我的理論一定有哪裡出了錯**。伊笛一開始就和大家在一起，應該可以倖免。反觀我……他想，應該是我才對。應該在我從紐約搭機過來的緩慢飛行過程之間。

「我們該做的事，」他對唐．丹尼說：「是確保只要有人覺得疲倦——這似乎是前兆——就得告訴其他人。誰都不能擅自脫隊。」

唐轉頭看著後座的人，說：「你們都聽到了嗎？只要覺得疲倦，就算只有一點累，也要立刻告訴奇普先生或我。」他轉頭回來，問喬：「然後呢？」

「然後呢，喬？」小派・康利重複一次。「接下來要怎麼做？告訴我們該怎麼做，喬，大夥兒都洗耳恭聽。」

喬對她說：「奇怪了，妳的能力沒發揮作用。我覺得這是為妳量身定做的狀況。妳為什麼不能回到十五分鐘前，叫伊笛・多恩不要離開？發揮我第一次帶妳去見朗西特時表現的能力？」

「帶我去見朗西特的是ＧＧ・愛許伍德。」小派說。

「所以妳打算作壁上觀？」喬說。

山米・孟度咯咯笑，說：「康利小姐和多恩小姐昨天晚餐時吵了一架。康利小姐不喜歡她，所以她沒幫忙。」

「我喜歡伊笛。」小派說。

「那麼妳為什麼不使用妳的能力？」唐・丹尼說：「喬說得對，這真的是太匪夷所思了——至少對我而言是這樣的，妳為什麼沒試著幫忙呢？」

小派頓了一下，才說：「我的能力消失了。自從月球上那次爆炸之後就消失了。」

「妳為什麼不早說？」喬問道。

小派說：「該死，我就是不想說。我為什麼要主動告訴大家我什麼也辦不到？我一直努力嘗試，但就是行不通，什麼效果也沒有。從前不是這樣的。我這輩子幾乎一直都有那種能力。」

「什麼時候……」喬開口想問。

「朗西特那件事。」小派說。「在月球上，爆炸後，在你還沒開口前我就試過了。」

「所以妳已經知道很久了。」

「我在紐約又試了一次。當時你從蘇黎世回來，溫蒂顯然遭遇了不測。而且我到現在還在努力。你一說伊笛大概死了我就開始試。問題可能出在我們回到了這個過時的年代，說不定預知能力在一九三九年行不通。但這沒法解釋為什麼在月球上也派不上用場。除非我們當時已經回到過去，只是沒有發現。」她陷入沉思，不再開口，悶悶地看著德梅因的街頭，魅力十足的臉上露出苦澀的表情。

這很合理，喬告訴自己。當然了，她的時空轉移能力不能發揮作用。這不是真正的一九三九年，我們存在於時間之外，這證明阿爾說得沒錯。塗鴉是正確的。就像塗鴉告訴我們的，這裡是中陰世界。

然而，他沒把這些話告訴同車的隊友。他心想，為什麼要讓他們知道一切無望？再過不久，他們自然會知道。聰明一點的人——例如丹尼，透過我的敘述和他們自己的經歷——可能已經知道了。

「小派失去能力真的讓你很心煩。」唐．丹尼說。

「那當然。」他點頭。「我本來希望她的能力可以改變情勢。」

「不只如此。」憑敏銳的直覺，丹尼說：「我從你的……」他指指喬，「……也許是語氣聽得出來。總之，我知道這一定有意義，而且很重要，這讓你明白了某些事。」

「這邊下去要直走嗎？」喬到了路口，開始減速。

「這裡右轉。」蒂比．傑克森說。

小派說：「你會看到一幢紅磚建築，外頭有霓虹燈上下閃，叫做梅爾蒙旅館。那旅館爛透了。兩間房間共用一間浴室，而且沒有淋浴設備，只有浴缸。食物更糟，飲料品牌沒別的選擇，只有尼嗨。」

「我喜歡他們的食物，」唐．丹尼說：「是真正的牛肉而不是蛋白質合成物。真正的鮭魚……」

「你們的錢能用嗎？」喬問。這時，他聽到車子後方傳來尖銳還帶著回音的笛聲。「那是什麼？」他問丹尼。

「我不知道。」丹尼緊張地說。

山米．孟度說：「是警笛。你剛剛右轉沒打方向燈。」

「要怎麼打？」喬說：「方向盤邊沒有操縱桿。」

「你應該伸手打信號。」山米說。警笛聲越來越近了。喬轉過頭，看到一輛摩托車駛到他旁邊。他減速，不確定接下來該怎麼做。「停到路邊去。」山米建議他。

喬把車停在路邊。

警察下了摩托車，走到喬旁邊。這名長相陰險的年輕警員有一雙又圓又大的眼睛。他打量喬，說：「先生，請拿出駕照。」

「我沒有駕照。」喬說：「請開罰單，讓我們離開。」他現在能看到旅館了。他告訴唐．丹尼：「你最好趕快過去，和大家一起過去。」後頭，布里斯那輛威利斯奈特車繼續朝旅館前進。唐．丹尼、小派、山米．孟度和蒂比．傑克森下車跑向後面那輛正在減速、打算停在旅館對面的車，留下喬獨自面對警察。

警察問喬：「你有沒有任何身分證件？」

喬把皮夾遞給他。警察掏出紫色不褪色鉛筆開出罰單，遞給喬。「轉彎沒打信號，沒有駕駛執照。罰單上寫了你該在什麼時候到哪裡去。」警察蓋上罰單本，把皮夾遞還給喬，從容地回到摩托車上，一發動之後，就頭也不回地騎進車陣中。

為了某種不知名的理由，喬把罰單放入口袋前先看了一眼，接著又慢慢讀了一次。紫色不褪色鉛筆用熟悉的字跡寫著：

你的處境比我原來想的更危險。

小派．康利說的

訊息在這裡中斷，句子就這麼寫到一半。他納悶地想，不知道後面接下去要寫什麼。罰單上還有其他資訊嗎？他翻到背面，什麼也沒看到，於是再翻回正面。沒有其他手寫字跡了，但是，罰單下方的小鉛字印了一行字：

請來價格實在的亞契藥局，合格成藥及處方藥應有盡有。

喬想，這好像沒什麼用。可是——這行字似乎不該出現在德梅因的交通罰單上。這顯然是另一種方式的顯靈，和上頭的紫色字跡一樣。

他下車，走進最近一家商店。這家店賣雜誌、糖果和香菸、菸草。「我可以借用你們的電話簿嗎？」他問臀圍驚人的中年老闆。

「在後面。」老闆客氣地說，用肥胖的拇指指向後方。

喬找到電話簿，就著小店陰暗的光線尋找亞契藥局的電話，但是沒找到。

他闔上電話簿，走向正在賣尼可糖果給一名小男孩的老闆。「請問你知道亞契藥局在哪裡嗎？」喬問他。

「哪兒都不在。」店主回答。「至少現在不在了。」

「怎麼說？」

「亞契藥局幾年前就關了。」

喬說：「那麼請告訴我藥局從前的位置。畫個地圖給我。」

「不需要地圖，我可以告訴你。」體型龐大的老闆把身子往前探，指向自己的店門外。「你看到那個理髮院的旋轉燈了嗎？走到那裡然後往北看。北邊是那邊。」他指點方向。「你會看到一棟砌著山牆的老房子，黃色房子。那棟樓還有好幾戶有人住，但是樓下的店面是空的。不過你還是看得到招牌：亞契藥局。這樣就找到了。艾德．亞契因為罹患喉癌，所以——」

「謝謝。」喬說完話，立刻走出商店，回到午後昏暗的光線下。他快速穿越馬路走到理髮店，從那個位置往北看。

他看到遠方有一棟黃色外牆斑斑剝落的高樓。但不知怎麼著，他有種奇怪的感覺。像是在閃爍、擺動似的，那棟建築彷彿是晃著晃著進入穩定狀態，隨後又退回朦朧的不穩定狀態中。震盪的每個階段都會維持個幾秒鐘，然後模糊地晃進相對的狀況。這種震動相當規律，建築結構彷彿有自己的脈動。他想，就像有生命一樣。

也許是我走到了生命終點。他目不轉睛，邁步走向廢棄的藥局。他看著建築物在兩個狀態間震盪，越走越近後，他才辨識出虛實變化的本質。當建築物震盪到穩定狀態時，這家商店是他那個時代的居家用品自動化自助賣場，販賣摩登時代大樓公寓住客所需的上萬種產品。打從他成年後，便經常光顧這種電腦化的高效率商店。

當建築物震盪到不穩定狀態時，便成了一間過時、以巴洛克風格裝潢的小藥局。他看到品項相對貧乏的櫥窗裡展示著疝氣帶、一排排光學眼鏡、一組研缽和搗杵、一罐罐藥錠、一面手寫「水蛭」的招牌，以及幾瓶裝著各種成藥和安慰劑、猶如潘朵拉盒子的大玻璃瓶……還有，橫擺在櫥窗最上方、上頭寫著亞契藥局的木板招牌。再怎麼看，這裡也不像廢棄空洞、沒人經營的店鋪。這家藥局莫名地被一九三九年的狀態排除在外。他想，所以如果我走進店裡，不是進入更早的時光，就是回到大約我原本的那個時代。但我寧可回到一九三九年之前的年代。

他站在商店前方，切身體驗潮汐般的震盪拉扯，覺得自己被往後拉，被往前推，接著再次往後退。路過的行人完全沒有發現，顯然他們看不見他眼前的景象。他們既看不到亞契藥局，也看不到一九九二年的居家用品賣場。這是他最為不解之處。

當建築物盪回古早階段，他往前走了一步，跨過門檻走進亞契藥局。

他的右側有一座大理石桌面的長形櫃台。架上的盒子褪了色，整間店昏昏暗暗，這不只是光線不足的問題，而是另一種保護色，像是為了要讓整個店面融入陰影當中，隨時保持陰暗。店內沉重的氛圍將他往下拉，像是永遠壓在他背上的重量。這時候，建築物已經不再震盪。至少對已經踏入店裡的他而言是如此。他不曉得自己是否做了正確的決定，如今想這些已經太遲。他納悶，踏進另一個賣場代表的是什麼。可能是回到他自己的時代。也許可以永遠離開這個時間不斷倒退的世界。嗯，他想，不管，就這樣吧。他在店裡閒逛，欣賞黃銅和顯然是胡桃木製的擺設，最後走到藥局最裡面的給藥窗口。

窗後出現一名穿著三件式多鈕西裝的瘦弱年輕人，靜靜地看著他。喬和年輕人久久對望，兩人都沒有說話。室內只聽得到鐘擺來回擺盪的聲音，而這座圓形掛鐘還是以拉丁數字作為標示。這座鐘和其他地方的鐘沒有不同。

喬說：「我想買一罐尤比克。」

「是要藥膏？」藥劑師說。他嘴唇的開闔和說出來的話似乎沒有同步，喬先看到男人張開嘴、動嘴唇，接著，經過好一段時間後，才聽到聲音。

「是藥膏嗎？」喬說：「我以為是內服藥。」

藥劑師又停了好一會兒才回答。兩人間似乎隔了一個海灣，隔著一個年代。這次，喬聽到他說：「尤比克有好幾種型態，製造商改良過。你熟悉的可能是從前的尤比克，不是新產品。」藥劑師轉向一側，他的動作宛如停格動畫，飄動的步伐緩慢又有節制，宛如舞蹈，就美學的觀點來看，他自帶賞心悅目的韻律，但情緒上卻讓人心驚。「最近不容易拿到尤比克。」他邊說邊往後退，右手拿來一個扁平的合金錫罐放在喬面前的給藥櫃台上。「這種尤比克是粉劑，和焦油一起使用。焦油要另外買，我可以便宜賣你。但是尤比克粉劑價格不便宜，要四十美金。」

「粉劑的成分是什麼？」喬問道。這個價格嚇了他一跳。

「那是製造商的機密。」

喬拿起密封的錫罐，就著光線研究。「我可以看看標籤嗎？」

「當然可以。」

對著街上照進來的昏暗光線，他終於看清楚印在錫罐標籤上的字。這些字是罰單的後續，正好接上朗西特中斷的留言。

絕對不是真的。炸彈爆炸後，她沒有——我重複一次，沒有一次試圖使用她的能力。她也沒有試著去拯救溫蒂·萊特、阿爾·漢蒙或伊笛·多恩。她是騙你的。喬，這讓我重新思考整個狀況。一有結論，我會盡快讓你知道。在這期間，你要非常小心。順道一提：嚴格遵守使用說明，尤比克粉劑療效廣泛。

「我可以開支票嗎？」喬問藥劑師。「我身上沒帶那麼多錢，但是我急需尤比克。沒開玩笑，這真的攸關生死。」他伸手到外套口袋裡找支票簿。

「你不是德梅因本地人，對吧？」藥劑師說：「我從你的口音聽得出來。很抱歉，對於不認識的人，我無法收下金額那麼大的支票。前幾個星期我們收到了一大堆廢票，全是外地人開的。」

「那麼，可以用信用卡嗎？」

藥劑師說：「『信用卡』是什麼東西？」

喬放下那罐尤比克，無言地離開藥局，走到人行道上。他穿過馬路，朝旅館的方向走去，接著停下腳步回頭看藥局。

他只看到一棟黃色建築和樓上窗戶掛的窗簾。建築物的一樓釘上了木板，沒人使用。然而，透過木板的縫隙，他看到一個陰暗的洞，那是破掉的櫥窗玻璃。那地方完全沒有人氣。

他想，就這樣了，買尤比克粉劑的機會就這樣錯失。就算我現在能在地上撿到四十美金也沒有用。但是，他想，我總算收到了朗西特的完整警告。光這樣就夠了。然而，訊息不見得是對的，說不定，那只是垂死之人——或像電視廣告說的，是已死之人錯誤或誤導性的看法。天哪，他沮喪地想，萬一警告是真的呢？

人行道上站了一些人，大家都全神貫注地看著天空。喬一發現，也跟著抬頭看。他抬起手遮在眼前，遮住斜射的陽光。天上有個噴出白煙的小點：那是一架飛得很高的單翼飛機，正在用白煙噴字。當他和其他行人觀看的時候，已經散開的白煙寫出一個訊息：

打起精神，喬！

喬心想，說得簡單。真的是簡單到用寫的就好了。

不安又沮喪的情緒加上恐懼，再次隱約重現，壓得他挺不起胸膛，只能拖著腳步，走向梅爾蒙旅館。

旅館樸實的大廳鋪著深紅色地毯，天花板很高。唐·丹尼在這裡等著他。「我們找到她了。」他說：「結束了——對她來說結束了。死狀很慘，很悽慘。現在佛瑞德·澤夫斯基也不見了。我以為他在另一輛車裡，他們以為他和我們在一起。顯然他沒上車，人應該還在葬儀社。」

「狀況來得更快了。」喬說。尤比克以無數方式在他們面前兜來兜去，但他們就是沒辦法拿到手，但如今，他納悶，尤比克真能改變什麼？我猜我們沒法知道了。「我們可以在這裡喝一杯嗎？」他問唐·丹尼。「錢呢？我的錢不能用。」

「葬儀社會負擔一切費用。這是朗西特的吩咐。」

「包括旅館帳單？」他覺得奇怪。這是怎麼安排的？「你看看這張罰單。」他對唐·丹尼說：「趁現在只有我們兩個人。」他把罰單遞給丹尼。「我也找到了後續留言。我剛剛就是去辦這件事。」

丹尼拿著罰單讀了兩次，接著才慢慢遞還給喬。「朗西特覺得小派·康利在說謊。」他說。

「對。」喬說。

「你知道這代表什麼嗎？」他拉高音調，說：「這表示她本來有能力制衡這些事。制衡發生在朗西特死後的每一件事。」

喬說：「可能不只如此。」

丹尼看著他，說：「你說得對。沒錯，你完全正確。」他先是驚訝，接著立刻有了反應，露出頓悟的表情。但這頓悟顯然帶來的是不愉快跟打擊。

「我不怎麼願意往那兒想，」喬說：「我一點也不喜歡這念頭。太糟了，比我原先想的，也就是像是阿爾認為的那樣，還要糟得多了。」

「但這可能是真相。」丹尼說。

「在這段經歷中，」喬說：「我一直試圖了解一切。我本來相信，如果我知道原因……」他心想，阿爾就從來沒想到原因。但我們兩個就這麼放下了。為了某個正當理由。

丹尼說：「在他們面前，什麼都別說。這可能不是真的，即使是，知道真相對他們也沒有幫助。」

「知道什麼事？」小派・康利在他們身後說。她深色的眼眸睿智、冷靜又安詳。「伊笛・多恩的事真是太讓人遺憾了。」她說：「還有佛瑞德・澤夫斯基，我猜他也喪命了。這一來，我們沒剩下幾個人了，對吧？真不曉得下一個會是誰。」她似乎沒受到任何影響，態度仍然自持。「蒂比在她房裡躺下了。她沒說累，但我覺得我們有必要假設她很累。你們覺得呢？」

過了一會兒，唐・丹尼才說：「我也這麼覺得。」

「警察的罰單上怎麼寫的，喬？」小派伸出手，問道：「我可以看看嗎？」

喬把罰單遞給她，心想，時候到了，一切來到了現在，來到這一刻。

「警察怎麼知道我的名字？」小派瞥了罰單一眼，這麼問道。接著她抬起眼睛緊盯著喬，隨後又看向丹尼。「上面為什麼會提到我？」

喬告訴自己，她認不出朗西特的字跡，因為她不熟悉。不像我們其他人。「是朗西特。」他說：「都是妳幹的，對吧，小派？是妳和妳的超能。我們會來到這裡都是因為妳。」

「而且妳一個一個殺害我們。」唐・丹尼問她：「可是為什麼？」他對喬說：「她有什麼理由這麼做？她連我們都不太認識。」

「這就是妳到朗西特事務所工作的原因嗎？」喬問她。他想維持聲音的平穩，可惜徒勞無功。他聽見自己顫抖的聲音，忍不住要蔑視自己。「ＧＧ・愛許伍德發現妳，帶妳進公司。其實他的幕後老闆是霍立斯，對不對？**我們真正碰上的麻煩不是炸彈，而是妳？**」

小派面露微笑。

緊接著，旅館大廳在喬・奇普面前轟然爆炸。

13

輕抬雙臂，曲線立現！全新超軟尤比克胸罩及長款塑身馬甲，只要輕抬雙臂，裊娜娉婷S曲線立刻展現！依指示穿戴，為妳的胸部提供全天候堅實舒適的支撐。

黑暗宛如潮濕、結塊的暖熱羊毛，罩住了他。他感受到恐懼和黑暗融成一體，變得完整又真實。他發現自己不夠小心。我沒有聽從朗西特的囑咐，我讓她看了罰單。

「怎麼了，喬？」唐．丹尼的語氣十分焦慮。「哪裡不對？」

「我沒事。」他眼前的黑暗化成平行的灰色線條，彷彿開始分解。「我只是累了。」他說完話，才發現身體真的很疲倦。他覺得自己這輩子從沒這麼疲憊過。

唐．丹尼說：「我扶你找張椅子坐下。」喬感覺到丹尼的手抓住他的肩膀，引導著他往前走。需要有人攙扶帶領的感覺讓他害怕。他試著掙脫。

「我沒事。」他又說了一次。他眼前，丹尼的身影逐漸清晰。他先把注意力放在丹尼身上，接著再看向世紀交錯大廳裡繁複的水晶吊燈和深淺交映的黃色光線。「讓我坐下。」他說著，伸手摸索到一張藤椅。

唐．丹尼嚴厲地問小派：「妳對他做了什麼？」

「她沒對我下手。」儘管喬盡全力想穩定自己的聲音，但仍顯得尖銳又不自然。他心想，這聲音彷彿加速拔高，不像我自己的聲音。

「沒錯，」小派說：「我沒對他或其他人做任何事。」

喬說：「我想上樓躺下來。」

「我幫你去要個房間。」唐．丹尼緊張地說。在大廳燈光暗下時，他在喬身邊打轉，一下出現，一下不見人影。那光線先是褪成暗紅色隨即又變亮，接著再次暗去。「你在椅子上坐好，喬。我馬上回來。」丹尼匆匆走向櫃台，小派留在他身邊。

「我能幫上什麼忙嗎？」小派和氣地說。

「沒有。」他說。他的聲音卡在內心以秒速擴大的空洞處，讓他費了好一番工夫才說出：「也許，來根菸吧。」這話耗盡了他的力氣，他感覺到心臟跳個不停。劇烈的跳動增加了他的負荷，增加他肩背的負擔，像隻大手般擠壓著他。「妳有菸嗎？」他抬起頭說，努力想透過昏紅的光線看清她。那閃爍的昏紅光線好比不甚健全的現實。

「抱歉，」小派說：「我沒有。」

喬說：「我——我怎麼了？」

「可能是心臟病發作。」小派說。

「妳想旅館會有醫務室嗎？」他好不容易說出整句話。

「我懷疑。」

「妳不去找找看？」

小派說：「我覺得你只是一時心理作用，其實你沒病。你會好起來的。」

唐．丹尼回到喬身邊，說：「我幫你開好房間了，喬。在二樓，二〇三號房。」他停了一下，喬能感受到他關心審視的眼光。「喬，你臉色很差，看起來很虛弱，好像快被風吹走。天哪，喬，你知道自己現在像什麼嗎？我們找到伊笛．多恩時，她就是這個樣子。」

「喔，差多了，」小派說：「伊笛．多恩死了，喬可沒死。對吧，喬？」

喬說：「我想上樓躺下來。」他成功地站起來，心臟猛一跳，彷彿在猶豫是否要繼續工作，隨後才像鐵塊直直錘打水泥般猛力跳動，每一跳都讓他全身為之震動。「電梯在哪裡？」他問。

「我帶你去。」丹尼說。他再次用手環住喬的肩膀。「你輕得像羽毛，」丹尼說：「你怎麼了，喬？你能說說嗎？你知道怎麼了嗎？跟我講講看。」

「他也不知道。」小派說。

「我覺得他應該要看醫生，」丹尼說：「立刻就要。」

「不必。」喬說。他告訴自己，躺下來就會好一點；他覺得有股像大海、像潮水的力量拉扯著他、要他躺下。這股力量迫使他必須獨自躺下，獨自上樓到他在旅館的房間裡。讓別人看不到他。他心想，我必須離開。我必須自己離開。但讓他不解的是：為什麼。他也搞不懂，這想法闖入腦子宛如直覺反應，沒道理，也無從理解或給個合理解釋。

「我去找醫生。」丹尼說：「小派，妳留下來陪他。別讓他離開妳的視線。我會盡快回來。」他說完便離開，喬隱約看到他離去的身影。丹尼似乎逐漸縮水、變小，最後完全消失了蹤影。小派．康利雖然留了下來，但喬並沒有因此稍微不孤單。儘管她就在一旁，他卻更覺得孤立。

「嗯，喬，」她說：「你想要什麼？我能幫什麼忙，你說就是了。」

「電梯。」他說。

「你要我帶你去坐電梯？樂意之至。」她邁步走開，他盡可能跟上。他覺得她走路的速度快得出奇，而且不但沒等他也沒回頭看。喬幾乎看不見她的背影。他自問，她動作這麼快是我的想像嗎？一定是我的問題，地心引力牽引著我。他的世界呈現的是純粹的質量。他對自己只有一種感知：一個受到重量壓迫的物體，只有這種特性和體驗，以及惰性。

「走慢點。」他說。他現在真的看不到她了，她輕輕鬆鬆便走出了他的視野。他站在原地喘氣，沒辦法繼續前進，覺得臉上冒汗，汗水的鹽分刺激他的雙眼。他說：「等等。」

小派又出現了。喬在她朝他彎下腰時看清了她的臉、她完美又鎮定的表情、她的毫不在乎，以及不帶感情的超然。「你要我幫你擦擦臉嗎？」她問道。她掏出一條精緻的蕾絲小手帕，露出微笑。和稍早一樣的微笑。

「帶我到電梯就好。」他強迫自己的身體往前移動。一步、兩步。現在他看到電梯了，電梯前面有好幾個人在等。電梯拉門上方有個老式盤面指針。落在三樓和四樓之間的巴洛克風格指針往左靠向三，接著又從三擺動到二。

「電梯馬上就到了。」小派說。她從皮包裡拿出香菸和打火機，點菸抽一口，從鼻子呼出白煙。「這個電梯很舊了，」她安詳地雙臂交抱，說：「你知道我在想什麼嗎？我覺得這應該是古早的鐵柵門電梯廂。你會不會害怕？」

這會兒，指針已通過二樓，在一樓上方晃了一下，接著堅定地跳到一樓。電梯門滑開。喬看到鐵柵門電梯廂和柵門上的菱格。他看到一名穿制服的操作員坐在凳子上，一手操作控制輪。「電梯往上。」操作員說：「請靠裡面站。」

「我不要進去。」喬說。

「為什麼不要？」小派說：「你覺得吊纜會斷掉嗎？你怕的是這個？我看得出你嚇到了。」

「阿爾看到的就是這部電梯。」他說。

「喬啊，」小派說：「要到你房間除了搭電梯之外，就只能爬樓梯。而你這個狀況不可能爬樓梯。」

「我走樓梯。」他轉身去找樓梯。他告訴自己，我看不到！我找不到樓梯！他身上的重擔壓擠著他的肺，讓他呼吸困難又痛苦。他必須停下來，專心讓空氣進入他體內，光做這件事就好。他想，也許真的是心臟病發作。如果真是心臟病發作，我不可能爬樓梯上樓。但他想獨處，這股壓倒性渴望越來越強烈。他想把自己鎖在空無一人的房間裡，沒有人看得見他，可以安靜地躺下，舒服地伸展四肢，不需講話也不必動。不需對付任何人或處理任何問題。他告訴自己，而且，甚至沒有人會知道我在哪裡。這似乎莫名地重要。他不想要任何人認識他或看見他，他不想有人察覺他的存在。他想，尤其是小派，不能是她，不能留她在身邊。

「到了。」小派說。她引導著他，讓他稍微向左轉。「就在你面前。你只要握住扶手，一步一步上樓就可以躺到床上了。懂嗎？」她靈巧地上樓，舞動肢體保持平衡，接著輕盈地跳上一階樓梯。「你辦得到嗎？」

喬說：「我……不要妳陪我。」

「喔，天哪。」她假裝受傷地說，深色眼眸閃閃發光。「你怕我趁機占你便宜嗎？或是藉機傷害你？」

「不，」他搖頭，說：「我只是……想自己一個人。」他抓住扶手，成功地把自己拉上第一階樓梯。他站著往上看，想看清樓梯頂端，想計算出自己離多遠，得繼續爬多少階。

「丹尼先生要我陪著你。我可以念書給你聽，或是幫你拿東西。我可以照顧你。」

他又爬上了一階，喘著氣說：「我想……獨處。」

小派說：「我可以在旁邊看嗎？我想看你得花多久時間才上得去。我是說，假如你真能爬上去的話。」

「我可以。」他把腳放到下一階，握住扶手，把自己往上甩。他的心臟彷彿腫了起來，塞向他的喉頭。他氣喘吁吁地閉上雙眼。

「我懷疑溫蒂是不是也是這樣。」小派說：「她是第一個，對嗎？」

喬上氣不接下氣地說：「以前……我……很愛……她。」

「喔，我知道。GG．愛許伍德說過。他讀了你的心。我和GG後來成了很好的朋友，我們常在一起。你甚至可以說我們有過一段情。是可以這麼說，沒錯。」

「這是我們的推論，」喬說：「沒錯。」他深吸了一口氣。「第一，」他成功地說出口，也再上了一階，然後費了一番工夫又爬上另一階。「妳和ＧＧ都替雷蒙．霍立斯工作。為的是滲透朗西特事務所。」

「說得沒錯。」小派同意。

「把我們最厲害的反超能師，還有朗西特，全都解決掉。」他又登上一階。「我們不是在中陰世界，我們不是……」

「喔，你們會**死**，」小派說：「你們還沒死，我是說，至少**你**還沒有。但是你們會一個接著一個死去。不過何必說這些呢？為什麼又要說起這個話題呢？你不久前才剛說過的，而且，老實說，喬，我覺得你說個不停好煩人。你真的是一個非常無聊又迂腐的人。和溫蒂．萊特差不多無趣。你們兩個會是絕配。」

「所以溫蒂才會第一個死，」他說：「不是因為她離群，而是因為……」胸口劇烈的抽痛讓他縮起身子，他試著再上一階，但這次失敗了。他踉蹌絆倒，坐在地上縮著身子，就像——沒錯，他想，衣櫥裡的溫蒂就是這樣縮著身子。他伸手拉住自己大衣的袖子用力扯。

布料一下就破了。乾燥鬆脫的布料像廉價紙張似的破碎，沒有任何張力，像是黃蜂織出來的東西。這麼說，不必懷疑了。他很快就會在身後留下一串碎布屑，一直延伸到旅館房間，在通往渴望的獨處前，沿路留下痕跡。他最後的努力被某種傾向操控。一個催促他奔赴死亡、腐敗、消逝的方向；一種陰沉幻術操控他，直到躺進墓穴才會終結。

他又上了一階。

他發現，我辦得到的。驅策我的力量消耗著我的身體，那也就是溫蒂、阿爾和伊笛——到了現在，無疑要加上澤夫斯基——過世時，身體為什麼會衰敗到那個程度、只留下無重量驅殼的原因。空洞的驅殼內什麼也沒有，沒有構成人類的精髓和實質。這股力量與重力相抗衡，這是將虛弱身體使用殆盡的代價。但這具作為能量來源的身體足以帶我上樓，生理機制啟動之後，就算是惹出這一切的小派也沒辦法喊停。她現在看著他往上爬，心裡不知作何感想。是仰慕他還是輕視？他抬頭尋找她，看到那張生氣勃勃的臉上散發著各種光采，但也就只是興趣盎然，看不出惡意，表情不喜不怒。對此他不驚訝。小派沒出手阻撓也不幫助他。就算是他，看在眼中也覺得合理。

「你覺得好些了嗎？」小派問道。

「沒有。」他已經走到一半，繼續踏向下一步。

「你看起來不同了，好像沒那麼沮喪。」

喬說：「因為我曉得我辦得到。」

「是不久了。」小派表示同意。

「不遠。」他糾正她。

「你真是不可思議。那麼講究枝微末節的瑣事。連死亡發作——」她巧妙地糾正自己錯誤的用語，說：「或者說，在你主觀看來的死亡即將到來。我不該用『死亡發作』這幾個字，你聽了可能會沮喪。努力振作，好嗎？」

「告訴我，」他說：「還剩下幾階？」

「六階。」她離開他身邊，安靜又輕巧地拾級而上。「不對，抱歉，是十階。還是九階？我想是九階才對。」

他又爬上一階。接著一階又另一階。他沒說話，連看都沒試著去看。

他靠在堅固的牆面，踩著實在的地面，像蝸牛般緩緩爬動。他覺得自己掌握到了某種技巧，某種知道該如何使力的能力，知道該怎麼使用他幾乎耗盡的力氣。

「就快到了。」小派興高采烈地在上方說。「你有什麼話想說嗎，喬？對這次偉大攀爬有沒有任何感言？這是人類歷史上最偉大的登梯活動。喔，不，這麼說不對。溫蒂、阿爾、伊笛和佛瑞德．澤夫斯基在你之前也有相同的經歷。但這是我第一次親眼目睹整個過程。」

喬問：「為什麼是我？」

「我想盯著你，喬，原因是你在蘇黎世的低級想法。你想讓溫蒂・萊特到你旅館房間裡陪你過夜。現在呢，今晚就不同了。你會自己一個人度過。」

「那天晚上也是，」喬說：「我也是一個人。」他再上一階。咳到快痙攣，汗如泉湧地滑過他的臉頰，殘存的精力也這麼無謂地再榨了一點出來。

「她在；不在你的床上，但是在房裡。只是你睡昏了。」小派笑道。

「我正在努力，」喬說：「不咳嗽。」他繼續登上兩階，知道自己就快到達頂端。他很想知道自己在樓梯間多久了？但是他無從得知。

這時，他驚訝地發現自己不但筋疲力盡，而且非常冷。他自問：這是什麼時候開始的？在剛剛那段時間，寒意滲透的速度如此緩慢，連他自己都沒注意到。喔，天哪，他開始劇烈打顫，骨頭幾乎要跟著晃動。這比在月球上還糟，也比他在蘇黎世旅館裡的寒意更甚。無論月球或是蘇黎世的旅館房間，相比之下，都只是前奏。

他想著，新陳代謝是個燃燒的過程，是燃燒的火爐。當新陳代謝停止運作，生命便跟著結束。他告訴自己，人們對地獄的說法不盡正確。地獄很冷，裡頭的一切冰寒刺骨。人類的身體是重量和熱量，如今重量壓垮了我，而我的體熱逐漸散去。除非我重生，否則熱量不可能回來。這是宇宙的命運，所以到時候，至少我不會獨自一人。

但他覺得好孤單。他知道，再過不久，孤獨會壓垮他。時機還沒到，然而某件事物、某種不懷好意的事物基於惡意和好奇加速了這個過程，而且這多變又邪惡的形體還喜歡在旁觀看。這個幼稚、智力低下的形體正在享受眼前發生的種種。他心想，對方把我當成彎著腳爬行的蟲子般碾壓。這蟲子除了貼近土地，啥也做不到；飛不開也逃不走，只能一步步往下走進瘋狂、骯髒的處所，走進那邪惡形體堆滿自己穢物的巢穴。這個邪惡形體，我們稱之為：小派。

「房間鑰匙在你那裡嗎？」小派問：「想想看，等你到了二樓才發現鑰匙掉在半路上，那有多可怕。」

「在我這裡。」他摸索自己的口袋。

他的外套散裂成布條，從他身上掉下來，口袋裡的鑰匙跟著滑出來。掉在他下方兩級階梯上。他沒辦法拿到。

小派輕快地說：「我去幫你拿。」她快步從他身邊跑下階梯，撈起鑰匙對著燈光檢視，然後把鑰匙放在樓梯最上方的扶手上。「就在那裡。」她說：「等你爬到了最上面就可以拿到獎賞。房間應該在左邊，大概是走廊上第四扇門。你得慢慢走，但一旦上到二樓，不必再爬樓梯就輕鬆多了。」

「我看到，」他說：「鑰匙，在上面。我看得到樓梯頂端。」他雙手緊握扶手將自己往上拉，極度痛苦地一口氣爬上三階。他覺得筋疲力盡，身上的負擔彷彿更重了，而自己的肉體逐漸縮小。但是——

他爬到了樓梯頂端。

「再見了，喬。」小派說。她在他上方徘徊，接著稍微跪下來，讓他能看見她的臉。「你不想讓唐．丹尼闖進房裡，對吧？醫生也幫不了你。但我會告訴丹尼，說我請旅館叫了計程車，你正在去城裡醫院的路上。這麼一來就不會有人到房間去吵你，你可以獨處。你說好嗎？」

「好。」他說。

「鑰匙在這裡。」他把冰冷的金屬鑰匙推到他的手上，讓他彎起指頭包住戒指。「要昂首向前行——這是他們在一九三九的說法。他們還說，別被人當傻子耍。」她直起身子，準備溜走，卻先在原地站定，上下打量他，接著才快步沿著走廊走向電梯。他看到她按下按鈕等待，看到電梯門滑開，小派隨即消失。

喬緊緊抓住鑰匙，搖搖晃晃地先讓自己蹲好，然後背抵著走廊牆壁站起來，向左轉後，靠著牆壁一步步往前走。他想，這裡好暗，燈沒開。他閉上眼睛，張開後再眨了眨。臉上的淚水讓他雙眼模糊又刺痛。他無法分辨走廊是真的光線陰暗，或是他的視力正在減退。

當他走到第一扇門邊時，已經退步到只能爬行，他歪著抬起頭，想看門上的房間號碼。不，不是這間。他繼續緩慢爬行。

找到正確的房間後，他不得不撐著站起身，試著把鑰匙插進門鎖。這番努力把他累壞了。他手握鑰匙倒下，腦袋猛然撞在門上，整個人往後倒向滿是灰塵的地毯，陳腐和死亡的氣味朝他撲鼻而來。他發現，我進不了房間，我再也站不起來了。

但是他必須站起來。留在門外，可能會有人看到他。

喬用雙手攀住門把，再次將自己拉起來。他把全身的重量靠在門上，顫抖地把鑰匙伸向門把和門鎖的位置。這麼一來，他只要轉動鑰匙，門就會打開，他可以進到房裡。他想，只要我進房後能關上門，一切就結束了。

門鎖發出摩擦聲，金屬開關向後拉開。門打開了，他伸長手往前撲去。地板浮向他的眼前，他發現地毯是金紅兩色的渦漩和花朵花樣，但已經用到又粗又沒有光澤。他趴倒時幾乎不覺得痛，心裡想的是，這房間真的非常舊了。這地方剛蓋好時用的電梯可能就是懸吊式電梯廂。他告訴自己，所以我看到的是真的、是原來就有的電梯。

他趴了一下，接著彷彿聽到召喚似的開始扭動身子。他跪起身，把雙手放在前面……他想，天哪，我的手像是羊皮紙，泛黃而且指節浮凸，像是煮乾的火雞屁股。汗毛豎立的皮膚不像人類皮膚；汗毛像是鳥類新長的針毛，我好像退化了幾百萬年，成了以皮膚為蓬翼的鳥類。

他用力撐開眼睛尋找，努力想辨認出床的位置。遠側有扇大窗，灰暗光線穿透窗簾照射進來。有張桌腳細瘦的化妝檯，很醜。接著他看到了床。床頭板塗過亮光漆，裝飾有黃銅圓球的欄杆因多年使用而變形。他告訴自己，儘管如此，我還是想躺到床上。他往前爬，把自己拉進房間。

然後，他看到面前有個人坐在堆了太多靠枕的椅子上。這個旁觀者一直沒有發出任何聲音，到了這時，才站起來快步走向他。

葛倫．朗西特。

「我不能幫你爬樓梯，」朗西特那張大臉上神色堅定，說：「因為她會看到我。其實，我還怕她陪你進房裡來，那我們就麻煩了，因為她——」他話沒說完便彎腰拉著喬站起來，對他來說，喬彷彿沒了重量，沒有剩下的實體。「我們稍晚再談，來。」朗西特用手臂環著喬，撐著喬穿過房間——不過，不是要讓他上床躺下，而是讓他坐到剛才那張放了太多靠枕的椅子上。「你能再撐幾秒鐘嗎？」朗西特說：「我要去關門，把門鎖起來，免得她改變心意。」

「可以。」喬說。

朗西特跨出三大步走向房門，用力關上再反鎖住門，隨後立刻回到喬身邊。他拉開化妝檯抽屜，匆匆拿出一罐噴霧罐。色彩鮮麗的噴霧罐上有亮色條紋、氣球圖飾和幾個字。朗西特說：「尤比克。」他用力搖晃罐身，來到喬面前，拿罐子對準他。「不必和我客氣了。」他說。他上下左右噴，空中飄散著閃爍的發光粒子，宛如太陽能量照亮這間老舊客房。「好些了嗎？在你身上應該會立即生效，你應該已經有反應了。」他焦急地看著喬。

14

鎖住美食新鮮風味，只靠一個袋子絕對不夠，現在有了尤比克四層合一塑膠膜。尤比克塑膠膜能隔絕空氣濕氣，常保食物鮮美。請看以下模擬測試。

「你有菸嗎？」喬的聲音還在發抖，但不是因為疲倦也不是因為寒冷。這兩個因素都消失了。他心想，我很緊張，但我死不了。尤比克噴霧劑終結了那個過程。

他想起來，就像朗西特在電視廣告錄影帶裡說的一樣。如果能找到尤比克，我就不會有事。朗西特這麼保證過。但是，他黯然心想，我找了好久，差點就拿不到。

「沒有濾嘴。」朗西特說：「在這個落後的年代，他們還不懂得香菸要加濾嘴。」他遞了一包駱駝牌香菸給喬。「我幫你點。」他擦亮火柴，朝喬伸出手。

「這香菸很新鮮。」喬說。

「喔，那當然。老天，這是我剛剛才在樓下香菸鋪買的。我們陷得太深，情況已經不僅是牛奶結塊和香菸發霉了。」朗西特毫不遮掩地咧嘴笑，眼神堅決陰冷，深沉無光。「而且是**深陷其中**，」他說：「不是**置身其外**。」他也為自己點了根菸，往後靠，靜靜抽著，表情依然嚴峻。而且，喬知道朗西特很疲倦，這種疲憊，和喬自己剛才的經歷不同。

喬說：「你能幫忙其他幾個隊員嗎？」

「我只有這麼一罐尤比克，光是救你就用掉了一大半。」他憤慨地比手劃腳，手指因為憤怒而抽搐。「在這裡，我改變事物的能力有限。我已經盡力。」他猛地抬起頭直視喬。「我只要有機會就試著聯絡你，和你們所有人。各種方式都試過。盡了全力，用盡一切資源。有什麼能做的我都做，該死的是，幾乎沒有我能做的。」他沒接著說下去，而是進入安靜的沉思。

「男廁牆壁上的塗鴉，」喬說：「你寫的是我們死了，而你還活著。」

「我**確實**還活著。」朗西特用刺耳的聲音說。

「我們其他人死了嗎？」

久久之後，朗西特才說：「對。」

「但是在那段電視廣告錄影帶裡……」

「那是為了提升你的鬥志，讓你去找尤比克，讓你不斷去尋找。我一直想辦法把尤比克送到你面前，但你也知道哪裡出了錯。她一直把我們拖向過去，用她的能力影響我們所有人，而且讓尤比克一再退化，變得沒有價值。」朗西特補充道：「唯一的例外是，我想辦法隨著物品夾帶給你們的紙條。」他用粗大指頭指著喬，急切地說：「你想想我一直在對抗什麼樣的力量。就是那股讓你們一個個死去的力量。老實說，我能做到這麼多，連我自己都驚訝。」

喬說：「你什麼時候發現真相的？一直都知道嗎？從一開始就曉得？」

「從一開始就曉得，」朗西特尖刻地重複。「那是什麼意思？事情在幾個月或甚至幾年前就開始了，天知道霍立斯、米克、小派、梅里朋和GG·愛許伍德花了多久時間醞釀這場陰謀。事情的經過是這樣。我們受引誘登上月球，還帶著我們不認識、不知道有什麼能力的小派一起去——怎麼會這樣？恐怕連霍立斯本人都不懂我們為什麼這麼做。總之，她的能力與時間轉移有關，嚴格來說這並不是時光旅行的能力。比方說，她不能進入未來。就某個層面來說，她也不能回到過去。據我的了解，她能做的是逆轉過程，讓物質回到進步前的各種階段。但是這點你知道，你和阿爾都推測出來了。」他憤怒地咬著牙說：「阿爾·漢蒙——多大的損失啊。可是我無能為力，當時，我還不能像現在這樣突破藩籬。」

「你現在為什麼辦得到？」喬問道。

朗西特說：「**因為她最遠只能把我們帶到這個年代**。時間已經恢復正常的前進速度，我們又能夠從過去進入現在再到未來。她的能力顯然已經到了極限。一九三九年就是她的極限。她現在切斷了她的能力。有何不可？她已經完成了霍立斯派她到朗西特事務所的任務。」

「有多少人受到影響？」

「只有我們這幾個到過月球地下旅館的人。連柔伊．渥特都沒受到影響。小派可以界定靈量影響範圍。世上其他人只知道我們上月球出任務，在一場意外爆炸中喪生，然後熱心的史丹頓．米克幫我們放入低溫貯存艙中，但外界沒辦法和我們建立連結，因為他們送我們進低溫貯存艙的時間太晚了。」

喬說：「光是拿炸彈炸我們還不夠嗎？」

朗西特挑眉看他。

「一開始為什麼要讓小派參與進來？」喬說。他儘管疲憊，但仍然感覺到不對。「這個時光逆行的機制，讓我們回到一九三九年的葬儀社，根本是多此一舉，沒有意義。」

「這個觀點很有意思。」朗西特緩緩點頭，強硬臉孔上的眉頭皺了起來。「我得思考一下。給我一點時間。」他走到窗邊，凝視對街的商店。

「讓我訝異的是，」喬說：「我們面對的似乎是種惡意，而不是具有目的性的力量。我覺得，這不太像是有人想殺害我們或制衡我們，也不像是有人想結束我們這個保己組織的運作，而是……」他仔細思考，答案幾乎就要跳出來了。「有個心懷鬼胎的存在正在享受他們加諸在我們身上的手段。比方說，一個一個殺害我們。他們何必讓過程變得這麼長，這麼複雜？這不像雷蒙・霍立斯的行事風格。他擅長冷血、實際的謀殺。而且，從我對史丹頓・米克的認識來看……」

「小派本人，」站在窗邊的朗西特轉過身來，打斷喬的話，「就心理層面來說，是個虐待狂。像扯下蒼蠅翅膀那樣玩弄我們。」他看著喬會作何反應。

喬說：「在我聽來，這比較像小孩子。」

「可是你看看小派，她懷有惡意，而且善妒。她會最先找上溫蒂就是因為敵意。她剛才一路看著你爬樓梯，享受整個過程，還一副幸災樂禍的樣子。」

「你怎麼知道？」喬說。他想，你在這個房間裡等我，你不可能看到。而且——**朗西特怎麼知道他會走進哪個房間？**

朗西特粗嘎地吐氣，說：「我沒全告訴你。其實……」他停下來，用力咬住下唇，然後一口氣說：「我剛剛說的不是全盤真相。我和這個倒退世界的關係和你們其他人不一樣。你是對的，我知道得太多。那是因為我是從外界進來的，喬。」

「顯靈。」喬說。

「是的。闖進這個世界，在關鍵地點和時間顯靈。比方交通罰單，比方亞契藥局……」

「電視廣告不是預錄的，」喬說：「是直播。」

朗西特不情願地點點頭。

喬說：「你和我們的狀況為什麼不同？」

「你要我說出來？」

「對。」他做好心理準備，他已經知道自己會聽到什麼。

「我沒死，喬。塗鴉寫的是真相。你們全進了低溫貯存艙，但是我……」朗西特沒有直視喬，艱難地說：「我坐在『此生摯愛半活賓館』的面晤室裡。在我的指示下，你們全部串連在一起，保持團隊狀況。我在外界試圖聯繫你們。所以我才說我在外面，才會有你所謂的『顯靈』。這個星期，我一直試著讓你們以半活中陰身運作，但是沒成功。你們一個接著一個消失。」

喬停了一下，才說：「那小派呢？」

「是啊，她和你們在一起，以半活中陰身的型態和其他隊員串連在一起。」

「是她的能力導致時間倒流？或者這是中陰世界的正常現象？」他緊張地等待朗西特的回答。據他看，一切的答案都維繫在這個問題上。

朗西特哼了一聲，扮個鬼臉，然後用粗啞的聲音說：「是自然衰退。艾拉經歷過。進入中陰世界的每個人都經歷過。」

「你騙我。」喬說。他覺得彷彿有把刀刺穿了他。

朗西特瞪著他，說：「天哪，喬，我才救了你一命。我剛剛才成功聯繫上你，把你帶回完整的半活中陰身——你可能會一直這樣下去。如果我沒有在你爬進門時在這個旅館房間裡等你，該死的——嘿，聽我說，如果不是我，你早死在那張床上了。我是葛倫．朗西特；是你的老闆，是努力拯救你們所有人性命的人——我是唯一一個在外頭這個真實世界裡為你們奮鬥的人。」他仍然瞪著喬，越來越憤慨，越來越驚訝。他的驚訝中充滿了困惑和受傷，彷彿不知道這事怎麼會發生。「那個女孩，」朗西特說：「那個小派會殺你，就像她殺了……」他沒把話說完。

喬說：「就像她殺了溫蒂、阿爾、伊笛．多恩、福瑞德．澤夫斯基，還有現在可能要加上帝多．阿波斯多斯。」

朗西特用低沉但自制的聲音說：「情況非常複雜，喬。答案沒有那麼簡單。」

「你沒有答案，」喬說：「問題就在這裡。你捏造答案；你不得不捏造答案，否則無法解釋你為什麼會出現在這裡，解釋你所謂的顯靈。」

「我沒那麼說，那是你和阿爾想出來的說法。別怪在我身上，那是你們兩個——」

「對於我們出了什麼事，誰攻擊我們，」喬說：「你知道的不比我多。葛倫，你沒辦法說出我們對抗的是什麼人，**因為你不知道**。」

朗西特說：「我知道我還活著。我知道我坐在半活賓館的面晤室裡。」

「你的身體躺在棺柩裡，」喬說：「就在善牧者葬儀社裡。你去看了嗎？」

「沒有，」朗西特說：「但那不是真的——」

「遺體萎縮了，」喬說：「和溫蒂、阿爾和伊笛一樣失去了質量，再過一會兒，我也會一樣。和你一模一樣，不會更好或更差。」

「你的情況不同，我用了尤比克——」朗西特還是沒把話說完。他臉上複雜的表情中也許有洞察，有恐懼，以及——喬實在說不出那是什麼情緒。「我幫你找到尤比克。」他終於把話說完。

「尤比克是什麼東西？」

朗西特沒有答案。

「你也不知道那是什麼，」喬說：「你非但不知道那是什麼，還不知道那東西為什麼有用。你甚至連尤比克從哪裡來的都不知道。」

朗西特難過地沉默許久。「你說得對，喬。一點也沒錯。」他顫抖地點了另一根菸。「但我想救你，這是真的。該死，我想救你們每一個人。」香菸從他的指間滑下來，掉到地毯上滾了開去。朗西特吃力地彎腰去撿，一臉顯然非常不愉快的樣子，幾乎可說是絕望的表情。

「我們在這裡，」喬說：「你坐在外面的面晤室，你根本沒轍，沒法救我們脫離這些事。」

「沒錯。」朗西特點頭。

「我們在低溫貯存艙裡，」喬說：「況且這裡還有別的什麼，是對半活中陰身來說，不太正常的狀況。阿爾推斷的沒錯，這裡有兩種力量互相拉扯，一個在幫助我們，另一個要摧毀我們。你站在想幫助我們的力量——或是組織、或人——的一邊。你從他們那裡取得尤比克。」

「是的。」

喬說：「所以我們沒有人知道是誰想摧毀我們，又是誰在保護我們。你在外界不知道，我們在裡頭也不曉得。說不定是小派。」

「我覺得是，」朗西特說：「我覺得她是敵人。」

喬說：「幾乎可以這麼說。但我的想法不同。」我不這麼想，他暗忖，我應該還沒跟敵人或朋友正面遭遇。

他想，但總有那麼一天的。再過不久，我們會知道誰是朋友誰是敵人。

「你確定嗎，」他問朗西特：「確定你是那場爆炸唯一的倖存者？先思考再回答。」

「我說過的，還有柔伊．渥特……」

「我是指**我們團隊裡**，」喬說：「柔伊．渥特沒和我們在同一個時空裡。我是指像小派之類的。」

「小派的胸腔震裂。她死於爆炸的衝擊，肺部塌陷及多處受傷，包括肝臟受傷，腿部三處斷裂。她的遺體離你只有一點五公尺。」

「我們其他人都一樣嗎？大家全都在此生摯愛半活賓館的低溫貯存艙裡？」

朗西特說：「唯一的例外是山米．孟度。他的腦部受到多重傷害，陷入昏迷，我們猜測他可能永遠無法醒來。他的皮質層……」

「這麼說，他還活著。他沒被放進低溫貯存艙。他不在這裡。」

「我不會說他還『活著』。他們為他做了大腦攝影，皮質層完全沒有活動，只能說是植物人了。沒有意識，不能動彈。孟度的大腦一點動靜也沒有。」

喬說：「所以你就完全沒想到要提這件事。」

「我現在說了。」

「我問了你才說。」他動起腦筋。「他離我們多遠？也在蘇黎世嗎？」

「對，我們全在蘇黎世。他在榮格醫院，離半活賓館大概四百公尺。」

「去請個通靈師。」喬說：「或找ＧＧ．愛許伍德，叫他掃描一下。」一個男孩，他暗想，亂七八糟、沒長全又不成熟的男孩。冷酷、沒定型，個性也特別。他自顧自想，也許這就對了。這吻合我們碰上的那些詭異矛盾事件，先拔了翅膀又插回去。或是一些短暫復原狀態，就像現在我辛苦爬梯來到這房間。

朗西特嘆了一口氣，說：「我們請過了。碰到這種腦損傷的例子，最尋常的做法就是透過通靈來溝通。但是沒有效果，一點也沒有用。前額葉沒有任何活動。我很遺憾，喬。」他滿是同情地搖晃偌大的腦袋，顯然能同理喬的失望之情。

朗西特拿下貼耳的塑膠耳機，對著視訊電話說：「我們再聊。」現在，他放下通訊設備，從椅子上僵硬地起身，面對置放在透明塑膠棺柩裡的喬．奇普站了一會兒。棺柩裡冰霧瀰漫，冰凍後，一動也不動的喬直挺挺地安靜站著，這一站可能是永遠。

「朗西特先生，你找我嗎？」馮．福格桑碎步跑進面晤室，逢迎阿諛的態度像極了馬屁精。「要我把奇普先生放回去，和其他人放在一起嗎？談話結束了是嗎？」

朗西特說：「談話結束了。」

「你的……」

「有，我成功聯繫到他，這次彼此都聽得很清楚。」他點了一根菸。他已經好幾個小時忙到沒空來抽根菸了。聯繫喬．奇普是個艱困又漫長的工作，到現在，這件事已經耗盡了他的精力。「這附近有沒有安非他命販賣機？」他問半活賓館老闆。

「在面晤室外面的大廳裡。」馮．福格桑討好地說。

朗西特走出面晤室，走向安非他命販賣機，投了銅板後按下選擇鈕，一顆熟悉的小東西噹一聲滑進取物槽。

藥物讓他舒服多了。但這時他才想到自己在兩小時後要和藍恩．倪吉曼碰面，不禁懷疑自己能否趕得到。他手頭事情太多，他想，我還沒辦法向公會提出正式報告，我得和倪吉曼通個視訊電話，把會議往後延。

他用付費電話打給人在北美邦聯的倪吉曼。「藍恩，」他說：「我今天沒辦法和你碰面了。過去十二個小時，我一直試著和放在低溫貯存艙的員工聯絡，現在累壞了。明天好嗎？」

倪吉曼說：「你越早提交正式報告，我們就能越早對霍立斯採取行動。我的法務部門說這案子很單純，他們等不及了。」

「他們覺得民事訴訟可以成立？」

「民事和刑事。他們和紐約地方檢察官一直保持聯絡。但是，在你向我們提出正式而且經過公證的報告之前……」

「明天。」朗西特向他保證。「我先睡個覺。這件事幾乎要了我的命。」他心想，我手下大將全折損了，尤其是喬・奇普。我的事務所精銳盡失，可能要好幾個月，甚至好幾年，才能恢復營業。天哪，他想，我要去哪裡找能夠取代這些人的反超能師？要去哪裡找像喬這樣的測試師？

倪吉曼說：「當然可以，葛倫。今晚先睡個好覺，明天紐約時間十點鐘到我辦公室和我碰面。」

「謝了。」朗西特說。他掛斷電話，重重地坐在和電話隔著一個走廊的粉紅色塑膠沙發上。他告訴自己，我找不到像喬一樣的測試師的。事實是，朗西特事務所毀了。

馮・福格桑再次出場。「朗西特先生，要我幫你拿杯咖啡過來嗎？還是再來一顆安非他命，或十二小時長效膠囊？我辦公室裡有二十四小時長效膠囊，只要來一顆，就算不能讓你整夜活力滿滿，至少也能維持好幾個小時。」

「整夜？」朗西特說：「我打算睡覺。」

「那來點……」

「走開。」朗西特惡狠狠地說。半活賓館老闆快步走開，終於還他一個清靜。朗西特自問，我為什麼要挑這個地方？我猜，是因為艾拉在這裡。畢竟這裡的設施最好，也就是如此，她才會被送到這裡來，也因此其他人才會在這裡。不久之前，這些員工還在棺柩的這一頭。這真是一場災難。

他想起艾拉。我最好再找她談一下，讓她知道事情的發展。畢竟我說過我會告訴她。

他起身去找半活賓館的老闆。

我這次還會遇到該死的裘瑞嗎？他自問，或是我能讓艾拉專心，聽我轉告喬說的話？現在裘瑞越來越強勢，要聯繫她變得好難。他不但會攔截她的，甚至還會攔截其他半活中陰身的訊號。半活賓館應該要想點辦法，裘瑞對這裡的每個人都是威脅。他們為什麼放任他繼續這麼做？

他想，也許是因為他們阻止不了他。

也許過去從來沒出現過像裘瑞這樣的中陰身。

15

湯姆，我是不是有口臭？呃，艾迪，如果你擔心口臭，那就試試全新尤比克強效殺菌泡沫配方。依指示使用，安全無虞。

老旅館的房間門打開，唐・丹尼和一個中年人走了進來。這個中年人看來值得信賴，灰白的頭髮修剪得很整齊。丹尼臉色焦慮地問：「你還好嗎，喬？你為什麼沒躺下？天哪，快上床去。」

「奇普先生，請你躺下來。」醫生邊說，邊把手提包放在化妝檯上然後打開。「除了感覺疲倦，呼吸困難之外，有沒有哪裡會痛？」他拿著舊式聽診器和笨重的血壓計走向床邊。「奇普先生，你有沒有心臟病史？你的父母親呢？請打開襯衫鈕子。」他拉了一張木椅到床邊，坐下來等喬回答。

喬說：「我現在沒事了。」

「讓醫生聽聽你的心跳。」唐簡短地說。

「好。」喬在床上躺平，解開襯衫鈕子。「朗西特成功和我聯絡上了。」他告訴丹尼：「我們在低溫貯存艙裡，他在另一個世界試圖和我們聯絡。有人想傷害我們。下手的不是小派，又或者就算是，她也不是單獨行動。不管是她或朗西特都不知道這是怎麼一回事。你剛剛開門時有沒有看到朗西特？」

「沒有。」丹尼說。

喬說：「才兩、三分鐘前，他就在這個房間裡，坐在我對面。在他切斷聯繫之前，他說的最後一句話是『我很遺憾，喬』。去看看那張化妝檯，看他有沒有留下那罐尤比克噴劑。」

丹尼找了一下，拿起一罐顏色豔麗的噴霧罐。「在這裡，但好像用完了。」丹尼拿起罐子搖一搖。

「幾乎空了，」喬說：「把剩下的噴在你自己身上。快。」他以手勢強調自己的話。

「別說話，奇普先生。」醫生正在使用聽診器。接著他捲起喬的袖子，把充氣式橡膠壓脈帶纏在他的手臂上，準備量血壓。

「我的心臟怎麼樣？」喬問道。

「顯然很正常，」醫生說：「雖然跳得有點快。」

「看吧，」喬告訴唐．丹尼：「我恢復了。」

丹尼說：「其他人快死了，喬。」

喬半坐起身子，問：「所有人嗎？」

「所有剩下的人。」丹尼拿著罐子，但沒有使用。

「小派也是？」喬問道。

「我剛剛在二樓出電梯時碰到她。她的狀況才剛開始。她好像受了很大的驚嚇，顯然難以置信。」他又放下罐子。「我猜她以為這一切都是她發動能力做出來的。」

喬說：「沒錯，她是那麼想的。你為什麼不用尤比克？」

「該死，喬，我們都會死。你知道，我也知道。」他摘下牛角框眼鏡，揉揉眼睛。「看到小派的狀況後，我立刻去其他房間，看看其他人。看**我們**這批人。所以才花了這麼久時間過來你這裡。我請泰勒醫生檢查過他們。我實在沒辦法相信大家衰退得那麼快。速度太驚人了。才過一小時——」

「用尤比克，」喬說：「不然我來噴在你身上。」

唐．丹尼再次拿起罐子，搖了搖，把噴口對準自己。「好吧。」他說：「既然你堅持，我也實在找不到理由不用。這就是終點了，對吧？我是說，大家都死了，只剩下你和我，你身上的尤比克再過幾小時就會失效。而且你再也拿不到。最後就只剩下我。」丹尼做出決定，按下噴霧罐的噴頭。充滿微小顆粒的金屬光芒舞動著，閃爍跳躍圍繞著他。唐・丹尼消失在光亮燦爛的噴霧後面。

本來在為喬量血壓的泰勒醫生停了下來，轉頭去看。他和喬看著噴霧落在地毯上變成一灘灘閃爍的小水坑，噴向丹尼背後牆面的噴霧則成了一道道明亮的水漬。

方才遮掩著丹尼的噴霧散開了。

站在那裡，站在骯髒地毯上、尤比克水漬中的人不是唐・丹尼。

那是個少年，身形消瘦，糾結的眉毛下方長了一對大小不一的黑眼睛。他的穿著與這個時代不符，白色快乾襯衫搭配牛仔褲和沒有鞋帶的便鞋。那是一身二十世紀中期的裝束。喬在他的長臉上看到一抹笑容，但那是個殘缺的笑容，橫裂的線條使笑容充滿了嘲諷與不屑。他的五官毫不搭調。綹折過多的耳朵和有如角質增生的眼很不搭，直溜溜的頭髮跟鬈曲眉毛交纏得也很不搭，還有那個鼻子，喬心想，太單薄，太尖銳，也真的太長。他的下巴沒能讓他的臉孔顯得更和諧，上頭有一道凹痕，這凹痕顯然深及骨頭……喬心想，造物主似乎在他的下巴重拳一擊，想藉此毀滅這個造物。只不過男孩的基礎結構太緊密強韌，沒有因此而碎裂。他的存在蔑視著製造他的力量，他嘲笑一切，也嘲笑造物主。

「你是誰？」喬問道。

男孩扭動指頭，這顯然是為了掩飾他的結巴。「有時候我自稱馬特，有時候是比爾，」他說：「但我大部分時間叫裘瑞。那是我的真名——裘瑞。」他說話時露出參差的灰牙和骯髒的舌頭。

好一會兒後，喬說：「丹尼在哪裡？他從來就沒走進這個房間，對吧？」他心想，丹尼和其他人一樣，死了。

「我很早以前就吃了丹尼，」裘瑞男孩說：「一開始就吃了，那是他們回紐約之前的事了。我最先吃掉溫蒂・萊特，丹尼是第二個。」

喬說：「你所謂的『吃』是什麼意思？」他納悶，難道就是字面上的意思？他感覺到胃部一陣翻攪。他的體內一陣翻攪，胃部的波動擴及全身，吞噬了他。然而，他總算成功地隱藏住這波反感。

「我一直在做同樣的事。」裘瑞說：「這很難解釋，可是我長期以來對很多半活中陰身都做過這事。我吃掉他們剩餘的生命。每具中陰身都所剩無幾，所以我必須吃很多。我本來會讓他們先進入中陰界，過一陣子再動手，但現在，如果我自己想活下去，就必須立刻吃掉他們的生命。如果你靠近我——我會張大嘴巴讓你聽——你能聽到他們的聲音。不是全部的人，只有剛吃下的那幾個。你認識的那幾個。」他用指甲摳上門牙，歪著頭看喬，顯然是等著聽他的反應。「你沒話要說嗎？」他問道。

「在樓下大廳裡讓我開始衰亡的人是你。」

「是我，不是小派。我在電梯旁邊的走廊上吃掉她，然後又吃了其他人。我以為你已經死了。」他把玩著還拿在手上的那罐尤比克。「我不懂尤比克是什麼成分，朗西特從哪裡拿到的？」他沉下臉。「但這不可能是朗西特，你是對的。他在外面。這東西來自我們的環境。一定是這樣的，因為除了語言文字，外界沒辦法傳遞任何東西進來。」

喬說：「這麼說，你動不了我。有了尤比克，你吃不掉我。」

「我不能立刻吃掉你。但是尤比克的效用遲早會消退。」

「這你沒法確定。你連尤比克是什麼或是從哪裡來的都不知道。」他心想，不知道我能否殺了這男孩。裘瑞看起來很脆弱。他告訴自己，但就是這傢伙殺了溫蒂。如今我終於跟這傢伙面對面了，我早就知道這天遲早會到。溫蒂、阿爾，真正的唐·丹尼——所有的人。這東西甚至吃掉了朗西特躺在葬儀社棺柩裡的遺體。他的遺體必定還有殘存的腦波活動或是其他能夠吸引它的因素。

醫生說：「奇普先生，我還沒能量到你的血壓。請你躺回去。」

喬瞪著他然後說：「他沒看到你的變化嗎，裘瑞？他沒聽到你剛剛說的話嗎？」

「泰勒醫生是我意志製造的產物，」裘瑞說：「一如這個偽世界的其他人。」

「我不相信。」喬說。他又對泰勒醫生說：「你聽到他剛剛說的話了吧？」

瞬間，醫生隨著一聲空洞的口哨消失。

「看到了嗎？」裘瑞得意地說。

「你殺了我以後要做什麼？」喬問男孩。「你會繼續保持這個一九三九年的世界，這個你所謂的『偽世界』嗎？」

「當然不會。沒必要。」

「這麼說，這個是為了我，光為我一個人而架構出來的。」

裘瑞說：「這個世界又不大。德梅因一家旅館，加上窗外的街道和幾個人、幾輛車。我可能還丟了一、兩棟建築進來，比方在你碰巧往外看到對街的那幾家店面。」

「所以，你不用維持住紐約或是蘇黎世那邊……」

「何必呢？又沒有人在那裡。你和你的隊友在哪裡我就去哪裡，根據你們的最低期待，建造出可以觸及的世界。當你從紐約飛來這裡時，我創造了好幾百公里的田野和一個又一個城鎮——那真的非常耗力，讓我不得不大吃特吃來彌補一下。事實上，那也是你來這裡後我必須這麼快解決其他人的原因。我必須補充能量。」

喬說：「為什麼選一九三九年？為什麼不是我們的年代，也就是一九九二年？」

「與我耗費的精力有關。我沒辦法阻止事物退化。我一個人做這些事負擔太大。我一開始創造了一九九二年，但接著一切開始崩壞。銅板、奶精、香菸等等你注意到的現象。接著朗西特一直想從外面突破，讓我更難做事。事實上，如果沒有他干預，我會做得更好。」裘瑞狡猾地咧嘴笑。「但是我不擔心時間倒流。我知道你會以為是小派動的手腳。那看起來就像是她才有能力辦得到的事。我想，也許你們其他人會殺了她。如果你們那麼做，我會看得很開心。」他笑得更愉快了。

「那你現在為什麼要為了我維持這家旅館和外面的街道？」喬說：「既然我都知道了。」

「我一直都是這麼做的。」裘瑞瞪大了雙眼。

喬說：「我要殺了你。」他跌跌撞撞地撲向裘瑞，高舉大張的雙手想掐住男孩的脖子，指頭摸索著氣管的位置。

裘瑞咆哮著張嘴咬他，灰牙像鏟子深深咬進喬的右手。兩人纏鬥的同時，裘瑞抬起下巴，嘴裡仍然咬著喬的手。裘瑞雙眼一眨也不眨地瞪著喬，呼嚕嚕地淌著口水想闔上下巴。男孩的牙齒陷得更深了，喬痛徹全身。他發現：他在吃我。「你辦不到。」他大聲說。他用另一隻手揮向裘瑞的鼻子，一拳接著一拳打。「我用了尤比克。」他狠狠打向裘瑞嘲弄的雙眼。「你吃不了我。」

「咯嚕嘎嚕。」裘瑞兩排牙齒像羊一樣橫向磨動，碾得喬痛到一腳踢向裘瑞。裘瑞鬆開牙齒，喬立刻往後爬，看著鮮血從被牙齒咬穿的洞口泉湧而出。他驚駭地想，天哪。

「你沒辦法對我做出你對他們做的事。」他找到尤比克，把噴嘴對著手上冒血的傷口，按下塑膠噴嘴，一股微弱的噴霧顆粒在他被咬破的手上形成一層薄膜，疼痛立刻消失，傷口就在眼前癒合。

「而你也殺不掉我。」裘瑞依然咧著嘴笑。

喬說：「我要下樓去。」他腳步不穩地走向門口，拉開房門。門外是昏暗的走廊，他踩著謹慎的步伐，一步步往前走。相對於這個不真實的世界，地板倒是很實在。

「別走遠了，」裘瑞在他身後說道：「我沒辦法維持住太大的區域。比方說，如果你坐進車裡開個幾公里……最後你會開到盡頭。到時候，你不會比我好過的。」

「我看不出我會有什麼損失。」喬走到電梯前，按下下樓按鈕。

裘瑞在他身後喊著：「我在設計電梯上碰到了一些困難，電梯太複雜。你最好走樓梯。」

喬又等了一會兒，最後決定放棄。他聽從裘瑞的建議走樓梯下樓——就是他剛才費盡千辛萬苦一步步爬上來的樓梯。

嗯，他心想，這是兩股力量的其中一股，裘瑞是摧毀我們的一方，而且除了我之外，裘瑞已經殺了其他人。裘瑞背後沒有別人，他是盡頭。但，我會見到另一股力量嗎？他想，可能來不及等那股力量發揮作用了。他再次看自己的右手，傷口已經完全癒合了。

來到大廳，他看著四周的人和天花板掛的水晶大燈。就許多方面來說，儘管是時間倒流後的過去版，裘瑞仍然做得很成功。很真實，他想，並感受到腳下地板的堅實。我沒法看穿這些。

他想，裘瑞一定有不少經驗，從前一定做過很多次。

他走到旅館櫃台前問職員：「請問有沒有推薦的餐廳？」

「沿街往前走，」在為信件分類的職員放下手上的工作，說：「右手邊有家鬥牛士餐廳，應該可以讓你滿意，先生。」

「我很寂寞，」喬突然有股衝動，說：「旅館可以安排嗎？有沒有女人？」

職員以不贊成的語氣斷然說：「**我們旅館**沒這種安排，先生。我們不拉皮條。」

「你們是乾淨又好的家庭旅館。」喬說。

「我們希望繼續保持下去，先生。」

「我只是在測試你，」喬說：「我想確定自己住的是哪種旅館。」他離開櫃台，再次穿過大廳，走下寬大的大理石前梯，推開旋轉門，來到外頭的人行道上。

16

早晨來碗營養滿點的尤比克穀麥片，讓你大口享受，回味無窮。大人口味穀麥片，更加鬆脆、有滋味。尤比克早餐穀麥片，滿滿一碗，豐盛每一天。請勿過量食用。

路上車子種類之多，讓喬為之咋舌。這些車子分別來自不同年代、廠商和型號。而且車子多半是黑色，這並非裘瑞的錯，其中的細節非常真實。

但裘瑞怎麼知道？

他想，怪了，裘瑞對於一九三九年怎麼會如此熟悉，我們沒有人經歷過這個年代——朗西特是唯一的例外。

忽然間，他頓悟了。裘瑞說的是實話；他原本打造的是他們的世界——或者，更正確的說法是他們那個年代，而不是一九三九的偽世界。時光倒流和事物衰敗不是他做的，儘管他努力抵抗，返祖現象還是自然發生。喬弄懂了，只要裘瑞的力量轉弱，就會出現這種現象。如同裘瑞說的，創造世界很耗費精力。這可能是他頭一次為這麼多人創造如此多樣化的世界。這麼多半活中陰身交纏在一起，不是尋常的事。

他心想，我們在裘瑞身上加諸了非比尋常的壓力，我們因此付出代價。

一輛方正的老舊道奇計程車從他身邊駛過，喬招手叫車，車子發出噪音，在路邊停了下來。喬心想，就來測試一下裘瑞的話吧，他說過，這個偽世界有邊界。喬告訴司機：「帶我在城裡繞繞，隨便你想開到哪裡都可以。我想盡可能多看點街道、建築和人。德梅因繞透之後，我還想請你開到鄰近的鄉鎮去看看。」

「我不開城鎮之間的遠程路線，先生。」司機說，幫喬拉開門。「但是我很樂意載你在德梅因逛逛。這是個好地方，先生。你不是愛荷華州的人，對吧？」

「我從紐約來。」喬說著，坐進車裡。

計程車駛回馬路。「你們紐約人對戰爭有什麼看法？」司機問道：「你們覺得我們會參戰嗎？羅斯福想要讓我們……」

「我不想討論政治或戰爭。」喬厲聲說。

車裡的兩人沉默了好一會兒。

看著窗外閃逝的建築、人和車子，喬再次自問裘瑞要怎麼維持這一切。他訝異地看著這許多細節。我應該很快就會到達邊界，應該馬上就到了。

「司機先生，」他說：「德梅因有沒有紅燈戶？」

「沒有。」司機說。

喬想，裘瑞也許辦不到，因為他還年輕。又或者他反對這事。他忽然覺得好累。我要去哪裡？他問自己。為了什麼去？只為了向自己證明裘瑞說的是實話？**我已經知道他說的是真的**，我親眼看到那名醫生消失，看到唐．丹尼變成裘瑞，這些應該夠了吧。我現在做的，只是增加裘瑞的負擔，而這麼一來，他的胃口會更大。他暗自決定：我最好還是放棄，做這些事沒有意義。

而且，就像裘瑞說的，尤比克的效用遲早會退去。搭車逛德梅因不是我人生最後幾小時會想做的事。一定還有其他事可做。

人行道上有個女郎慢慢走著，似乎在逛街欣賞櫥窗。女郎很漂亮，金色頭髮綁成麻花辮，套在襯衫外頭的毛衣沒扣上釦子，搭配鮮紅色的裙子和高跟鞋。「開慢一點，」他告訴司機：「停到那個綁麻花辮的女郎旁邊。」

「她不會和你說話，」司機說：「她會叫警察。」

喬說：「沒關係。」到了這時候，就算警察來，他也不在乎了。

老道奇笨拙地停到路邊，輪胎擦到人行道時發出嘎吱聲響，女郎抬起目光看過來。

「嗨，小姐。」喬說。

她好奇地看著他，溫暖、聰慧的藍色雙眸睜大了些，但眼神中沒有反感或戒備。相反地，她似乎出自友善的角度，覺得他有趣。「有什麼事嗎？」她說。

「我快死了。」喬說。

「天哪，」女郎關切地問：「你……」

「他沒生病，」計程車司機插嘴：「他一直想找女人。他只是想搭訕。」

女郎笑了，笑聲中沒有敵意，而且人也沒有走開。

「晚餐時間快到了，」喬說：「我想邀妳去鬥牛士餐廳，聽說那地方不錯。」他現在更累了，疲倦的重量壓在他身上，他焦慮又恐懼地發現，這種疲倦，和稍早他在旅館大廳裡拿警方罰單給小派看時的疲憊相同。再加上那股寒意。置身低溫貯存艙的感覺又回來了。他想，尤比克的效力正在消退。我的時間所剩不多了。

他臉上一定流露出某種表情，因為女郎走向他，來到計程車的窗戶邊。「你還好嗎？」她問道。

喬費力地說：「我快死了，小姐。」他手上被裘瑞咬破的傷口開始抽痛，傷痕再次浮現。光這一點，就足以讓他害怕。

「請司機載你去醫院。」女郎說。

「我們可以共進晚餐嗎？」喬問她。

「你想和我一起吃晚餐？」她說：「就在你——生病的時候？你病了嗎？」她拉開車門。

「你要我陪你去醫院，是嗎？」

「去鬥牛士餐廳。」喬說：「我們去吃點煨火星螻蛄排。」他這時想起這個年代沒有這道進口美食。「我是說，去骨肋眼牛排。」他說：「牛肉。妳喜歡牛肉嗎？」

女郎坐進車裡，對司機說：「他想去鬥牛士餐廳。」

「好的，女士。」司機說。計程車再次開回路上。司機在下一個路口迴轉，現在喬明白了，我們正要前往餐廳。但我懷疑自己能不能撐到那時候。疲倦和寒意徹底占據喬的身子，他覺得自己的身體機制開始一個接著一個關閉，器官不再有未來。肝臟不需要製造血紅素，腎臟不需要排泄廢物，腸子不再有任何作用。他只剩下還在跳動的心臟，和越來越困難的呼吸。每次他吸氣，就覺得胸腔裡彷彿有塊大石。他想，那是我的墓碑。他看到自己的手又開始流血，濃稠的血液一滴接著一滴，緩慢地流出來。

「要來根鴻運香菸嗎？」女郎問他，把香菸盒遞向他。「和廣告上說的一樣，他們的菸烘烤過。廣告詞『鴻運就是好菸』是一直到……」

喬說：「我叫做喬．奇普。」

「你想要我把我的名字告訴你嗎？」

「對。」喬的聲音沙啞。他閉上眼睛，沒辦法再繼續說下去了，至少暫時不行。「妳喜歡德梅因嗎？」一會兒後，他才問道。他藏起右手，不讓她看見。「妳在這裡住很久了嗎？」

「你好像很累，奇普先生。」女郎說。

「喔，該死的。」他揮手比劃著，「那不重要。」

「很重要。」女郎打開皮包，俐落地在裡面找東西。「我不是裘瑞製造的幻影人，我和他不一樣……」她指著司機。「我也不像這些老舊的商店、房子、這條昏暗的馬路和這些開著過時車輛的人。來，奇普先生。」她從皮包裡拿出一個信封遞給他。「這是給你的。立刻打開，沒想到我們兩個都耽擱了這麼久。」

喬用沉重的指頭撕開信封。

裡頭是一張證書，正式的證書上有美麗的裝飾。然而喬看不清楚上面印刷的字體，他現在已經疲倦到沒辦法閱讀。「上面寫什麼？」他問她，把證書放在腿上。

「這是尤比克製造公司發的保證書，」女郎說：「確保奇普先生擁有終身免費的尤比克可以使用，免費，是因為我知道你的經濟困難和你的，怎麼說呢，你的特殊習性。證書背面有所有販售尤比克的藥局。名單上有兩家——不包括關門的那家——在德梅因。我建議我們在吃晚餐前先去其中一家。」她往前靠，遞給司機一張已經寫了字的紙條。「載我們去這裡。開快一點，他們馬上要關門了。」

喬氣喘吁吁地往後癱靠在座椅上。

「我們會及時趕到藥局的。」女郎說，一邊安撫地拍他的手臂。

「妳是誰？」

「我叫做艾拉。艾拉·海德·朗西特，你老闆的妻子。」

「妳和我們在一起，」喬說：「妳在我們這邊，妳也在低溫貯存艙裡。」

「你很清楚，我在這裡很久了。」艾拉·朗西特說：「我想，再過不久，我會經過另一個子宮重生。至少葛倫是這麼說的。我一直夢到朦朧的紅光，那不是好事，那不是適合出生的好子宮。」她的笑聲飽滿又溫暖。

「**妳就是另一股力量**，」喬說：「裘瑞摧毀我們，妳努力拯救我們。在妳背後沒有別人，就像裘瑞一樣。我終於接觸到最終的幕後人物。」

艾拉挖苦地說：「我從來不把自己當作『人物』看待，我通常覺得自己就只是艾拉·朗西特。」

「但那是事實。」喬說。

「是的。」她鬱悶地點點頭。

「妳為什麼要和裘瑞唱反調？」

「因為裘瑞侵犯了我，」艾拉說：「他用威脅你們的方法威脅過我。我們都知道他會怎麼做，他在你旅館房間裡親口告訴過你。有時候他會變得很強大，某些時候，在他們喚醒我、好讓我和葛倫談話時，他會排擠掉我的訊號。但不管有沒有尤比克，我似乎都比大部分中陰身更能對付他。就像是，我比你們整組人加在一起都強。」

「確實是。」喬說。這當然是真的，而且經過證實。

「我重生後，」艾拉說：「葛倫就沒辦法再找我商量事情了。奇普先生，我之所以幫助你，是有個非常自私、實際的原因。**我想要你取代我**。我想要有人能提供葛倫意見和協助，有個可以讓他依靠的人。你會是個理想人選，你可以在中陰世界做你在世時的工作。所以，就某種層面來說，我的做法並不高尚，我救你，是因為有我私心的考量。」她補充道：「而且，天哪，我討厭裘瑞。」

「妳重生後，」我說：「我不會被毀滅嗎？」

「你會有用不完的尤比克，我給你的證書上寫了。」

喬說：「說不定我可以打敗裘瑞。」

「你是說，毀滅他？」艾拉沉思著。「他有他的弱點。也許時間一久，你會學到如何制衡他。我覺得你最多只能抱著這樣的希望，我不確定你是否真能摧毀他——或是換個說法，吃了他——像他對待半活賓館裡放在他身邊的中陰身那樣。」

「該死的，」喬說：「我要把這個狀況告訴朗西特，要他把那個裘瑞移出半活賓館。」

「葛倫沒權那麼做。」

「那個馮．福格桑不能——」

艾拉說：「裘瑞的家人每年付福格桑一大筆錢，想盡辦法讓半活賓館把裘瑞和其他人放在一起。而且，每個半活賓館都有自己的裘瑞。只要有半活中陰身，這場戰鬥就會存在，這是中陰界的事實和規則。」她停了下來，臉上首次出現憤怒的情緒，緊繃的表情打破她的平靜。「這場仗必須在我們這邊結束。」艾拉說：「由我們這些遭到裘瑞獵食的中陰身來對抗。奇普先生，在我重生後，你必須接下重責大任。你覺得你辦得到嗎？這個任務不容易。裘瑞會不斷來吸食你的力量，把重擔壓在你身上，讓你覺得——」她猶豫一下，接著說：「覺得死亡即將到來。事實上確實會。因為我們在中陰界會逐漸凋謝。裘瑞只是加快這個速度。無論如何，疲倦和寒冷都會到來，只是沒那麼快。」

喬心想，我會記得他對溫蒂做了什麼事，光這件事，就足以讓我繼續奮鬥。

「小姐，藥局到了。」司機說。方正的老道奇計程車停到路邊。

喬拉開車門，邊發抖邊下車。艾拉．朗西特說：「我不陪你進去了。再見。感謝你對葛倫的忠誠。謝謝你即將要為他做的一切。」她俯身親吻他的臉頰，他覺得她的嘴唇充滿了生氣，而其中部分活力似乎傳遞到他身上，他覺得自己強壯了些。「對抗裘瑞的路上，祝你好運。」她往後坐好，皮包放在腿上，讓自己鎮定下來。

喬關上計程車門，站了一下，然後才猶豫不決地走進藥局。計程車在他身後噗噗地開走，他聽得到，只是沒去看車子離開。

藥局的氣氛莊重，室內由燈光照明。一名穿著深色西裝，打著蝴蝶結領帶，灰色長褲燙得筆直的禿頭藥劑師走過來。「先生，我們打烊了，我正要來鎖門。」

「可是我進來了，」喬說：「而且我要領藥。」他把艾拉稍早給他的證書拿藥劑師看，後者瞇著眼，透過圓形無框眼鏡審視以歌德字體印刷的證書。「你打算拿藥給我嗎？」喬問道。

「尤比克，」藥劑師說：「我記得我們缺貨。讓我看看。」他走開去。

「裘瑞。」喬說。

藥劑師轉過頭，說：「先生？」

「你是裘瑞。」喬說。我現在分辨得出來了，他這麼跟自己說。現在只要見到他，我就能認出他來。「你創造了這家藥局，」他說：「還有藥局裡的所有東西，只有尤比克例外。你沒辦法控制尤比克，那是艾拉帶來的。」他強迫自己一步一步走到櫃台後面去看放醫藥用品的架子。在昏暗的光線下，他一層一層地找，想找出尤比克。藥局裡的光線暗了下來，古董擺設逐漸褪去。

「我把這家藥局裡的尤比克都帶回過去了，」藥劑師用裘瑞年輕高亢的聲音說：「變回肝腎軟膏。那東西沒有用了。」

「我去另一家賣尤比克的藥局。」喬說。他斜靠在櫃台邊，忽淺忽深、痛苦地緩緩呼吸。藏在禿頭藥劑師體內的裘瑞說：「等你到，那家藥局也關門了。」

「明天，」喬說：「我可以撐到明天早上。」

「你不行，」裘瑞說：「而且那家藥局的尤比克也會退化。」

「我到另一個城市。」喬說。

「無論你到哪裡，尤比克都會退回過去的形式。回到軟膏、粉末、萬靈丹的型態。喬．奇普，你永遠找不到噴霧劑。」扮成禿頭藥劑師的裘瑞面帶微笑，露出賽璐璐片似的兩排牙齒。

「我可以——」喬說不下去了，他只想努力聚集潰散的精力，努力以自己的力量溫暖僵硬、冰冷的身軀。「把尤比克帶回現代，」他說：「帶回一九九二年。」

「你辦得到嗎，奇普先生？」藥劑師遞給喬一個方形紙盒。「來，給你。打開盒子，你會看到——」

喬說：「我知道我會看到什麼。」他把全副注意力放在裝肝腎養護膏的藍色玻璃瓶上。進化吧，他對玻璃瓶說。他將所剩無幾的力量灌注在瓶子上。玻璃瓶沒有變化。這是個尋常世界，他對瓶子說。「噴霧罐。」他大喊，隨後閉上眼睛，歇一歇。

「那不是噴霧罐，奇普先生。」藥劑師說。他在藥局裡走來走去，關掉電燈，敲下收銀機的按鈕，讓抽屜彈出來，熟練地把抽屜裡的鈔票和零錢放到帶鎖頭的金屬盒裡。

「你是噴霧罐。」喬對著拿在手上的紙盒說：「這是一九九二年。」他竭盡全力，全心全意投入在這番努力當中。

假冒的藥劑師關掉最後一盞燈，如今室內唯一的光線來源，只剩下外頭的街燈。喬藉著微弱的光線，看到手上東西的輪廓：還是個方盒子。藥劑師拉開門，說：「走囉，奇普先生，該回家了。她錯了，對不對？而且你再也不會見到她，因為她走了好遠，踏上重生之路，她不會再想到你，想到我或朗西特。艾拉現在看到的是各種光束，昏紅的，也許還有鮮橘色——」

「我手上拿著的，」喬說：「是一罐噴霧劑。」

「不是，」藥劑師說：「很遺憾，奇普先生，我真的很遺憾。但那真的不是。」

喬把紙盒放在身旁的櫃台上。他維持尊嚴地轉過身，踏上穿過藥局走到藥劑師拉開的門口這段漫長緩慢的旅程。他們都沒說話，最後，喬穿過門口，走到夜晚的人行道上。

在他身後，藥劑師也走了出來，彎身鎖上門。

「我想，我會向製造商抗議，」喬說：「有關——」他不再說話。有個東西卡住他的喉嚨，讓他無法呼吸、不能說話。接著，在阻塞感消退了些後，他才把話說完：「投訴你們這家時間倒流的藥局。」

「晚安。」藥劑師說完，還在原地站了一會兒，看著夜色裡的喬。接著他聳聳肩，走了開去。

喬看到左手邊有張用來等待街車的長椅。他千辛萬苦走過去坐下來。其他兩、三個人往旁邊擠，不是出於反胃就是為了留點空間給他。他不知那個理由才對，但他不在乎。他只感覺得到長椅支撐著他，分散了部分壓住他的重量。我還能再撐個幾分鐘吧，他告訴自己，如果我記的沒錯。天哪，要撐過這個過程真不容易，何況是第二次。

無論如何，他努力過了。他看著閃爍的黃色燈光和霓虹燈招牌，看著眼前穿梭的車流。他心想，朗西特沒有聽任命運處置而是全力反擊，艾拉也是努力奮鬥了很久時間。他想，該死的，我差點就成功地讓一瓶尤比克肝腎養護膏回到現在。差一點就成功了。意識到這點很有價值，他發現了自身的強大力量，他最終的超越，已然完成。

偌大的金屬街車戛然停在長椅前。喬身邊的幾個人站起來，匆匆走向後門準備上車。

「嘿，先生！」車掌對喬嚷嚷：「你要不要上車？」

喬沒有說話。車掌等了一會兒才拉動信號繩。街車發出吵雜的聲音離開，繼續往前走，最後從他的視野中淡去。喬聽著車輪發出的噪音逐漸消失，心想，祝福你們，再見了。

他往後躺，閉上眼睛。

「抱歉。」黑暗中，有個身穿仿鴕鳥皮大衣的女郎俯身和他說話。他抬頭看她，不怎麼樂意地清醒過來。「是奇普先生嗎？」她說。這名女郎漂亮又苗條，戴著帽子和手套，腳踩高跟鞋。她手上拿著某個東西，他看到那東西的輪廓。「紐約朗西特事務所的奇普先生嗎？我不想把東西給錯人。」

「我是喬．奇普。」他說。這當下，他以為女郎是艾拉．朗西特。但是他從來沒見過這女郎。「誰派妳來的？」他說。

「宋德巴博士，」女郎說：「小宋德巴博士，創辦人宋德巴博士的兒子。」

「那是誰？」這名字對他沒有意義，但接著他想起自己在哪裡看到過。「研發肝腎軟膏的人，」他說：「加工的夾竹桃葉、薄荷油、炭、氯化鈷、氧化鋅——」他疲倦得說不下去。

女郎說：「最新科技**足以**逆轉時光倒流，而且任何住在大樓公寓的人都負擔得起。全球各大居家用品店都買得到尤比克。所以，請上你經常購物的地方找，奇普先生。」

喬這下子完全清醒了，他說：「去**哪裡**找？」他掙扎起身，搖搖晃晃地站著。「妳是從一九九二年來的，妳剛剛說的話來自朗西特的電視廣告。」傍晚的風襲來，他覺得風拉扯著他，彷彿要把他帶走。他就像一束破碎的布料，連站都站不穩。

「是的，奇普先生。」女郎把包裹遞給他。「你不久前在藥局裡的作為把我從未來帶過來。你直接把我從工廠召喚過來。奇普先生。如果你太虛弱，我可以幫你把尤比克噴在你身上，好嗎？我是公司正式代表兼任技術顧問，知道如何使用尤比克。」她俐落地拿回他用顫抖雙手握住的罐子，撕開包裝，將尤比克噴在他身上。暮色中，他看到噴霧顆粒閃爍發光，看到包裝上愉快的彩色。

一會兒後，當他覺得舒服又暖和些後，他說：「謝謝妳。」

女郎說：「你現在需要的量沒有稍早在旅館房間裡來的多，你一定比之前強壯。來，整罐拿著，明早之前你可能還需要。」

「這罐用完後，我還拿得到嗎？」喬說。

「那當然，如果你這次能讓我來，以後應該也可以。用同樣的方式。」女郎說完話便離開，融入打烊店鋪高牆投下的陰影中。

「尤比克是什麼東西？」喬說。他想讓她留下來。

「尤比克噴霧劑，」女郎回答：「是一種可攜帶型負離子噴劑，高伏特低安培，供電來源是峰值增益為二萬五千伏特的氦電池。負離子在偏向加速箱裡以逆時針方向旋轉，過程中產生的向心力不會讓負離子消散，反而是緊密結合在一起。負離子場會減緩大氣中的反原位相子速度；一旦降速，它們就不再是反原位相子，而根據守恆定律，它們也就不能再跟低溫貯存艙裡的人投射出的原位相子結合，也就是那些處在中陰身的人。如此一來，沒被反原位相子抵銷的原位相子比例增加，這意味著，在特定時間內，原位相子的活動增量了……受此影響的半活中陰身會感受到更旺盛的活力，低溫貯存艙帶來的低溫衝擊感也會較為緩和。因此你就能了解型態退化的尤比克為什麼不能——」

喬本能地說：「『負離子』有贅字，離子本身就帶負電。」

女郎又走開了。「我可能還會再見到你。」她溫和地說。「幫你帶尤比克過來很有收穫，說不定下次——」

「說不定我們可以共進晚餐。」喬說。

「很期待。」她走得越來越遠。

「尤比克是誰發明的？」喬問道。

「一群受到裘瑞威脅的中陰身。但主要是艾拉．朗西特。她和他們一起努力了很久時間到現在，尤比克的產量還不是很大。」她不著痕跡地一步步從他身邊退開，最後消失了蹤影。

「我們到鬥牛士餐廳去，」喬在她身後喊著：「裘瑞應該下了很大的工夫。要不然就是不知做了什麼事，讓那家餐廳退化得剛剛好。」

喬．奇普小心翼翼地帶著尤比克噴霧罐走向傍晚的車流，尋找計程車。

他就著街燈的光線，拿起尤比克噴霧罐，讀印在標籤上的字。

她的名字好像是米雅．藍尼。

噴霧罐背面有

地址和電話。

「謝了。」喬對噴霧罐說。他心想，有機靈體透過語言和文字，來到我們這個新環境，給我們許多協助。現世靈體既英明睿智又具備實體，他們照看我們，他們那邊的某些元素侵入我們的世界，但那些是我們能夠欣然接受的片段，宛如我們生前的心臟跳動。在這些人當中，他心想，我特別感謝葛倫・朗西特——各種說明書、標籤和字條的作者。彌足珍貴的字條。

他抬起手攔車，一輛一九三六年的格藍姆計程車急煞車停下來。

17

我是尤比克，創世以先，我已存在。我造太陽，造世界，造生命及其居所。我讓他們這裡來，那裡去。指引他們行路，教導他們辦事。我是「道」，但無人提及，無人知曉。我名被稱為尤比克，但那非我真名。我存在，直到永永遠遠。

葛倫．朗西特找不到馮．福格桑。

「妳確定妳不知道他在哪裡？」朗西特問半活賓館老闆的祕書：「我必須和艾拉說話。」

「我會請人把她移出來，」比森小姐說：「您可以用四B辦公室。朗西特先生，請您在那裡稍候，我馬上安排您的妻子過來。您先隨意休息一下。」

朗西特找到四B辦公室，在外面焦躁地踱步。最後，半活賓館的員工終於用手推車推著艾拉的棺柩出現。「對不起，久等了。」員工說。他一邊架設電子通訊設備，一邊愉快地哼著歌。

沒多久，他便完成了架設工作。這名員工再次檢查迴路，滿意地點頭，準備離開辦公室。

「這是給你的。」朗西特說，將自己從幾個口袋裡掏出來的銅板交給半活賓館員工，說：「感謝你高超的辦事效率。」

「謝謝你，朗西特先生。」員工說。他瞥了銅板一眼，皺起眉頭，問：「這是什麼貨幣？」

朗西特仔細看著那幾枚銅板，立刻看出員工的疑問。很明顯，這些銅板沒有銅板該有的樣子。他自問：這是誰的頭像？這三個銅板上是什麼人？根本不是正確的人。而且這人我很熟，我認識他。

接著他認出頭像。他心想，真不知道這是什麼意思。這真是我見過最弔詭的事了。生命中大部分的怪事都能解釋，但是——五十分錢的銅板上有喬．奇普的頭像？

這是他第一次看到喬．奇普幣。

他有種毛骨聳然的直覺，如果他繼續翻口袋或鈔票夾，他會看到更多。

而這才只是剛開始。

附錄

菲利普・狄克演講稿

如何建構一個不會在兩天後分崩離析的宇宙

首先，在用尋常科幻小說作者的言論惹你們厭煩之前，請容我以迪士尼樂園的風格跟各位致上正式問候。我自詡為迪士尼樂園的發言人，因為樂園離我住處不過幾公里遠——倘若這還不夠，我可是曾經有幸在那裡接受巴黎電視台的訪問。

訪問過後，我臥病在床好幾個星期。我想，問題肇因在於旋轉咖啡杯。當初那段影片的製作人伊麗莎白．安堤比希望我和諾曼．斯賓拉德[1]——他是我的老友，也是極為出色的科幻小說家——坐在旋轉咖啡杯裡，邊轉邊討論法西斯主義的崛起。我們也討論了水門案，但地點在虎克船長那艘海盜船的甲板上。攝影機轉開時，戴著米老鼠大耳朵帽子的小孩在我們身邊跑來撞去，伊麗莎白還會問我們一些意想不到的問題。當天，諾曼和我一心只想修理那些孩子，因此說了些愚蠢無比的話。但是今天，我必須對自己所言負起全責，因為你們當中沒人戴著米老鼠帽，也沒人把我當作海盜船的設施來爬。

很抱歉，我必須說：科幻小說作家什麼也不知道。我們不能談科學，因為我們對科學的知識既有限又不正式，而且我們的小說都不怎麼合人意。幾年前，沒有任何學院或大學會考慮邀請我們去演講。我們的作品雖有幸刊登在驚悚類廉價雜誌上，卻未曾在讀者心裡留下痕跡。那段時間，朋友會問我：「你幹麼不認真寫點東西？」意思是：「除了科幻小說，你還寫其他作品嗎？」我們渴望得到接納，我們希望受到矚目。接著，學術界突然注意到我們，我們受邀演講，出現在公布欄看板上——然後讓自己出醜。提問其實很簡單：科幻小說作家知道什麼？是哪種主題的權威？

這讓我想起，在飛到加州來之前，一份加州報紙的標題是：「**科學家表示，不可能讓老鼠看來像人類**。」我猜，那是聯邦贊助的研究計畫。想想看，這世界上竟有人是「老鼠能不能穿上雙色鞋，戴圓頂紳士帽，穿條紋襯衫搭化纖長褲，然後假裝是人類」這個主題的權威。

嗯，我來告訴大家我對什麼有興趣，覺得什麼才重要。我不能聲稱自己是哪方面的權威，但是我能老實說出哪些事讓我深深著迷，我可以一直拿來當創作主題。持續強烈吸引我的兩個主題是：「什麼是真實存在的事物？」以及「真正的人由什麼要素構成？」在我出版小說、寫故事的過去二十七年間，我一再研究這兩個互有關連的問題。我認為這是兩個重要的主題。我們是什麼？以及，圍繞著我們，所謂的「非我」、經驗主義世界或現象界是什麼？

一九五一年，我賣出了處女作[2]，當時，我完全沒想到科幻小說界會有人研究這兩個基本

譯註——

1 Norman Spinrad（1940-），美國科幻小說家、散文家、評論家，也曾為《星艦迷航記》編劇。

2 菲利普．狄克作品〈嗥〉（Roog）。

問題，於是我開始不自覺地持續研究起來。我的第一個故事是講，一隻狗想像每星期五早上現身的垃圾清運工是小偷，偷一家人特地用金屬容器保存起來的食物。這家人每天都用紙袋裝起熟透的美食塞到金屬容器裡，還把蓋子蓋緊——等容器裝滿後，那些面貌可憎的傢伙就會偷走一切。

故事的最後，那隻狗開始想像，總有一天，垃圾清運工會吃掉家裡的人，偷光他們的食物。想當然耳，那隻狗錯了。我們都知道垃圾清運工不吃人。但那隻狗的推斷很合邏輯——這是以牠掌握的事實來看。故事裡的狗是真實角色，我從前會看著牠，想一探牠的腦袋，想像牠如何看待這個世界。當然了，我最後決定那隻狗看世界的方法和我——或**任何一個**人類——不盡相同。然後我開始想，也許每個人都活在獨特、個人的世界裡，和所有其他人類生活、經驗的世界完全不同。這讓我納悶，如果每個人眼中的現實都不同，我們能說這世界只有單一個現實？不是應該要說是複數的現實才對嗎？如果現實不只一個，那麼，是不是會有某些人的現實比其他人更真實？思覺失調症患者的世界又該如何看待？說不定他們的世界和我們的一樣真實。也許我們不能說自己與現實接軌而他們沒有，應該說，他們的現實和我們的不同，只是他們無法向我們解釋他們的現實，反之亦然。那麼接下來的問題就是，如果每個人經驗到的主觀世界如此不同，溝通也就要大崩潰……也可說是麻煩大了。

我曾經寫過一個故事[3]：有個男人受傷被送進醫院，院方在動手術時才發現他是個仿生人，不是人類，但主角本人並不曉得。院方不得不將這個情況告訴他。故事主角，葛森．普爾先生幾乎立刻發現他的現實架構於胸腔裡一卷卷的資料打孔帶上。他一入迷，便開始補滿某些孔，又另外打新孔。而他的世界也隨即改變。他打個新孔，一群鴨子就飛進房裡。最後他把打孔帶全剪斷，他整個世界隨之消失。然而，書中其他角色的世界也不見了⋯⋯如果你們仔細想，就會發現這沒道理。除非其他角色也是他打孔帶編造出來的人物。但我猜他們應該是。

當我寫到提及「何謂現實」的小說或短篇故事時，我一直希望有一天能得到答案。這同時也是我大部分讀者的期待。多年過去，我寫了超過三十本長篇小說和上百則短篇故事，但仍然摸不清什麼是現實。一天，加拿大某學院有個女學生要我為她定義現實，當時她正在寫哲學課的報告。她想要我用一句話回答。我想了想，最後說：「現實是，當妳不再相信它時，它也不會消失。」我只能想出這個答案。當年是一九七二年，到目前，我還沒找到其他更明顯易懂的

譯註

3 菲利普．狄克作品《The Electric Ant》，一九六九年發表。

方法，來界定現實。

但這個難解的問題真的存在，不僅僅是個智力遊戲。因為在我們今天身處的社會，媒體、政府、大型企業、宗教團體、政治團體製造了許多幾可亂真的偽現實，這些偽世界透過電子媒介傳達到讀者、觀眾和聽者的腦裡。有時，看著我十一歲的女兒看電視，我會懷疑她從中學到什麼。想想，問題在於誤導。小孩子觀看為成人製作的電視戲劇節目，其中說的話、做的事，很可能會遭到誤解。或者**全部**遭到誤解。而且重點是，就算孩子能正確了解，節目中又有多少資訊正確無誤？戲劇節目的平均情況和現實的關係為何？警匪片呢？警匪片中，車子不斷失控、衝撞和起火。警方永遠是好人，而且永遠是贏家。別小看這一點：警方永遠是贏家。這是什麼樣的教訓：你們不該挑戰權威，即使你們挑戰了也會輸。這裡傳達的訊息是：**要順從**，還有，要合作。如果巴瑞塔警官[4]問你什麼事，告訴他就對了，**因為巴瑞塔警官是好人，可以信任。他愛你，而你也該愛他**。

所以，在我的作品中，我會問：什麼是現實？因為，許多老於世故的人利用精密電子機器，不停用偽現實轟炸我們。我不是不信任他們的動機，我不信任的是他們的權力。而他們掌握的權力不只大而且還很驚人，足以創造整個宇宙——心靈的宇宙。我應當知道的。我自己也做同樣的事。我的工作就是創造不同的宇宙來當作一部部小說的基礎。而且，我架構的方式，是不能讓宇宙在兩天後分崩離析。至少，我的編輯抱著那樣的希望。然而，我要透露一個祕密：我喜歡架構會分崩離析的宇宙。我喜歡看著那些宇宙潰散，然後看小說中的角色如何處理這些問題。背地裡我是很喜愛混亂的。混亂應該要更多才是。別相信——我說這話時可是非常認真的——而且別假設對社會或宇宙而言，秩序與穩定一定是好的。老舊、僵化必須讓位給新生命和新生事物。在誕生新事物之前，舊的必須消滅。這是個危險的領悟，因為這代表我們終究得向自己熟悉的一切道別。那很傷感情的。但那是人生劇本的一部分。除非我們在心理上能夠適應這個改變，否則我們自己的內心會開始死去。我要說的是，事物、習俗、慣例和生活方式必須毀滅，真正的人類才能活下去。最重要的是真正的人，能夠生長、有彈性，能夠吸收、處理新事物的有機體。

當然了，**我**能這麼說，是因為我住在迪士尼世界附近，他們不斷地添加新設備、銷毀舊設施。迪士尼世界是個進化中的有機體。幾年來他們一直有一個擬真林肯像，而一如林肯本人，擬真人像也是來了又去的物質能量。無論你們是否喜歡，我們每個人都一樣。

譯註——

4 Baretta，一九七五到一九七八年間播出的電視警探節目。

「前蘇格拉底」時期的希臘哲學家巴門尼德教我們的是，真實事物是那些永遠不會改變的事……同時期的希臘哲學家赫拉克利特則教我們一切都會改變。如果把他們兩人的看法交疊在一起，我們會得到一個結果：沒有任何事是真實的。這個想法有引人入勝的下一步：巴門尼德應該從未存在，因為他會變老，死亡然後消失，所以，根據他自己的哲學，他並不存在。而赫拉克利特可能是對的——我們不要忘了這個可能性；如果赫拉克利特是正確的，那麼巴門尼德就確實存在過。而因此，依據赫拉克利特的哲學，或許巴門尼德也是正確的，因為巴門尼德滿足了赫拉克利特評斷事物是否為真的條件以及標準。

我提出上述觀點，只是想證明，一旦我們提出問題，想知道什麼是最終的「真」時，我們立刻會開始胡說八道。另一位同為「前蘇格拉底」時期的希臘哲學家芝諾，證明運動變化是不真實的（事實上，他只是想像自己證明了這點，嚴格說來，他缺乏的是「極限之理論」）。最徹底的懷疑論者蘇格蘭哲學家大衛．休謨，就曾批評那群為了懷疑論是不是一門哲學而聚眾討論的懷疑論者，散會後還不是很理所當然地拿門當門走出去，而不是翻窗離開。我懂休謨的意思，這些嚴肅的哲學家都只是說說，並沒有認真看待自己說的話。

但我認為定義何謂「真」是一個嚴肅的主題，甚至可說是個極其重要的主題。而在茫茫題海中還有另一個主題：如何定義「真正的人」。因為俯拾皆是的偽現實開始迅速製造出偽人類，以假亂真的人類——就跟從四面八方壓迫著他們的資訊一樣虛假。我這兩個主題其實是一個，在這裡結合在一起。偽現實會創造出偽人類。又或者說，偽人類會製作偽現實，然後把偽現實賣給其他人，最後把其他人轉變成偽造的自己。所以，最後我們得到的結果是：偽人類創造偽現實，然後兜售給其他偽人類。這儼然是巨型版本的迪士尼世界。你們可以搭海盜船，去看擬真的林肯或來一趟蟾蜍先生瘋狂大冒險——甚至你可以**全都要**，但當中沒有一樣是真的。

在寫作過程中，我對「假冒」產生了無比的興趣，於是有了「偽假冒」的概念。舉個例子來說好了，迪士尼世界裡有很多電子假鳥，當你經過時，那些假鳥會發出叫聲。假設哪天晚上我們一起溜進遊樂園，用真鳥取代那些假鳥。你可以想像遊樂園員工發現這個殘酷的玩笑會有多驚恐。真鳥！說不定還有真河馬、真獅子。夠震撼的吧。邪惡的力量讓遊樂園巧妙地由偽變真。又比方說，假如園區裡的馬特洪峰變成覆蓋著白雪的真山呢？如果透過上帝的力量和智慧，整個地方在眨眼間變成不收費的場所，他們豈不是要關門？

柏拉圖在《第邁歐篇》提到神沒有創造宇宙——和基督徒的上帝不同——祂只是在某天發現了宇宙。當時宇宙一團紊亂，於是神著手建立秩序。這個想法很吸引我，我為自己的知識需求稍作修改：有沒有可能我們的宇宙一開始不怎麼真實，就跟印度教的說法一樣，是某種幻覺，但上帝出自對我們的愛和仁慈，慢慢又**祕密地**將宇宙改變成真？

我們不會注意到這個轉變，因為我們本來就不知道這世界是個幻覺。嚴格來說，這是諾斯底教派的看法。好幾個世紀以來，諾斯底主義是信奉猶太教、基督教和異教的一個教派。曾經有人指控我懷抱著諾斯底主義的想法。我猜，我的確是。若在過去某個年代，我會遭判火焚。但他們有些想法讓我滿感興趣。有一次，我在《大英百科全書》裡搜尋諾斯底主義，看到提及諾斯底手抄本《不真實的上帝，以及祂不存在宇宙的諸面向》的條目，我忍不住笑出來。有哪種人會寫下自己知道不存在的東西？而且，不存在的東西怎麼會有面向？但接著我才發現自己寫這種東西寫了超過二十五年。我想，在寫作不存在的主題時，你應該有不少話語上的自由。我有個朋友出版過一本書：《夏威夷的蛇》。不少圖書館寫信向他訂書。呃，夏威夷根本沒蛇。那本書的內頁是空白的。

當然了，科幻小說中的世界不可能假裝是真的。所以我們才稱之為小說。讀者事先便得到警告，不要相信自己即將讀到的是真實事件。同樣道理，迪士尼世界的訪客知道蟾蜍先生並不真的存在，海盜船是由馬達、伺服器、繼電器和電子回路驅動。所以當中沒有欺瞞。

然而弔詭的是，就某方面、某種真實的面向來說，許多出現在「科幻小說」名下的事物確實是真的。應該說，不是字面上的「真」。我們沒遭到來自另一個星系的外星人侵略，不像《第三類接觸》[5]中演的那種。這部電影的製作人從來就沒打算讓我們相信。是這樣吧？

更重要的是，如果他們打算這麼做，那麼電影情節會是真的嗎？這才是重點。重點不在於作者或製作人相不相信，而是：這是不是真的？因為，偶爾——而且機率相當高，在追求一個好故事的道路上，科幻作品的作家、製作人或編劇可能誤打誤撞地碰到了真相……而且是事後才知道。

—•—　—•—　—•—

操控現實的基本手段是操控文字。如果你能控制文字的意義，你就能控制必須使用文字的人。這點喬治·歐威爾在他的小說《一九八四》中寫得很明白。但另一種操控人類心智的方法，是控制他們的感知。如果你能讓他們看到你眼中的世界，他們就會和你有相同的想法。理解跟隨在感知之後。你要怎麼讓他們看到你看到的真相？畢竟，那只是許多真相的其中之一。

譯註——

5 由史蒂芬·史匹柏於一九七七年執導的科幻電影。

影像是基本要素：影片。這就是為什麼電視對年輕人的影響力如此驚人之巨大。文字和影片是同步的。完全控制觀眾的可能性確實存在，尤其是年輕觀眾。看電視是一種邊睡邊學的活動。根據電視觀眾的腦波圖顯示，經過大概半小時後，大腦會決定這個人沒事，於是進入催眠狀態，發出 α 波。這是因為眼球沒有太多動作。再加上，許多資訊採用圖表方式顯示，因此直接進入右腦，而沒有經由主掌知覺人格的左腦來處理。近來的實驗顯示，我們會潛意識地吸收電視螢幕上看到的影像。我們只是想像自己是有知覺地觀看。大部分訊息我們都沒注意到，事實上，看了幾小時電視之後，我們連自己看過了什麼都不知道。我們的記憶會造假，和我們對夢境的記憶一樣，在回顧時，我們會自行填滿空白處，而且會扭曲竄改。我們不自覺地參與創造偽現實，然後強迫我們自己吸收。我們是毀滅自己的共謀。

而且——我以專業小說作者的身分這麼說——那些創造了這些影像聲光世界的製作人、劇作家和導演，並不知道他們的內容有多少是真實的。換句話說，他們和我們一樣，是自己作品的受害者。說到我自己，我不知道自己作品有多少、或**哪些部分**（如果真的有）是真的。這是個具有潛在致命危險的情況。我們讓小說模仿現實，而現實模仿小說。這當中存在著危險的重疊和模糊之處。再怎麼樣，這都不是故意的。事實上，這是問題的一部分。你不能像在布丁標籤上註明成分那樣，立法要作者給自己的作品貼上正確的標籤……你不能強制他聲明哪些部分是真的、有哪些連他自己也不懂。

在小說中寫下你相信完全虛構的事，然後——也許過了好幾年之後——發現那是真的，這實在是一種很怪異的經驗。以下是我的例子。不過，這事我真的想不通。也許你們能引申出某種理論，但是我沒辦法。

我在一九七〇年寫了一本小說《員警說：流吧！我的眼淚》（*Flow My Tears, the Policeman Said*）。其中有個角色凱蒂，是一名十九歲的女孩，她丈夫叫傑克。凱蒂看似地下犯罪組織的成員，但後來，當讀者繼續往下讀之後，我們會發現她其實是替警方工作，而且和一名警探發展出婚外情。這個角色純屬虛構。至少我是這麼想的。

總之，我在一九七〇年聖誕節那天遇見一個叫做凱蒂的女孩——你知道的，當時小說已經寫完。凱蒂十九歲，男朋友叫傑克。我很快得知凱蒂是藥頭。我花了好幾個月時間勸她放棄毒品交易，一而再再而三地警告她可能會有被逮捕的危險。一天晚上，我們一起進餐廳，凱蒂突然站住，說：「我不能進去。」她看著餐廳裡我認識的一名警探，說：「我必須老實告訴你，我和他有段情。」

當然了，這些是奇怪的巧合。說不定也是我的預知。但這個謎團越來越讓人費解，接下來的發展真的讓我非常困惑。困擾了我四年之久。

一九七四年，雙日出版社出版了那本小說。一天下午，我和我的神父——我是聖公會教徒——在聊天，恰巧提到小說接近結尾時，書中角色費利克斯．巴克曼在二十四小時經營的加油站碰到一個陌生人，這個陌生人是黑人，兩人開始交談。我把小說內容描述得越詳細，神父也跟著越來越激動。最後他說：「這是《使徒行傳》，是《聖經》裡的故事！遇見陌生黑人的人叫做菲利普——和你同名。」羅許神父太心煩意亂，沒辦法在他的《聖經》裡找出那個段落。他要我：「去讀《使徒行傳》，你會同意我的看法。連細節都一模一樣。」

我回家後便開始閱讀《使徒行傳》的那一幕。沒錯，羅許神父是正確的，我小說裡的那一幕顯然是在重述《使徒行傳》的場景……而我得承認，我從來沒讀過《使徒行傳》。在《使徒行傳》中，逮捕、審訊聖保羅的羅馬高階官員叫做腓力斯——和我書中角色同名。費利克斯．巴克曼在我書裡是個高階警官。事實上，在書裡，他手中掌握的決定權和《使徒行傳》中的腓力斯一樣：最後的權威。而且我書中有段對話，與腓力斯和聖保羅的對話非常相近。

我決定進一步尋找相似之處。我小說中的主角叫傑森。我找出《聖經》的索引，看這個名字有沒有出現在《聖經》裡任何地方——我不記得了，結果發現這名字確實出現過一次。在《使徒行傳》[6]裡。接著，彷彿要誘我走進更多的巧合當中似的，在我的小說中，逃亡的傑森躲進某人家裡，在《使徒行傳》中，同樣叫傑森的男子在家中收容了一名了逃犯——正好和我書中的情況相反。看起來，就像某個該為這所有巧合負責的神祕聖靈在一旁笑得很開心。

費利克斯、傑森，以及那場路上與陌生黑人的巧遇。在《使徒行傳》中，使徒菲利普[7]為陌生黑人施洗，後者欣喜地離開。在我的小說中，費利克斯．巴克曼向陌生黑人尋求情感支持，因費利克斯．巴克曼的妹妹剛過世，他處在情緒崩潰邊緣。陌生黑人鼓舞了巴克曼的精神，儘管巴克曼沒有欣喜離開，但至少不再流淚。他離開家，為自己妹妹的過世傷心難過，不得不向人——即使是陌生人——求援。兩個人在路上的偶遇改變了至少一個人的生命，無論在我的小說或在《使徒行傳》裡都一樣。而神祕聖靈的最後一筆是：費利克斯在拉丁文中的意思是「快樂」。這點，我在寫小說時並不知道。

一份研究我小說的詳細報告顯示，基於我甚至都沒法開口解釋的原因，我重述了《聖經》裡的幾件基本事件。這要作何解釋？我在四年前發現了這件事。這四年來，我一直想找出解釋，但徒勞無功。我懷疑自己是否有可能找得到。

譯註

6 另譯耶孫，其事蹟出現在《使徒行傳》十七章。

7 另譯腓力，天主教漢譯斐理伯。

但一如我的想像，謎團並沒有到此為止。兩個月前的一個深夜，我走到郵筒去寄信，順便欣賞我公寓對街的聖約瑟夫教堂夜景。我注意到有個男人在一輛停下的車子旁邊閒蕩，看起來很可疑。他看來很像是要偷車，或是偷車裡的東西。在我寄完信往回走時，男人躲到一棵樹後面。我一時衝動走向他，問：「出了什麼事嗎？」

「我車子沒油了。」男人說：「而且我身上沒錢。」

最難以相信的，是我掏出了皮夾，拿出裡面所有的錢交給他。我從來沒做過這種事。拿了錢以後，他和我握手，問我住在哪裡，方便他日後還錢。我回到公寓才想到，在這個時間，錢對他來說沒有用，因為在徒步可達的範圍內沒有還在營業的加油站。於是我開我的車回去找他。男人的後車廂裡有個汽油桶，我們一起開我的車到二十四小時加油站。沒多久，我們這兩個陌生人站在一起，看著油槍加滿油桶。突然間，我發現這是我小說裡的場景——那本八年前寫的小說。這處二十四小時加油站和我寫下那幕場景時想像的一樣——閃爍的白色燈光、加油員——這時候，我才看到稍早沒看到的事。我幫的那名陌生人是個黑人。

我們載著油桶回到他停下的車邊，握過手後，我回到自己的公寓。我再也沒看過他。他沒辦法還錢給我，因為我沒告訴他我住在那麼多公寓中的哪一戶，也沒把我的名字告訴他。這個經驗十分激勵我。我竟扎扎實實地經歷過我書中的一幕。也就是說，我經歷了《使徒行傳》

中，菲利普在路上遇見陌生黑人的複製場景。

這要怎麼解釋？

我推敲出來的答案也許不正確，但那是我唯一的答案。我的理論是這樣的，在某些特別的場景，**時間是不真實的**。又或者時間是真實的，但不像我們經歷的或想像的真實。我強烈相信（無論是過去或現在），不管我們見到什麼變化，這個變化的世界仍然有個特定、永恆的基準場景，而這個看不見的基準場景來自《聖經》，特別是基督死後到復活的這段期間，換句話說，也就是《使徒行傳》的年代。

巴門尼德會以我為傲。我看著不停變化的世界，宣稱底下有個永恆不變而且絕對的「真」。但這是怎麼發生的？如果真的時間是西元五〇年左右，那麼我們為什麼會看到一九七八年？如果真正的生活發生在羅馬帝國，在敘利亞的某處，那麼我們為什麼會看到美國？

中世紀興起一種奇特的理論，我現在為各位介紹這值得一談的理論。這個理論是，邪惡的撒旦是「上帝的模仿者」。撒旦模仿上帝的真實創作，創造了贗品，然後把「偽創作」夾雜入真實創作當中。這個奇特的理論是否能協助我解釋自己的經驗？我們是否該相信自己受到阻礙欺瞞，相信今年不是一九七八年而是西元五〇年……相信撒旦編造了「偽事實」來削弱我們對基督復活的信仰？

我能夠試想自己接受精神科醫師的檢查。他問：「今年是哪一年？」我回答：「西元五〇年。」醫師眨眨眼，問：「你在哪裡？」我回答：「在猶太。」「那是什麼鬼地方？」醫師問道。「是羅馬帝國的一部分。」我只好這麼回答。「你知道總統是誰嗎？」醫師會這麼問，然後我會說：「行政長官腓力斯。」「你確定嗎？」醫師邊問，邊私底下給兩名體型龐大的精神科助理打訊號。「沒錯，」我會這麼說：「除非腓力斯已經下台，由費非斯都取代了他的位置。你知道的，腓力斯曾經拘禁聖保羅，因為——」「這些是誰告訴你的？」醫師會不耐煩地打斷我，而我會回答：「聖靈。」接著，我會被關進精神科鋪了軟墊的病房，由裡往外看，心知肚明自己為什麼會被關進病房裡。

就某方面來說，上述對話句句屬實，儘管對另一個人來說明顯錯誤。我清楚得很，今年是一九七八年，總統是吉米．卡特，我住在美國加州的聖塔安納。我甚至知道怎麼從我家到迪士尼世界，這似乎是件讓我忘不掉的事。而當然了，在聖保羅的年代，迪士尼世界並不存在。

所以，如果我強迫自己理性思考，以合情合理的良好態度面對這些問題，我一定得承認迪士尼世界的存在（我**知道**這是真的）以證明我們並非生活在西元五〇年的猶太。聖保羅不可能在巴黎電視台的鏡頭下坐在大咖啡杯裡邊轉邊寫《哥林多前書》——那是不可能的事。聖保羅絕對不會靠近迪士尼世界。只有孩子、觀光客和來訪的蘇聯高級官員會去迪士尼樂園。聖人不會。

然而，不知怎麼著，《聖經》題材誘惑著我的潛意識，偷偷溜進我的小說裡。同樣真實的是，我在一九七八年切身體驗了我在一九七〇年寫下的一幕。我要說的是：內在證據顯示，至少在我某一本小說裡，有另一個真實不變的世界藏在變化中的世界之下——如同巴門尼德和柏拉圖猜想的；而且，也許我們會驚奇地發現我們可以和那個世界聯繫。或者說，如果神祕的聖靈希望我們看到這樣一個永恆的場景，祂可以讓我們和那個世界聯繫。時間流逝，數千年流逝，但在我們看著當代世界的同一刻，古代和《聖經》裡的世界就藏在當代世界之下。真實依然存在。永遠如此。

我再加把勁，把這個奇怪故事的其他部分告訴你們好嗎？都已經說到這裡了，我決定全說出來。我的小說《員警說：流吧！我的眼淚》於一九七四年由雙日出版社出版。書出版的隔週，我在全身麻醉下，拔掉兩顆碰撞臼齒的智齒。當天稍晚，我渾身劇烈疼痛。我的妻子打電話詢問牙醫，後者打電話給藥局。半個鐘頭後，有人來敲我的家門，藥局送貨員送來止痛藥。我雖然還在流血，覺得不舒服又虛弱，但仍覺得有必要自己應門。我拉開門，發現面前站著一名年輕女人——她戴著一條閃亮的金項鍊，中間有閃亮的魚型墜子。我也不知道為什麼會受到那尾魚催眠，我忘了疼痛，忘了藥物，忘了面前的女人，只顧瞪著魚看。

「那是什麼意思？」我問她。

女孩抬起手碰碰金色的魚，說：「這是早期基督徒戴的配飾。」接著她把藥袋遞給我。

在我看著那尾閃亮的魚、聽她說話的當下，我突然體驗到我後來學會的一個字：anamnesis——這個希臘文的字面意思是「失去忘卻」。我記起我是誰，身在何處。在那瞬間，在一眨眼間，我想起了一切。而且我不只記得，我還看得見。那女孩是個隱藏身分的基督徒，我也是。我們生活在恐懼當中，深怕遭羅馬人查獲。我們必須用加密符號溝通。她才剛告訴我，而且這是真的。

有那麼一會兒時間，既難相信又難以解釋地，我依稀看到像是羅馬輪廓的黑牢。然而更重要的是，我記起了耶穌，祂本來和我們在一起，只是暫時離開，很快就會回來。我內心充滿了喜悅。我們正祕密地準備歡迎祂回來。就快了。而且羅馬人不知道。他們以為祂死了，永遠死了。那是我們的重大祕密，讓我們快樂的消息。無論情況看似如何，基督會回來，我們懷抱著無比欣喜和期待。

這個奇特的事件、這個突然恢復的回憶發生在《員警說：流吧！我的眼淚》出版的一週後，不是很奇怪嗎？重複《使徒行傳》的人物和場景就出現在《員警說：流吧！我的眼淚》一書中，

《使徒行傳》有其確切的時刻——耶穌的死亡到復活後——而透過這個魚形裝飾，我記得事情才剛發生？

如果你們是我，如果事情發生在你們身上，我相信你們不可能視若無睹。一定會尋找足以說明一切的理論。四年來，我試過一個又一個理論，例如時間循環、時間定格、永恆的時間、相對於「世俗時間」的所謂「神聖時間」等等數不盡的理論。在所有理論中，有一個理論特別具有說服力：與基督有密切關係的神祕聖靈絕對存在，聖靈永存在人類心中，指引人類，告知訊息，甚至在人類不知不覺中透過人類來表達。

一九七〇年，當我在寫作《員警說：流吧！我的眼淚》時出現過一個不尋常的事件，我當時就發現那不是正常寫作的程序。某天晚上我做了一個夢，一個格外生動的夢。醒來後，我發現自己有種難以抗拒的衝動——並絕對有必要——把這個夢境照本宣科地寫進小說。為了把夢寫好，我手稿的最後一部分修改了十一次才滿意。

以下我要引用小說中最後使用的版本，看看這個夢會不會讓你們聯想到任何事。

夏日，褐色、乾燥的鄉下是他童年生活的地方。他騎著馬，左側有馬隊慢慢接近他。馬背上的男人各有不同的輪廓，但每個人都戴著在陽光下閃閃發光的尖頭盔。這些騎士緩慢、莊嚴地經過他身邊，當他們繼續往前行時，他看到其中一人的臉。那張臉猶如古代的大理石雕刻，白色的鬍子隨風飄動。他看起來好累、好嚴肅，和尋常男人一點也不像。顯然，他是國王。

費利克斯．巴克曼讓他們先通過，他沒和他們攀談，他們也沒和他說話。一群人一起往他來時的房子前進。有個男人把自己關在房子裡，傑森．塔凡納，獨自沉默地待在沒有窗戶的黑暗中，從此刻到永遠，都會是獨自一個人；毫無生氣地坐在屋裡，幾乎不存在。費利克斯．巴克曼繼續朝著曠野往前騎。接著，他聽到身後傳來一聲尖銳的慘叫。他們殺了塔凡納。塔凡納看到他們進了屋裡，感覺到他們的影子籠罩著他，知道他們對他有所打算，於是放聲慘叫。

費利克斯．巴克曼內心無比哀傷。但在夢裡，他沒往回走也沒有回頭看。那於事無補。沒有人能夠阻止一群穿著彩色衣袍的男人，沒有人可以對他們說不。總之，事情結束了。塔凡納死了。

這段文字或許沒有讓你們想到任何特別的事件，就只是一隊執法人員對罪犯或被當成罪犯的人動手。我們不清楚塔凡納是否真的犯了某種罪行，或只是據信犯了罪。我的感覺是他有罪，但他的被殺是一場悲劇，一場哀傷的悲劇。在小說裡，這場夢讓費利克斯．巴克曼開始哭泣，因此他才會在二十四小時加油站向陌生黑人求援。

小說出版的幾個月後，我在《聖經》裡找到提及這個夢的段落。《但以理書》七章九到十節：

我觀看，見有寶座設立，上頭坐著亙古常在者。他的衣服潔白如雪，頭髮如純淨的羊毛，寶座乃火焰，其輪乃烈火。從他面前有火像河發出，事奉他的有千千，在他面前侍立的有萬萬。他坐著要行審判，案卷都展開了。

白髮老人再次出現在《啟示錄》一章十三到十五節：

燈台中間有一位好像人子，身穿長衣，直垂到腳，胸間束著金帶。他的頭與髮皆白，如白羊毛，如雪；眼目如同火焰；腳好像在爐中鍛鍊光明的銅；聲音如同眾水的聲音。

以及十七節：

我一看見，就仆倒在他腳前，像死了一樣。他用右手按著我，說：不要懼怕！我是首先的，我是末後的，又是那存活的；我曾死過，現在又活了，直活到永永遠遠；並且拿著死亡和陰間的鑰匙。所以你要把所看見的，和現在的事，並將來必成的事，都寫出來。

一如拔摩島上的約翰[8]，我忠實地寫下自己所見，放入我的小說當中。儘管我當時不知道這段描述指的是誰，但這是真的：

那張臉猶如古代的大理石雕刻，白色的鬍子隨風飄動。他看起來好累、好嚴肅，和尋常男人一點也不像。顯然，他是國王。

他確實是國王。祂是歸來的耶穌，來下裁決。祂在我的小說裡是這麼做的：他對關在黑暗屋裡的男人下了裁決。被關的男人一定是惡魔之子，是黑暗的力量。隨你要怎麼叫都行，總之他的時間到了。他受到裁決、量刑。費利克斯．巴克曼儘管哀傷啜泣，但他知道這個判決無法爭辯。於是他繼續往前騎，沒有回去也沒有回頭看，只聽到恐懼和挫敗的叫喊：惡魔遭摧毀時的吶喊。

所以，除了《使徒行傳》的章節之外，我的小說還包含了《聖經》另外一部分素材。密碼破解後，我的小說講述的故事和表面上（這點我們暫不深入細節）不一樣。真正的故事很簡單：基督回歸，如今是國王，而不是受難者；是法官，而不是不公平審判下的受害者。我自己都不知道，我這本小說的核心訊息是對掌握權勢者的警告：你馬上會受到審判並且定罪。警告針對誰而發？嗯，我也不確定，或者說，我寧願不說出來。我沒有確切的了解，只憑直覺。但光憑直覺不夠，所以我會保留我的想法。不過，你們可以自問，這個國家在一九七四年二月到八月間發生了哪些政治事件？誰受到審判定讞？誰像顆流星一樣，墜入毀滅和恥辱當中？世界上最有權勢的人。我為他感到遺憾，當初做那場夢的時候是，現在也一樣。「可憐的傢伙，」我曾經眼眶含淚地告訴我的妻子：「關在黑暗當中，在夜裡為自己彈鋼琴，因為知道即將面對什麼事而孤獨又害怕。」看在上帝的份上，讓我們終能原諒他吧。但是對他和他的人手——所謂的「總統的人馬」——該做的還是要做。但如今事情已經結束，他應該再次被擺到陽光下，沒有任何造物、任何人應該被永遠關在黑暗和恐懼當中。那不人道。

就在最高法院做出裁定，要求將尼克森的錄音帶交給特別檢察官之前，我正好在約巴林達

譯註

8《新約聖經．啓示錄》的作者。

一家中餐廳用餐。約巴林達是加州一個小鎮，尼克森在這裡求學、成長，在雜貨店工作，當然還有尼克森之家、簡單的看板之類的。我在餐廳裡吃到的幸運餅裡有這張幸運籤：

暗中所行必將見天日

我把這張幸運籤寄到白宮，提到那家中餐廳距離尼克森之家不到一點五公里，我還說：「我覺得一定是哪裡搞錯了，我意外抽到尼克森先生的幸運籤。我的幸運籤是不是在他那裡？」白宮沒有回覆我。

・　・　・

如同我稍早提過的，小說創作者很可能在渾然不覺的情況下寫出真相。如另一位「前蘇格拉底」時期的希臘哲學家色諾芬尼所說：「即使一個人有機會在自己渾然不知道的情況下說出完全真相，**表象**也包覆住一切。」（出自〈殘篇三十四〉）而赫拉克利特也補充了：「事物的本質是自我隱藏。」（出自〈殘篇五十四〉[9]）維多利亞時代有一組劇作、作曲家雙人搭檔吉伯特與蘇利文，其中的吉伯特曾說：「事情往往不是表面看起來的樣子，脫脂牛奶都會偽裝成奶油。」這一切的重點是：我們不能相信自己的感官，可能甚至不能相信我們**當下**的判斷。說到我們的感官，據我了解，突然看得見的天生盲人發現距離越遠、東西顯得越小時，會感到訝異。邏輯上，這沒道理。當然啦，我們能接受這件事，是因為早就已經習慣了。我們眼見東西逐漸變小，但心裡知道它的體積其實沒有變化。所以，即使是最尋常務實的人，對於眼睛所見和耳朵所聞，也會打個折扣。

赫拉克利特留下的著作不多，我們能找到的不見得清晰易懂，但〈殘篇五十四〉既清楚又重要：「潛伏於下的結構更強於外顯的結構。」這表示赫拉克利特相信真實的景象上覆蓋著一層面紗。同時，他可能也懷疑時間不像表面上的樣子，因為在〈殘篇五十二〉中，他寫道：「時間猶如孩童在玩棋；王權執掌在孩童的手中。」這實在隱晦難解。但他在〈殘篇十八〉中也說了：「如果沒有期望意料之外的事，也就不會找到它。因為既沒有找到它的線索，也沒有路徑。」愛德華・赫西在學術著作《前蘇格拉底時期哲學家》中這麼寫：

譯註

9 原文出處有誤，「事物的本質是自我隱藏。」應是出自〈殘篇一二三〉。

如果赫拉克利特如此堅持多數人都缺乏理解，那麼他唯一合理的作法似乎是提供指導，教人如何深入眞相。猜謎式的論調暗示著超乎人類控制的某種揭示有其必要……一如我們所見，眞正的智慧與上帝有密切的連結，這進一步表明，智慧越高，人會越像上帝，或上帝的一部分。

這段引述並非出自宗教或神學書籍，而是牛津大學古典哲學的學者對早期哲學家的分析。赫西說得很清楚，對這些早期哲學家而言，哲學與宗教並沒有區別。出生於科洛封的色諾芬尼為希臘哲學帶來首次的大躍進，然而，生於西元前六世紀中期的色諾芬尼除了自己的腦袋，別無奧援。他說：

無論在身體形式或在思想上，神都和凡人不同。完完整整的神在看，在思考，在聆聽。祂永遠一動也不動地停留在原地，祂不會在不同時間出現在不同的地點。

這個對神的概念既微妙又先進，顯然是希臘思想家的先例。赫西寫道：「巴門尼德的論點似乎顯示著所有的『真』都必須是思想，或者是心智所思考的對象。」關於赫拉克利特，他說的是：「在赫拉克利特的學說中，你很難去界定神心裡對世界的設計和執行相差多遠，或神的心意與世界有多大差別。」同為古希臘哲學家的阿那克薩哥拉在思想上的躍進一向讓我著迷。阿那克薩哥拉致力於物質微結構理論，在某種程度上，他的理論對人類理性而言，是神祕又難解。阿那克薩哥拉相信心靈決定了一**切**。這些人不是幼稚或未開化的思想家。他們嚴肅辯論議題，透過敏銳的洞察力，研究彼此的觀點。一直到蘇格拉底的年代，人們才將他們的觀點俐落地——但錯誤地——簡化成未經仔細探討的粗略論點。許多「前蘇格拉底」時期哲學家的神學和哲學論點可以總結如下：**宇宙**並非外表看來的這樣，宇宙的最深層次，可能和人類的最深層次一樣，是所謂的心智或靈魂，是活著且懂得思考的結合體，而且只以複數和物質的型態存在。這個觀點，有大部分是透過基督的「道」[10]傳達給我們。「道」既是思考的主體，也是這個主體的思維。那麼，當宇宙既是思考的主體又是其思維，而我們身為其中的一份子，在最後的分析中，我們人類便既是思考者也是其思維。

因此，如果上帝想著西元五〇年的羅馬，那麼羅馬就是西元五〇年。宇宙不是發條鐘，上帝不是撥動發條的手；宇宙不是電動手錶，上帝不是電池。哲學家史賓諾莎相信宇宙是上帝身

譯註——

10 此處原文用的是Logos，在希臘字源也有言說、話語的意義，等同於英文的word。

體在空間中的廣延。但早在史賓諾莎之前——早了他兩千年——色諾芬尼就曾經說：「神毫不費力地用神的思維來牽動一切。」（出自〈殘篇二十五〉）

如果你們當中有人讀過我的小說《尤比克》，你們就知道稱之為「尤比克」的神祕實體或心智或能力在最初是一連串廉價粗俗的廣告，到了最後，卻說：

我是尤比克，創世以先，我已存在。
我造太陽，造世界，造生命及其居所。
我讓他們這裡來，那裡去。指引他們行路，教導他們辦事。
我是「道」，但無人提及，無人知曉。
我名被稱爲尤比克，但那非我眞名。我存在，直到永永遠遠。

從這段文字中可以明顯看出「尤比克」是什麼，它特別指明自己是「道」，也就是，宇宙的法則。在德譯本中出現了一個我見過最美好的誤譯；老天見憐，希望這位《尤比克》的德文譯者和把《新約全書》從通用希臘文譯成德文的人沒有關係。直到「我是道」之前，他翻譯得很好。但這個句子讓他為難了。作者這麼寫是什麼意思？譯者心裡一定這麼納悶。而他顯然從來沒接觸過道的概念。所以他盡可能做好自己的工作。在德文版中，一個絕對主體創造了太陽，創造了世界，創造了生命和他們居住的地方，然後這個主體自稱：

我是品牌名。

如果他根據聖約翰的說法來翻譯《約翰福音》，我猜我們會讀到：

太初有品牌名。品牌名與神同在，品牌名就是神。

看來我帶來的不只是來自迪士尼世界，還有來自腹語人偶莫堤末．史納德的問候。想在作品中納入神學主題的作者，命運就是如此。「品牌名一開始便與神同在，透過品牌名，一切展現雛形，少了品牌名，便沒有任何事物。」崇高的雄心就這麼結束了。希望上帝能有幽默感。

又或者我該說，希望品牌名能有幽默感。

我稍早提過，我寫作時關注的兩個主題是「什麼是真實存在的事物？」以及「什麼是真正的人？」我相信，到了現在，你們應該看出我沒法回答第一個問題。我的直覺一向是，基於某種不知名的原因，《聖經》世界是真正的世界，這世界罩著一層紗、永恆不變、不為我們肉眼所見，但我們可以透過啟示得知。我所能想到的就是這樣——神祕經驗、理性論據和信仰的綜合體。然而，關於真正人類的特點，我倒是有話想說。在這個追尋中，我有更為可信的回答。

真正的人，本能知道自己有哪些事不該做，而且還會因為知道而猶豫。即使不做會給自己及他所愛的人帶來可怕的後果，他仍然會拒絕。對我來說，這是平凡人的英雄特質，他們拒絕專橫的人，冷靜地接受對抗所帶來的後果。他們的作為也許稱不上偉大功績，而且幾乎總是不為人知，在歷史上不留下痕跡。沒有人會記得他們的名字，這些真正的人也不期待名留青史。我以特殊的方式來看待他們的真實性：不是他們做出英雄之舉的意志，而是他們安靜的拒絕。在本質上，他們無法被迫成為不是他們自己的樣貌。

今日，偽現實的力量打擊著我們——這些刻意製造的仿造品絕對不會深入真正人類的心裡。我看著孩童看電視，一開始，我會擔心他們可能從中學到什麼，但隨後我發現，他們不可能因此墮落或遭到毀滅。他們觀看、聆聽、理解，接著，在必要的時地，他們會拒絕。孩童抵禦詐騙的能力非常強大。商販和推銷者徒勞地想讓這些小傢伙效忠。沒錯，銷售穀麥片的公司可能賣出大量垃圾早餐，漢堡熱狗連鎖店也可能賣出無數偽速食給孩子，但卻無法觸及、說服他們堅定的內心。比起二十年前的大人，現在的孩子能夠更快辨認出謊言。當我想知道真偽時，我會問我的小孩。他們不會問我，是我求助於他們。

某天，我四歲的兒子克里斯多夫在我和他母親面前玩，我們兩個大人開始討論起耶穌在對觀福音書[11]中的形象。克里斯多夫轉身告訴我們：「我是漁夫，我釣魚。」當時，他正在玩某人送我、但我沒用過的金屬燈籠。突然間，我發現那個燈籠的形狀是條魚。我想知道，那一刻，哪些想法被輸入了我兒子的靈魂裡——而且不是由穀麥片公司或糖果販放進去的。「我是漁夫，我釣魚。」克里斯多夫才四歲就發現了我到四十五歲才發現的符號。

時間在加速。為什麼呢？也許我們在兩千年前就被告知了。又或者沒那麼久；也許感覺過了那麼久只是錯覺。也許時間才過了一星期，說不定是今天稍早的事。說不定，時間不止在加快，還更進一步走向結尾。

如果真是如此，迪士尼世界的遊樂從此可能大不相同。因為，當時間結束時，園區裡的那些鳥、河馬、獅子和鹿不再是擬真動物，而且，有史以來第一次，鳥真的會唱歌。

謝謝大家。

譯註

11 指《馬太福音》《馬可福音》和《路加福音》。

專文推薦

推理、嘲諷，以及科幻大哉問——關於《尤比克》

臥斧

一九九八年，法國電腦遊戲公司 Cryo Interactive 推出一款名為《尤比克》的遊戲。《尤比克》是個策略遊戲，玩家需要訓練一組角色，配合裝備，指揮角色完成任務，包括殲滅敵人、營救人質，以及盜取企業機密——這樣的內容聽來並不特別，遊戲上市後的反應也不怎麼樣；況且《尤比克》號稱改編自菲利普．狄克的同名科幻小說，但除了遊戲主角及部分設定之外，遊戲版《尤比克》和小說版《尤比克》的關聯其實很薄弱。順帶一提，Cryo Interactive 在二〇〇二年推出另一款經典科幻小說改編的遊戲，接著引發財務危機，逐步解體——那款遊戲改編自赫伯特作品《沙丘》。

遊戲雖不成功，但某方面說來，遊戲版與小說版《尤比克》倒是有種奇妙的呼應。

二十世紀的最後二十年，與菲利普．狄克相關的影視作品至少有九部，著名的例如一九八二年的《銀翼殺手》（改編自《*Do Androids Dream of Electric Sheep?*》）、一九九〇年的《魔鬼總動員》（改編自短篇〈記憶公司大特賣〉〔We Can Remember It For You Wholesale〕），以及一九九五年的《異形終結》（改編自〈第二型態〉〔Second Variety〕）。這幾部改編作品裡常見的一個設定是角色記憶有問題——記憶是一個個體錨定自己現實處境的重要工具，記憶有問題，該角色認知的現實就可能不完全正確，角色甚至無法確認「自己」。

不過，要讓人搞不清楚自身處境，還有別的方法。

因為電腦科技的進步，觀看者越來越難辨認出影像中置入的虛擬物件，加上相關設備的開發，七〇年代科幻小說提及的「虛擬現實」逐漸成真——投入大量成本的好萊塢電影工業進展最明顯，遊戲工業緊追在後，而就算沒有控制感官的穿戴裝置，這兩個領域的作品本身就有讓人暫時脫離現實環境、沉浸其中的作用。電影《X接觸：來自異世界》《異次元駭客》，以及一鳴驚人的《駭客任務》都在一九九九年上映，其中《X接觸：來自異世界》裡的「虛擬現實」就是「遊戲」；遊戲當中的3D立體環境彷彿實景，讓人不知道自己其實身處虛擬世界。

遊戲版《尤比克》具有3D畫面，而小說版《尤比克》使用了「虛擬現實」的概念。《尤比克》小說於一九六九年出版，描述未來（一九九二年）社會當中，冷凍技術可以讓剛死去的人保持在類似冬眠的狀態，生者仍可在一段時間裡透過儀器與之溝通；通靈、讀心之類異能被用於企業間諜活動，於是也出現了反制這類異能者的機構。主角喬・奇普任職於一家反制公司，公司老闆朗西特接了一樁委託，率領奇普及其他十一名員工前往月球執行任務，不料遇上意外攻擊。奇普一行倉皇逃回地球，發現自己周遭產生古怪的變化，有些隊員以奇特的方式死亡，而他們所處的時空開始一路回溯，直到過去（一九三九年）。

從某個角度看，《尤比克》是個推理故事。遇上攻擊之後，奇普必須查出主使攻擊的幕後黑手，以及時空倒退的真正原因；與此同時，出現在各式物件上頭、似乎試圖告訴他某些物事的留言從何而來，也是個待解之謎。而一切謎團背後糾結的核心，其實在故事的前幾個章節就已經做過交代，只是讀者得跟著奇普一起經歷各種怪異，才能理清頭緒。

從另一個角度看，《尤比克》充滿對資本社會的嘲諷。《尤比克》幾乎沒有出現與政府及公權力有關的情節，心靈異能被用在企業攻防上頭，死亡事件也沒有警務系統介入調查；奇普生活的世界一切都得投幣才能使用，包括打開自家房門，而彷若與謎底有關、但實在搞不懂那是什麼東西的「尤比克」，則出現在各式各樣的廣告及產品說明裡頭。

奇普不明白自己所處的現實怎麼了，但一個人要如何確認自己身處的現實是怎麼回事？

人類生活的現實是由物質構成的世界，個人之外的種種對這個人而言是客觀的存在——一個人沒看到台北一〇一大樓，不代表這棟建築不存在。但人類必須透過自己的感官去接觸外在、並在腦中構築出「自己的現實」，感官無法實際接觸的，則藉由知識補充——沒親眼見過台北一〇一大樓，也可以透過各種管道得知這棟建築的資訊。是故，人類雖然共同生活於一個客觀存在的現實，但因為每個人只能認知「自己的現實」，所以這個認知與其他人或「真正的現實」之間，可能存在或大或小的差異。如此一來，該怎麼確定「自己的現實」就是「真正的現實」？

這是菲利普．狄克多數小說反覆叩問的主題。記憶會形塑「自己的現實」，廣告也會——而廣告的背後，就是代表資本主義的企業。縱使人不會盡信所有廣告，但廣告的確有能力滲入一切，一點一滴地進行操控，讓「自己的現實」變成「企業創造的現實」。

《尤比克》意在言外地揭示了這事，最大的嘲諷，是故事裡的廣告真的指向某個救贖。

閱讀菲利普．狄克的作品一向充滿樂趣，他筆下的世界大多不太友善，主角常常混得不大好，遇上諸多不如意，但情節裡卻會藏著某些詭異的幽默——這類樂趣大抵不會在看他的改編影視作品時出現。進入二十一世紀之後，改編自菲利普．狄克小說的影視作品更多，現代影視科技更能適切甚或眩目地表現他在文字裡描述的種種，自然是原因之一，不過，或許這也是因為各類沉浸式體驗、線上遊戲等等「虛擬現實」越來越普遍之後，人對於探問「現實」越來越好奇；又或許，在這樣的「現實」裡，人對「我是誰？」也有越來越切身的思索。

而這是菲利普．狄克在半世紀前就寫在小說裡的提問。

（本文作者為文字工作者）

菲利普·狄克 年表

一九二八　十二月十六日，出生於芝加哥。

一九二九　一月二十六日，雙胞胎妹妹珍・夏綠蒂・狄克（Jane Charlotte Dick）夭折。

一九三六　進入位在華盛頓的約翰艾通小學（John Eaton Elementary School）就讀。

一九三八　六月，跟著媽媽搬到加州生活。

一九四〇　狄克說，他就是在這一年開始接觸科幻雜誌，他讀的第一本是《刺激科幻故事》（*Stirring Science Stories*）。

一九四七　從柏克萊中學畢業，同屆校友還有奇幻名家娥蘇拉・勒瑰恩（Ursula K. Le Guin）。

一九四八　五月，第一次結婚，與珍涅特・瑪琳（Jeanette Marlin）的婚姻維持了六個月。

一九四九　進入加州大學柏克萊分校就讀，但沒讀多久就退學了。

一九五〇　六月，第二次結婚，與克莉歐·阿帕絲特萊茲（Kleo Apostolides）的婚姻在一九五九年畫下句點。

一九五一　生平第一次賣出故事，自此結束唱片店店員工作，投入全職寫作。不過這則短篇〈嗥〉（Roog）直到一九五三年才在《科學幻想雜誌》（*The Magazine of Fantasy & Science Fiction*）上刊出。

一九五九　四月，第三次結婚，與安·威廉斯·魯賓斯坦（Anne Williams Rubinstein）的婚姻在一九六五年告終。

一九六〇　二月，長女蘿拉（Laura）出生。

一九六二　出版《高堡奇人》（*The Man in the High Castle*），拿下雨果獎。

一九六五　出版《血錢博士》（*Dr. Bloodmoney*）、《艾德利治的三道印記》（*The Three Stigmata of Palmer Eldritch*），兩本皆獲得星雲獎提名。

一九六六　七月，第四次結婚的對象是南西・海克特（Nancy Hackett），婚姻關係在一九七二年結束。

一九六七　三月，次女伊索德（Isolde）出生。
出版短篇〈先賢之信〉（Faith of Our Fathers），獲得雨果獎最佳短篇提名。

一九六八　出版《銀翼殺手》，獲得星雲獎提名。

一九六九　出版《尤比克》，本書獲《時代雜誌》選入二十世紀百大英語小說。

一九七三　四月，第五次結婚，與這一任妻子萊斯莉（泰莎）・巴斯比（Leslie〔Tessa〕

Busby）在一九七七年與離婚。

七月，長男克利斯多弗（Christopher）出生。

一九七四　出版《員警說：流吧！我的眼淚》（*Flow My Tears, the Policeman Said*），獲星雲獎、雨果獎提名，並拿下約翰・坎貝爾紀念獎。

一九七七　出版《心機掃描》（*A Scanner Darkly*），拿下英國科幻小說大獎，並獲得約翰・坎貝爾紀念獎提名。

一九八〇　出版短篇〈勞塔瓦拉懸案〉（Rautavaara's Case），獲得英國科幻小說獎提名。

出版短篇集《金人》（*The Golden Man*），並在書中自序感謝科幻三大家之一海萊因的諸多幫助。

「我近四十年的夢想在去年成真——我認識了羅勃・海萊因，他和凡・非格的作品使我對科幻產生興趣。我認爲海萊因是我的精神之父，即使我們的政治觀點南轅北轍。幾年前我生病時，海萊因還提供我協助。雖然那時我倆從未見過面，他打電話來給我打氣，問候我。他還想買一部電動打字機送我，上帝保佑他——他是這個世界的眞紳士。我不同意他作品裡的任何想法，但這不打緊。有一次我欠國稅局錢且繳不出來，他還借錢給我。我非常尊敬他和他太太，出於感激，我將我的一本書獻給他們。羅勃．海萊因是位英俊男士，樣子非常英武，像位軍人。看得出來他有軍隊的背景，從髮型就看得出來。他知道我是個神經緊張型的怪胎，但當我們面臨困難時，他仍會幫助我和我太太。那眞是人性的光輝，正是我所愛的。」

——摘自《關鍵下一秒》（《金人》中文版書名），正中書局出版

一九八一　出版《神的入侵》（*The Divine Invasion*），獲得英國科幻小說大獎提名。

一九八二　三月二日過世，骨灰與五十三年前過世的雙胞胎妹妹同埋。

出版《主教的輪迴》（*The Transmigration of Timothy Archer*），獲得星雲獎提名。

六月二十五日，《銀翼殺手》（*Blade Runner*）電影上映，改編自一九六八年出

版的《銀翼殺手》。

電影故事設定在二〇一九的洛杉磯，原書設定是一九九二年的舊金山，後來出版的版本改為二〇二一年。

本片於一九八三年在台灣上映，當時片名為《二〇二〇》，後來發行錄影帶才改名為《銀翼殺手》。

一九九〇 《魔鬼總動員》（*Total Recall*）電影上映，改編自一九六六年出版的短篇〈記憶公司大特賣〉（We Can Remember It for You Wholesale）。

一九九二 《彆腳藝人自白書》（*Confessions d'un Barjo*）電影上映，改編自一九七五年出版的非科幻小說《彆腳藝人自白書》（*Confessions of a Crap Artist*）。

一九九五 《異形終結》（*Screamers*）電影上映，改編自一九五三年出版的短篇〈第二型態〉（Second Variety）。

二〇〇二　《關鍵報告》（*Minority Report*）電影上映，改編自一九五六年出版的同名短篇。
《強殖入侵》（*Imposter*）電影上映，改編自一九五三年出版的同名短篇。

二〇〇三　《記憶裂痕》（*Paycheck*）電影上映，改編自一九五三年出版的同名短篇。

二〇〇六　《心機掃描》（*A Scanner Darkly*）電影上映，改編自一九七七年出版的同名小說。

二〇〇七　《關鍵下一秒》（*Next*）電影上映，改編自一九五四年出版的短篇小說〈金人〉（The Golden Man）。

二〇一一　《時間規畫局》（*The Adjustment Bureau*）電影上映，改編自一九五四年出版的短篇〈規畫小組〉（Adjustment Team）。

二〇一二　《攔截記憶碼》（*Total Recall*）電影上映，二度改編一九六六年出版的短篇〈記憶公司大特賣〉。

二〇一五　《關鍵報告》再度改編為影集播出。

影集《高堡奇人》播出，改編自一九六二年出版的同名小說。

二〇一七　《銀翼殺手2049》（*Blade Runner 2049*）電影上映，角色與故事構想均延續自《銀翼殺手》。

《菲利普・狄克的電子夢》（*Philip K. Dick's Electric Dreams*）影集改編自多個短篇。

Eurasian Publishing Group
圓神出版事業機構
用心與你對話・網野無限寬廣
寂寞出版社
Solo Press

www.booklife.com.tw reader@mail.eurasian.com.tw

Cool 042

UBIK尤比克【這部小說無所不能，《銀翼殺手》菲利普・狄克傳世經典】

作　　者／菲利普・狄克（Philip K. Dick）
譯　　者／蘇瑩文
發 行 人／簡志忠
出 版 者／寂寞出版股份有限公司
地　　址／臺北市南京東路四段50號6樓之1
電　　話／（02）2579-6600・2579-8800・2570-3939
傳　　真／（02）2579-0338・2577-3220・2570-3636
總 編 輯／陳秋月
資深主編／李宛蓁
責任編輯／朱玉立
校　　對／李宛蓁・朱玉立
美術編輯／林雅錚
行銷企畫／陳禹伶・朱智琳
印務統籌／劉鳳剛・高榮祥
監　　印／高榮祥
排　　版／莊寶鈴
經 銷 商／叩應股份有限公司
郵撥帳號／ 18707239
法律顧問／圓神出版事業機構法律顧問　蕭雄淋律師
印　　刷／祥峯印刷廠
2022年5月　初版

定價 430 元　ISBN 978-626-95323-9-1

你對這樣的故事有信心，期待有一天能成爲其中的一部分。

——《S.》

◆ **很喜歡這本書，很想要分享**

圓神書活網線上提供團購優惠，
或洽讀者服務部 02-2579-6600。

◆ **美好生活的提案家，期待為您服務**

圓神書活網 www.Booklife.com.tw
非會員歡迎體驗優惠，會員獨享累計福利！

國家圖書館出版品預行編目資料

UBIK尤比克（這部小說無所不能，《銀翼殺手》菲利普．狄克傳世經典）/ 菲利普．狄克（Philip K. Dick）著；蘇瑩文譯. -- 臺北市：寂寞出版股份有限公司, 2022.05
352面；14.8×20.8公分（Cool；42）
譯自：UBIK
ISBN 978-626-95323-9-1（平裝）

874.57　　111004123